Tempos de Sangue

Ruínas na Alvorada

Eduardo Kasse

primeira edição

Editora Draco

São Paulo

2016

Eduardo Kasse
é paulistano, nascido em 10 de abril de 1982. Escritor, palestrante e analista de conteúdos, vive nos mundos do planejamento estratégico da informação, edição de textos e literatura. É autor da série de fantasia histórica Tempos de Sangue, que já tem quatro romances publicados: *O Andarilho das Sombras* (2012), *Deuses Esquecidos* (2013), *Guerras Eternas (2014)* e *O Despertar da Fúria (2015)*. Contos em *Imaginários v. 5 (2012), Excalibur (2014)* e em e-book ampliam o universo ficcional.

Publisher: Erick Santos Cardoso
Edição: Erick Santos Cardoso
Revisão: Ana Lúcia Merege
Produção editorial: Janaina Chervezan
Arte e capa: Ericksama

Dados Internacionais de Catalogação na Publicação (CIP)
Ana Lúcia Merege 4667/CRB7

K 19

Kasse, Eduardo Massami
Ruínas na alvorada / Eduardo Massami Kasse. – São Paulo : Draco, 2016.
– (Tempos de sangue ; 5)

ISBN 978-85-8243-198-6

1. Ficção brasileira I. Título II. Série CDD-869.93

Índices para catálogo sistemático:
1.Ficção : Literatura brasileira 869.93

1ª edição, 2016

Editora Draco
R. César Beccaria, 27 – casa 1
Jd. da Glória – São Paulo – SP
CEP 01547-060
editoradraco@gmail.com
www.editoradraco.com
www.facebook.com/editoradraco
Twitter, Instagram e Snap: @editoradraco

Ruínas na Alvorada

Série

Tempos de Sangue

Ruínas na Alvorada

Eu já vivi por mais de quinhentos anos.
Nunca imaginei, nem nos meus sonhos mais insanos, que
caminharia pela Europa durante meio milênio.
Muitas pessoas sequer sabem contar até esse número.
É muito tempo.
Foi uma jornada bem longa.
E confesso: estou cansado.

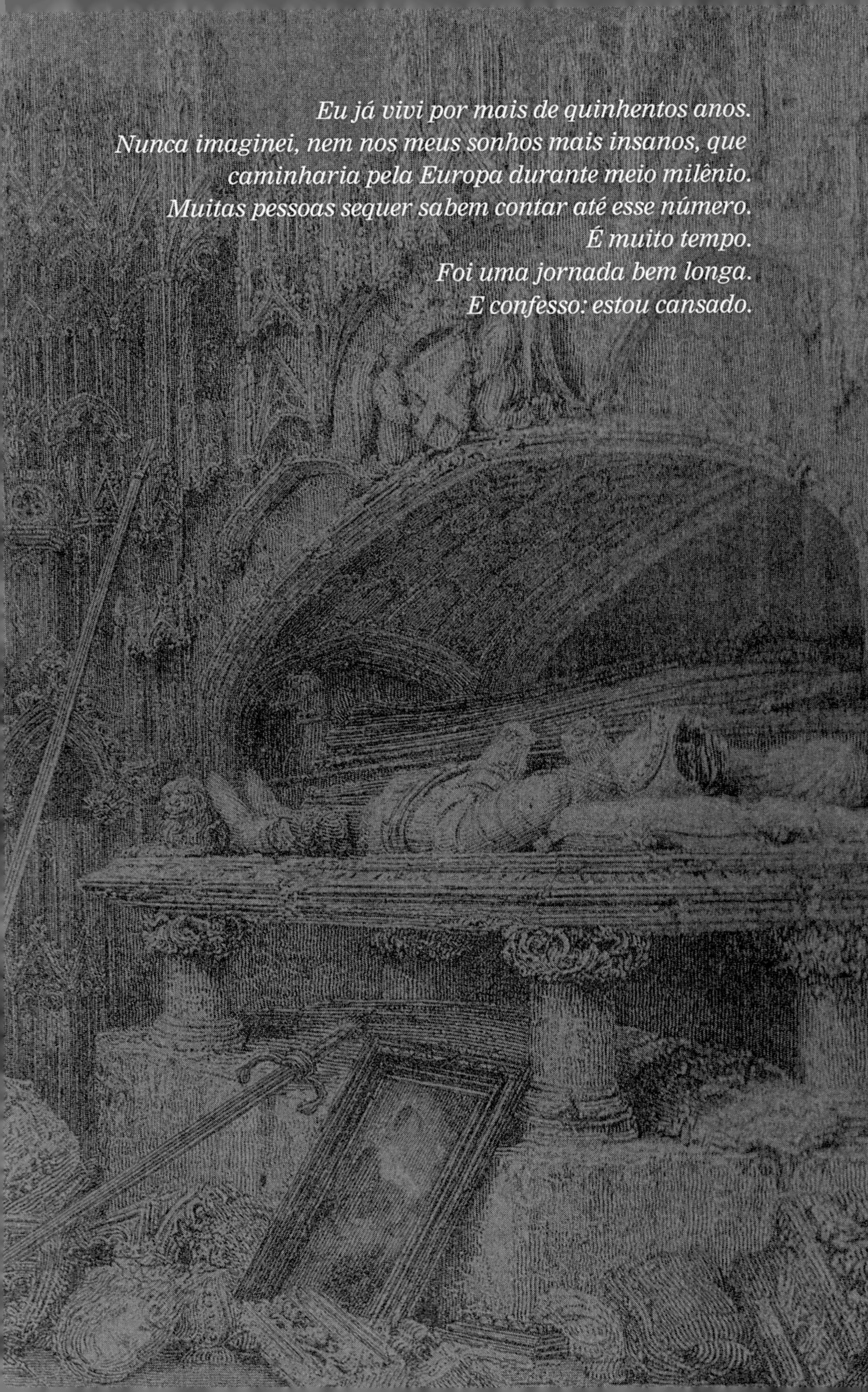

Capítulo I – Tão velho, tão novo

Abri os olhos e não enxerguei nada. As pálpebras coladas pelas remelas ainda estavam pesadas, eu estava confuso, letárgico. Demorei um bom tempo até retomar o controle sobre o meu corpo, até conseguir mover os músculos enrijecidos. Estalei o pescoço, os dedos das mãos e empurrei a pesada tampa de madeira do caixão.

Na cabeça, uma sensação ruim, de um pesadelo opaco do qual eu pouco me recordava: uma grande cruz, lágrimas e desespero. Imagens diáfanas. Doloridas.

Balancei a cabeça para espantar os maus pensamentos.

Sentei-me com dificuldade, as juntas doloridas pela imobilidade prolongada, os olhos ardendo por causa da poeira acumulada sobre as minhas vestes, a minha pele e os meus cabelos.

Tossi, e a minha garganta ardeu como se eu tivesse expelido brasas.

O despertar sempre era um momento de merda depois de um sono prolongado.

Levantei-me e cambaleei uns passos até conseguir firmar as pernas, incertas como as de uma criança que acabou de aprender a andar. Tive de me apoiar na parede, as pedras limosas e cobertas de musgo esverdearam as palmas das minhas mãos.

Eu estava com sede, muita sede.

Havia chegado o tempo de voltar à vida, de reconquistar a noite como um andarilho das sombras, e eu ansiava por um pescoço liso e veias pulsantes. Uma jovem, um rapazote ou até mesmo uma criança tenra; esses seriam meus alvos. Queria somente bons goles de sangue forte e puro.

– *Quem sabe todos esses juntos numa bela orgia!* – pensei.

Senti as pontas das minhas presas roçarem a língua

rachada. O cansaço que me dominara antes do sono prolongado desaparecera por completo.

Restava somente a fraqueza.

Mas por pouco tempo.

Uma coruja piou lá fora. Estava distante, o som abafado pelas grossas paredes da minha alcova nunca seria escutado por um humano, mas eu tinha ouvidos potentes como os dos cães e gatos. Ou até melhores.

Lembro-me dos primeiros dias da minha nova vida, logo após o renascimento, quando um simples estalar de graveto parecia um tambor de guerra e o zumbido de uma mosca era um som desconcertante.

Há meio milênio...

Espanei o pó das roupas e também algumas traças que haviam esburacado o tecido, o qual se esfarelava em várias partes. Olhei fixamente as minhas mãos ossudas, a pele amarelenta e ressecada tal como um pergaminho velho, as veias azuladas desenhando rios sinuosos.

– Por quanto tempo eu dormi? – As palavras lembravam um rosnado.

– Por dois anos – uma voz doce ecoou pela câmara coberta de teias de aranha, onde algumas mariposas ainda se debatiam na vã esperança de se libertarem. Outras jaziam inertes, cascas vazias e ressequidas, como eu. – Seja bem-vindo à vida.

Sorri.

E me virei para ver Liádan, resplandecente em um vestido azul bordado com fios de prata, o cabelo cor de fogo trançado impecavelmente e, no pescoço alvo, um lindo colar de ouro com um pingente em formato de folha.

Tão linda como sempre fora. Um bálsamo depois de tanto vazio.

Uma deusa da noite, tão perfeita, tão mortal...

– Vejo que você está bem. – Fui até a dama ruiva e a beijei, mesmo com os lábios rachados e doloridos.

– E você está...

– Eu sei – sorri.

Liádan segurou a minha mão e me guiou escada acima. Eu ainda estava curvado, estalando tal como um velho, subindo cada degrau lentamente, tossindo para expelir as últimas imundícies aspiradas ao abrir o caixão.

Inspirei fundo, sempre adorei o aroma das flores silvestres trazido pela brisa fresca da noite. Devia ser primavera, não sabia ao certo. Eu havia dormido tempo demais e ainda estava desorientado.

– Vá se lavar, a água na tina deve estar morna agora – ela me ajudou a tirar a camisa, evidenciando meu torso absurdamente magro. – Um bom banho lhe fará muito bem, meu amor.

– Como você sabia que eu iria despertar esta noite?

– Harold, Harold... – passou a mão fria sobre as minhas costelas. – Depois de tantos séculos você ainda se surpreende com os meus dons?

– Harold Stonecross e a sua arrogância por acreditar que somente ele é um poderoso imortal!

Virei-me e vi Stella, linda, acariciando um gato marrom e peludo. Ao contrário de Liádan, ela vestia um vestido simples, sem quaisquer ornamentos, e estava descalça, os pés marrons de quem pisou na lama sem pudor.

– Eu mal acordei e já recebo a sua mordida, minha querida? – Fui até ela, mas, ao contrário de Liádan, ela espalmou a mão no meu peito.

– Não vai se encostar em mim sujo desse jeito, *maialesco*!

Não entendi bem o que ela disse, mas já imaginei o que era. Não reclamei, subi mais um lance de escada e fui até a tina fumegante. Acabei de me despir e afundei por completo na água quente, deliciosa, revigorante. O vapor aromático limpou de vez meus pulmões e o calor fez todas as pequenas dores desaparecerem.

Olhei pela janela e vi as estrelas, e logo meu espírito reacendeu.

Estive tão ausente, tão distante, mas agora quero voltar. Quero viver...

Livrei-me das imundícies esfregando-me com vigor e me vesti com as roupas que meus amores haviam separado: camisa de linho tingido de vermelho, calça de couro de cabra e boas botas de cano longo. Ornei-me com um cordão de ouro incrustado de safiras e dois braceletes finos de prata. Por último vesti uma capa preta com as barras forradas com pele de arminho.

Confesso que era um pouco *antiquado* para a época, mas não me importava, eu era um homem de, digamos, velhos costumes. E, tirando a minha magreza excessiva, eu tinha o porte de um nobre, de um príncipe.

E estava pronto para reencontrar os prazeres da noite.

Estava ávido por reinar novamente.

*

– Interessante... – O homem de cabelos grisalhos folheava as páginas com cuidado. Calçava luvas de tecido para evitar sujar os preciosos manuscritos, pois eles ainda não haviam sido copiados. Desde criança valorizava tanto os livros quanto a espada e sabia que a palavra podia causar tanto impacto quanto um *conroi* de cavaleiros bem treinados. – E o sangue nutriu seu corpo de tal forma que o fez recuperar-se completamente, não restando quaisquer resquícios dos profundos ferimentos... – Pigarreou e continuou a ler em voz alta. – Mesmo as queimaduras sumiram, e a pele ganhou novo viço, apesar de ainda muito pálida. O imortal, muito mais do que qualquer humano suportaria, pareceu reviver diante dos seus algozes incrédulos.

Ele se aprumou na cadeira e esfregou os olhos vermelhos cansados pela leitura incessante, iniciada às primeiras luzes do dia. Nos últimos tempos nada mais o cativava. Queria apenas mais e mais histórias sobre... *Eles*.

Inspirou profundamente e soltou aos poucos o ar pela boca. Inclinou-se para trás e viu uma mancha de umidade no teto. Ela parecia o seio de uma mulher. Uma linda mama com o bico intumescido. Piscou duas vezes e balançou a cabeça para recuperar a concentração.

Tocou a sineta e logo uma criada lhe trouxe pão escuro de centeio, frutas frescas e pedaços de queijo de cabra. Ele a dispensou depressa, apesar de se imaginar afundando o rosto na fartura daquelas belas tetas, comprimidas pelos laços do vestido. Olhou novamente para a mancha no teto e sorriu. Teria tempo para se divertir depois.

Alimentou-se frugalmente, apenas para matar a fome. Jogou os restos para seus dois imensos *wolfhounds* irlandeses que descansavam próximos à lareira. Os cães cinza-chumbo comeram tudo e depois lamberam o caldo que sobrou sobre as tábuas do chão. Bocejaram e voltaram a dormir, tranquilos, sobre o tapete.

A criada retornou com um uma caneca da boa cerveja escura que era feita na sua propriedade, mas ele recusou: o álcool nublava suas ideias, assim como aqueles seios maravilhosos, e ele queria se manter lúcido enquanto estivesse com os tomos emprestados por George Fitzhugh, Chanceler da Universidade de Cambridge.

– O que você quer encontrar nesses livros, meu amigo? – Padre George encarou Thomas Howard, Earl de Surrey, com curiosidade. Eles se conheciam havia muitos anos e, apesar de o padre saber do gosto dele pela leitura e pelas pesquisas, estranhou a escolha desses manuscritos, especificamente. Ele cavalgara mais de noventa milhas de Reigate até Cambridge só para tê-los.

– Espero encontrar histórias menos maçantes que aquelas que vocês costumam contar nos sermões das missas de domingo – piscou Howard. – Ouvi dizer que nesses livros há personagens, digamos, intrigantes.

George ainda não havia lido as histórias, sabia apenas por alto aquilo que o bibliotecário responsável pelo acervo da universidade lhe contara. Ele jurava que eram relatos reais, mas o Chanceler não tinha tanta certeza: os escribas podiam ser muito criativos quando desejavam. Ou quando eram bem pagos.

– E também soube que há relatos bem íntimos. – Apertou o ombro do amigo. – Descritos nos mínimos detalhes, em todas as nuances de aromas, sons e sensações.

O velho padre sorriu, os dentes amarelados pela idade e a boca envolta por rugas profundas.

O Earl gargalhou ao perceber a timidez estampada nas bochechas do amigo, que começavam a corar.

– Mas não se preocupe, George, não desejo os livros por causa desses detalhes. – Por um instante seu rosto ficou sério, mas logo o semblante se amenizou.

Os amigos conversaram amenidades enquanto bebericavam e comiam avelãs caramelizadas no mel. George Fitzhugh sabia que Lord Thomas nada lhe diria naquele momento. Ele era esperto demais e conseguia manter suas intenções ocultas até mesmo do rei. Assim mantinha o poder e os domínios conquistados pelo seu pai, John Howard, Duque de Norfolk, e os expandia a cada dia.

– Não se preocupe, George, que eu lhe trarei os livros pessoalmente e intactos.

Deu dois tapinhas na bolsa de couro em que guardara os dois preciosos volumes. Montou no seu cavalo e seguiu escoltado por cinco soldados.

E, desde então, ficou completamente imerso nas histórias relatadas com caligrafia impecável.

.
.
.

Já começava a anoitecer e o vento gelado soprava do Leste. Talvez chovesse, pois o céu estava totalmente encoberto por nuvens cinza. Os dias estavam cada vez mais frios nos últimos tempos.

Thomas ainda vestia um camisolão de lã: não havia saído dos seus aposentos desde que acordara, antes do Sol nascer e do galo cantar, privilégio de quem não precisava labutar duro para garantir o que comer. Levantou-se e foi até o balde que ficava próximo à janela. Mijou um jato grosso de quem reteve o líquido por muito tempo na bexiga e, ao relaxar, peidou ruidosamente.

Riu do fedor exalado, algo como queijo rançoso acrescido de lentilhas fermentadas. Balançou o pau para se livrar das últimas gotas e cofiou a barba muito bem aparada enquanto via os lavradores aproveitarem as luzes minguantes do dia para trabalhar a terra, e as mulheres separarem os legumes que seriam vendidos no mercado do vilarejo. Os animais já estavam sendo guardados nos estábulos e logo todos se retirariam para seus lares.

Tomariam sopa, e uns poucos se dariam ao luxo de matar uma galinha velha que seria servida junto com um bocado de pão. Depois dormiriam, exaustos, sonhando com o trabalho do dia seguinte.

– Eles precisam da rotina, tire isso deles e se instaura a instabilidade e a revolta – Thomas murmurou, cerrando os olhos para ver, ao longe, um grupo de cavaleiros que se aproximava. Uma nuvem de poeira se formava atrás deles, e as crianças vinham aos montes, gritando e rindo quando ganhavam alguma moeda ou guloseima.

– Mostre-se ao lado do povo, ganhe corações e forre estômagos, e com isso você se mantém no poder – o Earl estalou as costas ao se aprumar. – Tudo é questão de percepção e de saber dividir na medida certa, mas sem nunca dar mais que o mínimo necessário.

Acenou para o seu filho, que acabara de retornar de Londres. Tinha muito orgulho do seu primogênito: ele havia herdado todas as suas habilidades políticas e certamente conseguiria manter o legado da família. Só precisava aprender a conter o ímpeto da juventude, mas para isso o tempo seria o melhor mestre.

Afastou-se da janela. O vento poderia lhe constipar os pulmões. Ainda não sairia do seu aposento. Sabia que, depois de longas viagens, o jovem Thomas gostava de ir direto para casa e para a cama com sua bela esposa, Anne de York, ou, se ela estivesse indisposta, com alguma criada. Certamente só se encontrariam na manhã seguinte, exceto se houvesse algum assunto de urgência para ser tratado, o que não era provável pelo semblante calmo dele.

Thomas Howard sabia que poderia continuar suas leituras em paz. E isso era a única coisa que desejava.

A Europa havia mudado bastante desde o meu renascimento, e cada vez mais as pessoas buscavam o conhecimento, a sabedoria e a luz. Quer dizer, aqueles que tinham posses, poder e dinheiro suficientes para conseguir se manter nesse dispendioso caminho; para todos os outros, tudo continuava igual: a fome, a doença e a merda de vida sofrida de sempre. Os calos nas mãos nunca eram proporcionais aos pagamentos recebidos.

Escolas e universidades surgiam aos montes na Inglaterra e na Irlanda, onde eu estava, digamos, repousando. Os filhos dos nobres e os homens do clero se tornavam cada vez mais letrados e cada vez mais arrogantes também.

Somado esse perfil a boas doses de influência, conquistada ou hereditária, esse era o mundinho dos ricos e poderosos. Nada muito diferente da época da minha juventude, apenas os narizes estavam mais empinados e os sorrisos mais esnobes.

Ah, sim, e as roupas mais afrescalhadas.

Muitas disputas que antes eram resolvidas pela espada e pela lança tinham agora seu desfecho na ponta das penas embebidas em tinta ou nas taças com doces venenos. O mundo estava se tornando chato demais, metódico demais, previsível demais, cheio de doutrinas e pudores. As guerras não tinham cessado, longe disso, a luta estava arraigada nos espíritos dos homens, como a extensão de uma virilidade que nem sempre se erguia no meio das pernas daqueles que promoviam o combate; mas, agora, perde-se mais tempo debruçando-se sobre tratados do que no campo de batalha.

Eu me sentia um completo estrangeiro em um país estranho. Um ser perdido em um tempo confuso, pouco familiar, como se tudo aquilo que fazia parte da minha vida se esfacelasse rápido demais. Senti-me como as estátuas feitas pelos romanos, que, com o passar do tempo, de muito tempo, começavam a ser corroídas. Algumas até se quebravam e se tornavam pilhas disformes de mármore. Dedos, olhos e bocas espalhados pelo chão e cobertos pela vegetação que retomava seu lugar de direito.

Pensei em Tita, Gauri, Zotikos, na velha Foca e em todos aqueles antigos imortais. Como será que eles se sentiam? Como não se enfadavam? Como conseguiam acompanhar as mudanças? Eles tinham muitos séculos a mais que eu. E eram mais serenos.

– *Tal como na vida mortal, a idade traz experiência e esta a serenidade. O ímpeto é dos jovens, a parcimônia é dos velhos* – Liádan me dissera pouco antes de eu adormecer por tantos meses. – *Talvez conosco aconteça o mesmo, mas, ao invés de anos, precisaremos de décadas ou séculos.*

A dama ruiva era um pouco mais nova que eu na imortalidade, mas mesmo assim sua sabedoria superava a minha.

A criatura venceu o criador...

Algo me chamou a atenção e fez meus pensamentos se dispersarem. Um perfume, na verdade. Muito doce, muito forte, tão intenso que se destacou de todos os outros odores da noite e se impregnou nas minhas narinas.

Não era possível enxergar dez passos à frente por causa do súbito nevoeiro. Contudo, meus outros sentidos podiam me guiar. Meu olfato filtrava a trilha de perfume em meio à fumaça e o cheiro das excrescências jogadas pelas janelas. Esse era um costume que ainda se mantinha, deixando as ruas fedidas como sempre.

A cidade de Wexford estava deserta e silenciosa como um cemitério. Todos já haviam se retirado, e eu estava com muita sede. Um cão magricela e coberto de sarna, tão carcomido quanto eu, ladrou quando me viu, mas logo tomou seu rumo e desapareceu. Segui por um tempo margeando o rio Slaney, cruzando com casebres, salões, galpões e barcos cheirando a peixe, ao som do coaxar dos sapos, até chegar à abadia de Selskar, uma imponente construção de pedra, com um torreão quadrado, alto e maciço. Eu conseguia ouvir as orações fervorosas e os lamentos daqueles que lá estavam contra a vontade.

Jovens de sangue forte que podiam me saciar facilmente, que se entregariam a mim deslumbrados, como se o tal anjo Gabriel tivesse descido dos céus para lhes mostrar a glória do seu deus. Que sorririam antes de morrer e teriam os paus melados pelo último gozo.

Eu não sei o porquê, mas causava as mesmas sensações e prazeres em homens e mulheres.

– Você é fenomenal, Harold – Diodoros, um imortal ateniense, me dissera quando nos conhecemos. – Você é simplesmente encantador.

Sorri com a lembrança e observei a abadia que, mesmo envolta em brumas, era linda. Contudo, esse ainda não era o meu destino final. Eu ainda desejava seguir o perfume.

Mesmo sem ter um motivo aparente.

Gostava de ser guiado pelo incerto, pois quando se é imortal, muitas das emoções de outrora ficam mais fracas, até mesmo superficiais. Depois de tanto tempo a paixão pode arrefecer e a ausência de muitos medos pode nos deixar apáticos. Até mesmo a dor pode se tornar morna.

Se eu ainda tinha um espírito, ele estava cinza.

Eu estava enfraquecido, e a falta de sangue me enlouquecia. Podia ter bebido antes, mas parecia que somente o aroma doce despertava meus sentidos e me fazia salivar.

Segui em minha jornada e só conseguia ouvir os meus próprios passos na rua deserta. Podia ser silencioso como um gato se quisesse, mas não, não nessa noite. Não acharia de todo mau ser abordado por um guarda ou uma prostituta gorda querendo arrumar umas moedas para garantir o pão do dia seguinte. Ou mesmo dar uma chupada em troca de um pedaço de queijo duro.

Mas os únicos que cruzaram o meu caminho foram os ratos e as baratas.

Fechei os olhos, deixei meu olfato me guiar e caminhei assim, às cegas, por um bom tempo. Até que o perfume se intensificou, tal como o som de risos e de talheres batendo, o aroma de carne assada atraindo os gatos que vadeavam nos telhados próximos. Ao fundo, uma melodia tocada por uma harpa era executada com perfeição.

Eu não conhecia aquela parte da cidade, mas só de olhar as casas tinha certeza de que estava num lugar de abastados. Todas eram grandes, feitas por pedreiros habilidosos, nada parecidas com os casebres monótonos da gente sem posses.

– Ótimo! – Estalei os dedos e dei três passos até parar na frente da porta de madeira maciça recoberta por entalhes de flores e aves, certamente parte do brasão da família. E de trás dela vinham os sons.

Segurei a aldrava de bronze que ficava sobre um trevo de quatro folhas e bati duas vezes. Eu estava bem-vestido, não fedia – se bem que isso pouco importava – e tinha o porte de um nobre. Por isso, apesar de ser um desconhecido, eu não geraria quaisquer desconfianças.

Talvez fosse até convidado para o jantar, mas, mesmo sem o convite oficial, eu me banquetearia nessa noite.

Um criado de nariz fino e comprido como o bico de um corvo, com o cabelo castanho preso por uma fita e a pele tão oleosa que brilhava, abriu a porta, franzindo as sobrancelhas quando me viu. Sorri, mostrando os dentes muito brancos, mas não fiz quaisquer mesuras. Os nobres não costumavam ser agradáveis. Não precisavam ser.

– Boa noite, senhor...?

– Harold Stonecross.

O homem coçou a cabeça.

– Perdoe a minha ignorância, mas nunca ouvi falar do senhor e...

– Geralmente os imbecis da sua estirpe não me conhecem mesmo, mas creio que seus nobres patrões sabem quem eu sou. Antes que eu me irrite e entre por conta própria depois de chutar o seu rabo ossudo, peço que chame agora o senhor dessa casa – funguei despretensiosamente.

– O senhor é inglês?

– Sim, sou. – Eu era um palmo mais alto que ele e estiquei a coluna para impor a minha presença. – Algum problema?

Por um instante ele hesitou, mas logo se virou e foi até a sala iluminada por um lustre suntuoso. O fogo das velas reluzia no metal bem polido das hastes.

Dei um passo para trás e me mantive ereto, com um meio-sorriso no rosto. Ouvi pisadas pesadas que fizeram o assoalho de madeira ranger.

– Ele manca... – murmurei.

Um velhote quase careca, com apenas uns tufos de cabelos brancos nascendo nas têmporas e roliço como um barril, apareceu, a boca oleosa ainda mastigando a refeição, os olhos pequenos, espremidos, denunciavam sua vista fraca.

– Não sei quem é o senhor, mas não acho de bom-tom aparecer à noite e sem ser convidado. – Sua voz era esganiçada, e eu tive de conter a vontade de rir.

O criado acendeu o archote que ficava ao lado da porta, e eu me aproximei. O gorducho continuou com os olhos espremidos e me fitou dos pés à cabeça.

– Sou Harold Stonecross – adiantei-me. – Earl de Devon.

Novamente precisei conter o riso. Não sabia quem era o idiota que tinha esse status, mas foi um nome que me veio à cabeça. E estava certo de que o homem à minha frente também não o conhecia. Talvez se o próprio rei Henry VII batesse à sua porta ele não o reconhecesse. Ainda mais tendo a visão de uma marmota.

– Eu sou Deaglán Mac Daíre, Earl Harold. – Fez uma mesura, e os botões da sua camisa quase saíram das casas. – A que devo a sua visita?

– Negócios.

– Negócios?

– Sim, negócios. – Havia muitos tecidos e peles na casa. Também pude ver pela porta entreaberta alguns broches, anéis e pentes sobre uma mesinha, então arrisquei. Afinal, a sorte é fruto de uma mente alerta.

– Seria muito descortês eu lhe pedir para retornar amanhã? – Sua voz transmitia um misto de desconfiança e insegurança. – Estou com alguns convidados. Preciso dar atenção a eles e...

Funguei o ar, tal como um cão farejando algum petisco.

– Que cheiro maravilhoso! Fez meu estômago roncar e me lembrar de que, desde cedo, não como nada – sorri. – É carne de veado?

– Porco...

– De veado, de porco, da rainha Elizabeth, tanto faz – pisquei –, o que importa é a carne estar bem temperada.

O gorducho e seu criado narigudo não entenderam a piada e se entreolharam, confusos. Enquanto isso, eu, sem qualquer cerimônia, passei entre eles e entrei na suntuosa residência ornada com tapeçarias, pinturas e até mesmo a cabeça empalhada de um urso. A eles só restou me seguir, contra a vontade e sob o olhar curioso dos convidados que se empanturravam com a comida gratuita.

– Boa noite, senhores! – dei meu melhor sorriso. – Não precisam se levantar por mim. Só vou pegar uma cadeira para acompanhá-los nessa deliciosa refeição.

Sentei-me com eles e lambi os beiços enquanto todos, mudos, sequer mastigavam as maçarocas dentro das suas bocas.

Peguei uma garrafa com uma bebida fortíssima que os irlandeses apreciavam, o uísque. Servi a tal *aqua vitae* para mim e para as cinco pessoas sentadas à mesa: o senhor da casa, a senhora, tão roliça que suas bochechas pareciam prestes a estourar, dois homens apáticos e uma jovem que devia ser filha ou amante de algum deles, feinha e com cabelos que lembravam um monte de palha pisoteada por ovelhas. Ela que exalava o perfume forte, como se tivesse se banhado nele.

– Que falta de educação a minha! – Ergui a minha caneca. – Sou Harold Stonecross, Earl de Devon.

Ainda meio atônitos e sem compreender a situação, cada um se apresentou: os três convidados eram irmãos e filhos de um nobre da região. A gorda se chamava Breda e, de fato, era esposa do anfitrião.

– Agora, que nos conhecemos, que tal um pouco de música? – Estalei os dedos e o harpista reiniciou a melodia.

Continuei a servi-los com uísque, fingindo bebericar, falando banalidades, procurando ao máximo me interessar pelos produtos que o comerciante jurou ser o que havia de mais novo nas capitais da Europa e os embebedando. Por três vezes uma criada trouxe novas garrafas. E, quando o álcool acabou, nos levantamos para dançar. Todos riam, uns vomitavam e riam novamente, e com isso parecia que eu já era um amigo íntimo da família. Exceto para o criado, o único sóbrio, pois até o harpista já errava as notas depois de uns bons copos.

Mas ninguém se importava.

A felicidade dos ébrios suplanta qualquer coisa.

– Depois de tanto álcool eu preciso dar uma mijada – falei, simulando uma embriaguez. O gordo Deáglan ordenou que seu criado me acompanhasse até os fundos da residência, onde eu poderia me aliviar. Agora não se mijava mais nas paredes ou sobre o fogo, até para isso havia regras.

Ele foi à frente e morreu sem perceber. Tapei sua boca e mordi seu pescoço, sugando com força. E o primeiro sangue após o meu despertar foi como um tônico, preencheu rapidamente as minhas veias e deu um pouco de cor à minha pele. Mas eu ainda queria mais.

Abandonei a carcaça e fui até a cozinha, onde duas criadas comiam os restos. Elas se espantaram quando me viram e logo se mostraram solícitas. Eu era um lorde, sabia que encantava as mulheres e não hesitei em seduzi-las. Tal como outrora, em tempos, digamos, mais rudes, não era incomum os senhores se deitarem com os servos. E bastaram alguns sorrisos e meia dúzia de palavras adocicadas para nos entregarmos completamente a uma orgia.

De sangue.

A música continuava no salão, assim como os risos, os gritinhos e as falas enroladas nas línguas adormecidas pelo álcool. E na cozinha eu drenava uma delas enquanto acariciava os pelos pubianos da outra, sentindo a umidade melar meus dedos e a respiração dela acelerar, entrecortada, incontida. Ela me queria dentro dela, abria cada vez mais as pernas e deixava o caminho livre para os meus dedos hábeis e treinados durante séculos.

– Senhor Ha-Harold – ela gemia enquanto eu sorvia as últimas gotas do sangue quente. – Tire lo-logo essas calças.

Virei-me para ela e a beijei. Minha boca cheia de sangue tocou a dela, que tinha gosto de frutas e saliva. Meus dedos iam cada vez mais fundo enquanto a palma da mão repousava sobre o leito de pelos encaracolados.

Ela segurou no pequeno Harry com vigor e ele respondeu à altura, mas esse prazer eu não teria agora. Beijei-a ainda mais e desci com a língua até encontrar seus pequenos seios. Abri os cordões do seu vestido, suguei-os e mordi a base, deleitando-me com o sangue que escorria farto a cada pulsação do seu coração acelerado.

Os gemidos se tornaram gritos, e a criada puxava meus cabelos com força enquanto meus dedos sentiam as contrações vigorosas lá embaixo. Virei seu rosto delicadamente e mordi seu pescoço sem causar qualquer dor. E, antes de morrer, antes do seu coração perder o ritmo e quase explodir no peito, instantes antes de parar, ela gozou, tão maravilhosamente, tão lindamente que não pude deixar de sorrir.

– Bons sonhos no outro mundo, menina. – Fechei-lhe os olhos e lhe dei um beijo na testa. – Sou grato por tudo.

Voltei para o salão, a roupa toda amarrotada, os dedos cheirando a boceta e a pele corada. Havia respingos de sangue na minha pele e nas vestes caras. Mas ninguém perceberia.

A gorducha roncava no sofá, seu marido cantarolava algo ininteligível acompanhado pelos dois irmãos, os olhos vermelhos e o semblante perdido dos bêbados. A jovem conversava com o harpista, que dedilhava seu instrumento – o de cordas – sem tocar nada coerente. Ela deixou escapar um pequeno arroto e corou, ele riu. E eu, apesar de ter bebido bastante, queria mais.

Sorveu ruidosamente o caldo de carne morno. Estava faminto e não rejeitou nem as cenouras e nabos que pouco apreciava; as cebolas sempre lhe davam gases, mas ele amava o sabor adocicado delas, mesmo o deixando com um bafo que fazia as pessoas coçarem o nariz.

A viagem, apesar do tempo bom na estrada, foi estafante e exauriu suas energias: não gostava de ficar muito tempo sobre o lombo do cavalo.

Tampouco apreciava os pedintes lhe implorando migalhas. E os caminhos estavam repletos deles. Parecia que, para cada homem e mulher que trabalhava, havia a mesma quantidade de desafortunados.

– Senhor, meu filho não come há dias – uma mãe lhe apontara uma criança magricela, exceto pela barriga redonda, cheia de vermes.

– As escaras na perna da minha mãe não saram – outro juntara as mãos em súplica. O fedor das feridas purulentas da velhota sentada no parapeito da ponte de pedra construída pelos romanos podia ser sentido do alto do cavalo.

O jovem senhor ordenara ao pajem que distribuísse alguns pennies. As moedas de prata e ouro ficavam bem guardadas com ele mesmo. Era um peso que não se importava de carregar.

Arrancou um naco do pão e o esfregou no fundo do prato, fazendo-o absorver a gordura temperada por ervas e o caro sal vindo de Northwich. Comeu-o com gosto, limpou as mãos num pano imaculadamente branco e deu o último gole na sua cerveja. Assim que tivesse tempo, iria parabenizar o cervejeiro, pois ele alcançara um sabor mais suave e menos amargo. Conseguiria vender sua bebida para os nobres de paladar refinado. E por um valor maior que a cerveja rústica produzida pelo seu pai.

– Quem sabe até o rei aprecie essa nova receita. – Estalou a língua no céu da boca. – Vale cada gole!

Assoviou e, tal como um cão adestrado, seu criado lhe trouxe as mensagens que recebera enquanto esteve ausente. Faltou ao homem abanar o rabo, mas, mesmo que o fizesse, não ganharia qualquer afago.

Thomas Howard, o filho, que acabara de retornar de Londres, leu três ou quatro mensagens. Nenhuma importante, apenas as formalidades de sempre. Adorava ser um nobre, mas achava entediantes essas obrigações. Enfadava-se sempre.

– É um esforço que precisamos fazer, meu filho – Thomas, o pai, dissera quando ele completou dezessete anos. – Veja a vida dos camponeses como é simples, mas você trocaria a sua pela deles?

O filho negou com a cabeça. No que dizia respeito ao povo, gostava somente das tetas de Mary, a queijeira, onde sempre relaxava depois de passar o dia com o seu tutor e os padres que o educavam para se tornar um líder de fino trato.

Thomas coçou o saco. Queria logo arrancar as calças para ver se o ar frio aliviava um pouco a agonia. Desde a última vez que estivera no bordel em Barford, fazia uns vinte dias, adquirira uma coceira incômoda, algo que irritava demais e lhe pinicava as dobras e rugas. Ainda não tomaria banho, pois se lavara havia um mês, mais ou menos.

– Por acaso, James, Paul ainda está na cidade? – Fez uma expressão de alívio quando a unha tocou o ponto certo.

– O boticário? – O criado recolheu os papéis.

– Ele mesmo.

– Acho que sim. Ele está hospedado na Taverna do Beco. Encontrei-o hoje cedo.

– Peça para ele vir ter comigo. O mais rápido que puder.

– Algum assunto especial?

– Nada da sua conta – o homem deu mais uma coçada forte e dispensou seu criado, que saiu em silêncio.

– Devo estar com uns piolhos – murmurou. – Se forem piolhos mesmo, menos mal, mas bem que desconfiei daquela puta safa...

– Olá – sorriu para sua esposa, Anne de York, quando ela entrou sem bater.

– Do que você está desconfiado, meu querido? – A jovem de pele alva e lábios finos sorriu.

– De que nosso gado vai produzir menos leite essa estação – pigarreou. – Parece que as vacas estão emagrecendo.

– Por causa das coceiras? – Seus olhos azuis eram incisivos.

– Isso. – Conteve a mão para não coçar o saco e não se denunciar tão facilmente, o que lhe aumentou a agonia. – Há uma infestação de carrapatos, e os animais ficam incomodados e comem menos.

– Assim como nós, quando temos piolhos, não é mesmo, meu querido?

– Por que diz isso? Eu não tenho piolhos e...

– Eu sei. – Anne se aproximou e o beijou sem qualquer calor. Da mesma forma que entrou, saiu, fazendo Thomas desconfiar que, se quisesse ter uma acalentadora noite de amor, precisaria recorrer a alguma mulher extraoficial.

Bufou e bocejou.

– Acho que é melhor ir dormir. Hoje o dia foi longo demais.

Se tivesse uma faca em mãos, esfolaria a pele fina do saco, pois a dor não seria pior que a coceira.

*

– Acho que é hora de irmos dormir. – Deaglán Mac Dáire tinha a fala enrolada e as pernas também: mancou, cambaleando, até conseguir se apoiar numa estante, ao custo de derrubar um dos caros copos que se espatifou no chão.

– Merda! – O anfitrião fez uma careta, como se fosse vomitar, mas conteve a ânsia. – A minha mulher vai me matar quando acordar.

Tentou chutar um caco, mas o pé só encontrou o ar.

Soluçou.

A maioria das velas do lustre já havia se apagado, só três estavam acesas, deixando o salão numa quase penumbra. As sombras eram as únicas que continuavam a dançar.

Lá fora o vento assoviava por entre os telhados e galhos das árvores. Talvez começasse a chover.

A gorda ainda roncava, o rosto vermelho e as canelas desenhadas por varizes inchadas tais como duas salsichas; um dos irmãos chorava consolado pelo outro, ambos bêbados e sentimentais. A jovem beijava o harpista sem quaisquer pudores, enquanto um ratinho roubava os restos caídos debaixo da mesa. Faria várias viagens para garantir um bom estoque dentro da sua toca num vão do assoalho.

– Sim, meu amigo, foi uma noite fenomenal. – Toquei o ombro de Deaglán e senti o cheiro azedo do álcool exalando a cada expiração cansada, chiada e ofegante por causa do barrigão estufado. – Mas o que acha de uma última bebida?

O anfitrião sorriu, mas logo o seu semblante se fechou.

– Acho que – soluçou – acho que o nobre amigo vai precisar me perdoar. Se não me engano, já – *hic* – bebemos todas as garrafas que tínhamos nesta casa.

– Não se preocupe, não precisaremos de mais álcool.

Antes que ele pudesse entender, puxei-o para mim e mordi seu pescoço. Amortecido pelo excesso de bebida, ele não sentiu nenhuma dor, apenas ficou grunhindo e tentando se afastar enquanto eu drenava seu sangue. Certamente acreditava que eu era um tipo excêntrico de veado inglês, que primeiro lhe mordiscava o pescoço para depois se fartar com o seu rabo velho.

Suguei quase sem respirar e ele desmaiou logo, tão deplorável era o seu estado. Infartou instantes depois que o coloquei ao lado da sua opulenta esposa, a qual ressonava como um javali.

Minha língua ficou levemente adormecida e uma sensação gostosa me subiu à cabeça.

Os irmãos agora se abraçavam, ambos aos prantos, sei lá o porquê. O harpista dedilhava habilmente a irmã por baixo do vestido, ao passo que ela não hesitava em segurar seu rijo instrumento já para fora da calça. Sequer se lembravam de que eu existia. Logo ela começaria a lhe tocar a flauta com seus lábios vermelhos, castigados pelos beijos selvagens.

Mais uma vela se apagou.

A sorte estava do meu lado. E mesmo com azar eu me fartaria, nem que os berros acordassem toda a vizinhança.

Abracei os irmãos e fingi chorar com eles. Os dois se comoveram, obviamente a comoção dos bêbados, a cumplicidade daqueles que mal se mantinham despertos e que no próximo amanhecer seria totalmente esquecida, restando somente sinos na cabeça.

Mas, para eles, não haveria um amanhã.

– Essa vida é uma merda – um deles falou, a baba amarela escorrendo pelo canto da boca. – Eu nunca serei o preferido do papai.

– Isso é mentira – o outro se afastou e fungou. – Tudo o que faço sempre é criticado, você é o perfeito e...

Vomitou fartamente no colo do irmão, que se levantou e tentou dar um sopapo no outro. Em vez disso, cambaleou para trás e caiu sentado novamente, os olhos perdidos no fio de fumaça da vela que morrera havia pouco. A irmã gemia e inundava nossos ouvidos com um coro de *sins* agudos e deliciosos, enquanto cavalgava o harpista deitado no chão, cujos rosnados roucos não tinham qualquer harmonia.

Com um movimento rápido quebrei o pescoço daquele tomado pela ânsia. Não queria colocar meus lábios sobre os restos regurgitados do jantar e da bebedeira.

Do outro, suguei até a última gota e deixei-o lá, olhando as parcas chamas das duas velas restantes. Seria a última luz que ele veria, pois, ao amanhecer, restaria apenas sua carcaça rígida sobre o sofá.

Eu estava cheio, completo, vivo. Depois de ter dormido por tanto tempo, de ter secado até quase me tornar um boneco de couro velho, agora o viço havia retornado à minha pele.

Contudo, ainda havia os amantes. E eles também precisariam morrer.

Mas eu não era um crápula, longe disso. Sempre fui adepto do amor e do prazer. Permitiria que eles explodissem em gozo antes que seu sangue me fizesse sorrir também. E confesso: também tive vontade de participar da brincadeira.

A irmã revirava os olhos enquanto o harpista revezava apertões entre os seios e a bunda com a experiência de um músico tarimbado. Lá fora o céu perdia a lugubridade. Meu tempo se esgotava, mas eu não tinha pressa: apenas admirava a poesia do sexo.

– Magnífico! – O álcool de todo o sangue ingerido começou a me entorpecer levemente, causando uma sensação prazerosa.

– Nã-não faça dentro de mim – a jovem ordenou e logo começou a gritar. – Aguenta... um... pouco... mais!

O harpista segurou o quanto pôde e, sem delicadeza,

empurrou-a para trás no último instante, melando os corpos suados, contorcendo-se enquanto se aproximava dos antigos deuses.

– Lindo! Agora é a minha vez – sorri e me aproximei dos dois amantes exaustos.

Toquei no ombro da garota, que se assustou. Era como se somente agora ela voltasse à realidade, saindo do transe extasiante em que se encontrava. Ainda montada no harpista, puxou suas vestes para cobrir os seios e, ao olhar ao redor e ver os mortos, ameaçou gritar.

Tapei sua boca e mais uma vela se apagou. Eu enxergava perfeitamente, mas eles mal deviam ver meu rosto. Agora eu era apenas um fantasma da noite.

O homem tentou falar algo. Pisei na sua boca, forte demais, pois ouvi ossos estalarem enquanto ele grunhia tentando afastar o meu pé. O desespero em seus olhos era melodia na qual eu me deleitava enquanto saboreava o sangue que escorria farto do pescoço dela. O coração acelerado pelo exercício anterior bombeava o rico caldo pela minha garganta.

Jorros quentes. Uma iguaria perfeita para terminar a noite.

Não resisti e acariciei também os seios salpicados de suor enquanto ela gemia, dessa vez de medo pela iminência da morte.

Morte que não tardou.

Morte que devia estar feliz com o meu despertar.

Pois, de onde quer que eu passasse, sempre lhe enviava muitos presentes.

Fechei os olhos opacos da moça, ainda com o seu último amante sob a sola da minha bota. Estava indeciso se beberia dele ou não.

– Não aguento mais. – Pisei com mais força e acabei com o seu sofrimento, rompendo dessa vez a coluna que se partiu com um estalo.

Quem sabe ele não encontraria a jovem no outro mundo?

Peguei alguns dos anéis de ouro e um belo tecido tingido de vermelho. Saí da casa com o céu começando a avermelhar. Fechei a porta, afinal não queria ladrões roubando meu gentil e falecido anfitrião.

Ri da ideia, a mente levemente embriagada. Corri como uma lebre, cruzando com as primeiras pessoas sonolentas que ganhavam as ruas.

– Ficou na esbórnia durante a noite e agora precisa voltar para casa correndo – uma velha de pele enrugada e amarelada sussurrou para outra, que varria para o meio da rua um monte de merda feito na porta da sua casa.

– Pelo menos esses ainda se divertem.

Caçou um piolho debaixo da touca puída.

Os sinos das igrejas começaram a tocar, e a minha pele corada pela orgia alimentar foi esquentando com a claridade do dia. Corri ainda mais, quase flutuando a cada passada, muito mais veloz que qualquer homem ou animal.

– Por que eu não consigo voar? – Praguejei quando a dor começou a incomodar. – Liádan faz isso com tanta facilidade!

Cheguei ao meu lar irlandês já com a pele da nuca ardendo como se tivesse dormido em um travesseiro de brasas, o cheiro de queimado começando a exalar dos meus cabelos fumegantes.

Desci até o meu caixão e me refugiei no conforto da escuridão, a dor amainando aos poucos até cessar por completo. Eu estava vivo, estava empanturrado e compartilhava a felicidade dos meus alimentos ébrios.

Mas tinha certeza de que, assim que despertasse, eu iria querer mais.

.

.

.

A última vela se apagou e a gorda completamente bêbada puxou o ar pela boca com ruidosa violência depois de ficar um período sem respirar. Abriu os olhos sem acordar: piscou e, ainda dentro do mundo dos sonhos, foi tombando no sofá, até afundar a bochecha no colo do seu marido morto.

Peidou.

Nenhum dos defuntos se incomodaria com o fedor. Afinal, eles mesmos começavam a apodrecer.

Sonhava com bolos de nozes cobertos exageradamente por doce feito com nata. Enfiava pedaços enormes na boca, melando as mãos e o rosto. Mastigava com satisfação, sufocando e resfolegando por causa da maçaroca que lhe entupia a garganta.

Havia anos não fodia com o seu marido – ou com qualquer outro –, então somente a orgia alimentar lhe trazia o êxtase. Ela se empanturrava sem pudores sempre que podia e engolia com voracidade tudo aquilo que punham sobre a mesa.

Logo abaixo dela, o ratinho, despreocupado, deliciava-se tranquilamente com os restos do banquete caídos no chão. E, ao contrário da gorda, esse treparia, ainda naquela manhã, com qualquer ratinha que cruzasse o seu caminho.

Capítulo II – Sangue quente

– Sou mesmo um asno. – O velho Thomas Howard levou o dedo à boca para conter o sangramento do corte feito pela lâmina afiada da faquinha de abrir cartas, que usara para tirar a sujeira de baixo da unha.

Levantou-se, os pés afundando nos tapetes que cobriam as pedras rústicas do chão do grande salão do castelo, uma construção centenária que, depois de muitos donos, agora era da sua família. As paredes maciças, se pudessem falar, contariam muitas histórias de amor, traição e, claro, poder.

Olhou para o aço manchado de vermelho. Limpou-o na camisa e se lembrou do dia em que ganhara tão útil presente.

– Que lâmina magnífica – Lord Thomas se impressionara ao ver Pedro González de Mendonza, Arcebispo de Toledo, cortar um cordame de couro trançado como se fosse um simples fio de cabelo.

– Desde os tempos antigos o nosso aço sempre foi o melhor do mundo, e os nossos ferreiros desenvolveram habilidades ímpares na confecção de todo tipo de armamento, armaduras e cutelarias – o arcebispo falou num francês carregado de sotaque.

– Nós temos boas lâminas, mas tenho que concordar, essa é insuperável. – Thomas Howard assoviou quando a passou nos pelos do braço, que foram podados com precisão.

– Fique com ela, é um presente meu para você – Pedro González sorriu.

O Earl agradeceu, admirando a lâmina bem polida e o belo cabo de marfim com uma cruz de ouro incrustada. Uma obra de arte.

Thomas gostava do Reino de Castela, da comida forte, do clima ameno e dos mares com águas mornas. E das mulheres quentes, obviamente.

Sua pele havia se tornado mais fina, acostumada com a delicadeza das penas que usava para escrever. Nunca havia pegado numa enxada e, apesar de ter sido habilidoso com as armas, nos últimos tempos preferia decidir as guerras traçando planos e acordos sobre a mesa.

Era mais entediante, porém mais seguro.

O sangue pingou sobre o papel, uma, duas, três gotas. Por sorte não eram os livros que George FitzHugh lhe emprestara. Havia prometido devolvê-los intactos e não seria dessa vez que desonraria sua palavra.

Observou a mancha vermelha crescendo, sendo absorvida pelo papel grosso. Imaginou ver um rosto se formando, uma face pálida que ganhava cor e vida. Pensou nos imortais dos relatos. Tentou se colocar no lugar de cada ser antigo que andava oculto pelo mundo, demônios encobertos principalmente pela ingenuidade dos homens, alimentando-se dos medos e das crendices. Olhou para a janela, por instinto, com uma sensação de estar sendo observado.

– Impossível – murmurou ao ver o Sol tímido lá no horizonte.

Tinha poder, tinha riquezas, era respeitado e até mesmo temido, mas nunca seria como eles.

Aproximou o papel do rosto e sentiu o sutil cheiro ferroso, que deveria ser extremamente aprazível para os bebedores de sangue, tal como o aroma de um assado bem temperado. Esticou a língua esbranquiçada e permitiu que a ponta tocasse a mancha ainda úmida.

– Ridículo. – Soltou o papel sobre a mesa. – Simplesmente patético...

Balançou a cabeça e massageou o pescoço. Seus grandes cães se aproximaram e o encararam com olhos pidões.

– Sim, vamos aproveitar essa bela manhã para dar um passeio.

Como se entendessem as palavras dele, os *wolfhounds* irlandeses latiram e se agitaram, correndo até a porta. Sentaram-se, pacientes, coçando e mordiscando as incômodas pulgas que faziam o desjejum.

Lord Thomas se levantou, vestiu trajes apropriados. Apesar de confortável, não era uma boa ideia o senhor das terras sair de camisolão diante de seus empregados. Calçou suas botas e afivelou o cinturão com a espada que herdara do pai.

Estava pronto.

Saiu do seu aposento e cumprimentou os criados, que

faziam mesuras ao cruzar seu caminho. Sabia que alguns o odiavam, mas, se mantivesse os pagamentos em dia, sempre receberia os mais verdadeiros e sinceros sorrisos amarelados que as moedas de prata podiam comprar.

Ordenou que selassem sua égua. Estava com vontade de cavalgar pelos bosques que circundavam a propriedade. Havia tempo que não fazia isso: sempre ocupado com os afazeres que lhe cabiam, sempre atarefado com joguetes políticos. Sempre curvado de tanto se debruçar sobre leituras, nem sempre tão instigantes quanto as atuais.

– É o preço por essa vida. – Acariciou os pelos castanhos brilhosos e recém-escovados do belo animal. – Pior deve ser a solidão da eternidade.

– Perdoe-me, senhor, não entendi. – O cavalariço ajudou Lord Thomas a montar: cuspiu quando a lama da bota do seu senhor espirrou dentro da boca aberta.

– Não foi nada, Charles. – O Earl de Surrey assoviou e começou o trote, com seus grandes cães rodeando a égua acostumada com a presença deles.

Até chegar ao bosque, cumprimentou metodicamente seus empregados.

– Por que você é tão atencioso com eles, Thomas? – O rei Henrique VII brincava com seus anéis. Cada um valia mais do que o dinheiro que um camponês receberia durante toda a sua vida.

– Porque prefiro conquistar os corações a me arriscar a ser apanhado desprevenido pela lâmina de um punhal ou me refrescar em goles de veneno, meu senhor.

– Mas isso pode acontecer de qualquer forma. – O rei sorriu. – Ainda mais se a recompensa for polpuda.

– Concordo, majestade, mas, quanto mais eu puder diminuir os riscos, melhor.

Acenos e mesuras nada custavam, e Thomas sabia cativar as pessoas, dos incautos aos nobres. Por isso tinha a mesma desenvoltura nas conversas com o rei, bispos ou com bêbados nas tavernas da sua cidade. Sua palavra sempre fora afiada, mais que todas as espadas que já brandira.

"Você tem uma língua de ouro", Agnes Howard, sua segunda esposa, sempre lhe dizia. E, de fato, ela já provara sua *língua de ouro* tanto na oratória quanto em momentos mais íntimos.

Cavalgou por umas nove milhas, três delas dentro da mata

intocada, por uma trilha quase invisível e coberta de vegetação rasteira. Mesmo que não se lembrasse do caminho, os animais saberiam guiá-lo. Eram seus companheiros de jornada, seus confidentes e os únicos aos quais podia confiar sua vida.

– Bebam água, meus amigos. – Ele desmontou e permitiu que os cães e a égua se refrescassem no riacho pedregoso, o som agradável acariciando os ouvidos do Earl, enquanto ele estalava as costas.

Os cães começaram a brincar na água cristalina enquanto a égua pastava tranquilamente. Ele amava aquele lugar e lá encontrava a paz sempre que precisava – apesar de essa liberdade estar cada vez mais rara. Era seu refúgio secreto, conhecido por poucos. Lavou o rosto e tirou as botas. Gostava de sentir o mato e o musgo frio sob os pés. Comeu alguns mirtilos e morangos silvestres que nasciam por ali e se deitou para observar as nesgas de azul entre as copas das árvores.

Esticou os braços, e sua costela latejou por causa de um velho ferimento de guerra. Assim como as palavras marcam para sempre o papel, as cicatrizes também contam histórias.

Uma aranha amarelada passou ao lado do seu pé descalço. A picada do bicho doía muito e até podia causar febre, mas o Earl se manteve imóvel. Ela se embrenhou pelas folhagens secas e sumiu.

Um corvo grasnou. Os cães olharam para cima e farejaram o ar. A fêmea latiu duas vezes enquanto o macho avançou uns passos, as orelhas para a frente, buscando os sons inaudíveis para os humanos.

O coração do Earl disparou. Por instinto, ele se sentou e tocou o punho da sua espada. Na sua mente surgiram rostos pálidos de imortais, os caninos aguçados e os olhos incisivos, penetrantes. Um arbusto farfalhou logo adiante e os cães partiram em disparada, mesmo sob os protestos do seu mestre.

A égua relinchou, mas não parou de pastar. Thomas começou a suar, e um medo estranho o deixou ofegante. Ouviu um guincho agudo e pôs-se de pé num pulo, posição de guarda, a mão espremendo o cabo da espada.

Os cães latiram e voltaram velozes, correndo atrás de um cervo que fugia desesperado. O Earl caiu sentado, as pernas bambas, mas o coração aliviado. Tomara um imenso susto, mas nada comparado aos exageros formados na sua mente.

– Ainda está de dia e há anos não há quaisquer relatos deles... – Limpou o suor da testa com as costas da mão. – Devo estar virando um velho cagão e influenciável.

Os cães retornaram ofegantes, as línguas de fora e os pelos duros cobertos de carrapichos. Deitaram-se num remanso e lá ficaram para aplacar o calor da caçada infrutífera.

– Estão se divertindo, não é? – Thomas se aproximou e os afagou, ganhando boas lambidas em retribuição. – Vocês, sim, têm uma boa vida.

A égua levantou o rabo e deixou cair um monte de bosta enquanto continuava comendo as plantinhas rasteiras.

O Earl riu e pensou em como a vida era simples. Complicadas eram as pessoas.

– Aproveitou a primeira noite do seu novo despertar, meu amor? – Liádan levantou a tampa do meu caixão. Vê-la sempre me fazia feliz: era como se os sonhos ganhassem vida ao abrir os olhos.

– Ah, minha doce Liádan! – Acariciei seus cabelos ruivos, sempre perfumados com água de flores. – Foi uma noite memorável, digna de um rei.

– Percebo... Ainda continua corado.

– Empanturrei-me – pisquei. – Bebi até não caber mais.

Sentei-me e coloquei a mão no bolso: peguei um dos anéis que roubara do meu anfitrião – *além do seu sangue, claro*. Saí do meu caixão e coloquei-o no dedo fino dela. Ficou largo, mas mesmo assim ela sorriu.

– Meu velho galanteador – ela me deu um beijo na bochecha.

– Velho? – Estalei os dedos. – Estou na aurora da minha vida e... – arregalei os olhos.

– O que foi?

– A gorda!

– Que gorda? – Liádan franziu a testa.

– A mulher do balofo...

– Que balofo? Eu não estou entendendo nada.

– Você tem razão, devo estar ficando velho mesmo. Ontem eu me alimentei de todos que estavam lá na casa, mas esqueci de matar a gorda – dei um tapa na testa. – Ela sabe o meu nome, mas creio que ninguém nesse lugar me conhece. Será que preciso me preocupar? Ela estava tão bêbada...

– Acho que não. Talvez...

– Estava tão cheio de sangue que sequer me lembrei dela roncando no sofá – uma mosca pousou na minha mão ainda salpicada de vermelho-escuro. – Preciso de um banho!

Como de costume me lavei, na água fria mesmo, esfregando com vigor para me livrar de todas as imundícies da minha pele, e troquei de roupas: aquelas estavam empapadas de sangue seco e iriam para o fogo mais tarde. Vesti-me como um rico senhor, pois sabia que as aparências abriam todas as portas. E deixavam os pescoços mais acessíveis.

– Vou voltar lá, só por curiosidade. Afinal, tenho todo o tempo do mundo. – Subi as escadas assoviando e encontrei Stella acariciando o mesmo gato marrom e peludo da noite passada. – Olá, minha querida. – Peguei o tecido vermelho que larguei sobre a mesa na noite passada e fui até ela. – Veja, Stella, trouxe para você costurar um vestido. Lindo, não é?

– Seria melhor ter me trazido um vestido pronto – ela sequer me olhou.

– Também lhe trouxe um anel maravilhoso. – Tateei o bolso até encontrar a joia feita de ouro e cravejada de pequenos rubis. – Posso pôr no seu dedo?

– É o mínimo que pode fazer – ela esticou a mão ainda sem me olhar.

– Ficou perfeito!

– Está largo.

– Até breve. – Afastei-me e saí. Sabia que, quando ela estava mal-humorada, era melhor manter-me longe. Eu era imortal, mas ainda podia sentir dor.

.

.

.

– Mas que desgraça! – Fingi espanto. – Quando isso aconteceu?

– Não sabem ao certo, mas parece que foi durante a madrugada. – O jovem tecelão com o qual eu puxara conversa cutucou o nariz. – Todos mortos, exceto a mulher do velho Deaglán, que Deus receba a sua alma – fez o sinal da cruz –, todos gelados, pálidos e duros como mármore! Sabe, uma coisa estranha mesmo. Horrível de se ver. Nossa cidade é pacífica, só gente de bem, trabalhadora. Deve ter sido algum maldito vindo de fora.

– Que tragédia! – Fiz também o sinal da cruz, contendo ao máximo o riso, que por pouco não escapou. Tive que segurar a respiração por um instante antes de continuar. – E os vizinhos não ouviram nada?

– Nada. – Cumprimentou um moleque que passou segurando uma galinha pelas pernas. – Disseram que estava acontecendo um jantar animado, mas isso era rotina. Era assim que o velhote conquistava os clientes e os convencia a fazerem compras polpudas. Descobriram quando o Sol já estava alto no céu. A pobre mulher saiu aos berros de casa. Até caiu e ralou os joelhos.

– Entendi – olhei para o céu salpicado de pontinhos prateados. – A pobrezinha viveu maus momentos.

– Deve ter sido um monstro que fez isso – ele continuou a colocar os fardos de linho na carroça. – Até as criadas foram encontradas mortas! Tão lindas e... – Deu um sorrisinho que tornava qualquer explicação desnecessária.

– Um demônio, com certeza! Só um enviado de Satã para fazer tanto mal – balancei a cabeça. – E onde está a esposa agora?

– A pobrezinha está perturbada, falando coisas estranhas. – Ele passou uma corda sobre os fardos e amarrou-os bem, espantou um gato que pulou do telhado e começava a se aninhar nos panos. – Foi levada para a abadia de Tintern para se recuperar. O irmão dela é enfermeiro lá e também o único parente vivo.

– Ela não tem filhos?

– Olha... – Aproximou-se. – Pelo que fiquei sabendo ela era seca como a areia, mas não espalhe isso por aí, está bem? Ele teve um bastardo *pros* lados de Dublin, mas ela, mesmo com todas as promessas feitas, nunca conseguiu ter um bebê.

– Entendi... E onde fica a abadia de Tintern? – Acariciei o pescoço dos dois cavalos que já estavam atrelados à carroça.

– Vejo que você não é daqui, não é? – O tecelão arrancou um mato e começou a mascar ruidosamente.

– Não, não sou, sou bonito demais para ser daqui.

– É inglês, não é?

– Sim, algum problema?

– Claro que não, senhor! É que só um inglês mesmo para ser louco o suficiente para andar coberto de joias. – Assoou o nariz, e o catarro voou para perto do meu pé. – Ainda mais de noite!

– Não sei se haveria um bandido com coragem para tentar me roubar.

– Não sei como são os veados da sua terra, senhor – riu –, mas aqui eles cortariam fácil, fácil sua mão para pegar os anéis.

Ri com ele. Falamos bobagens por um tempo e descobri que ele passaria por Tintern para levar sua mercadoria até o comprador em Saltmills.

– Você se importa se eu for junto? – Acariciei o pescoço de um dos cavalos.

O tecelão, que descobri chamar-se Rían, ficou em silêncio me encarando por um tempo. Deu de ombros em seguida.

– Você é que sabe. Companhia sempre é bem-vinda, mas não sei se a minha carroça é suficientemente decente para alguém tão nobre.

– Está perfeita – sorri. – Apesar de hoje ter mais recursos, por muito tempo da minha vida fui um simples andarilho que vivia nas estradas passando frio e fome. Muitas vezes fui escorraçado como um cão sarnento.

– É mesmo?

– Sim, é uma longa história, mas se quiser posso te contar no caminho.

– Claro. – Rían se agachou para uma última conferida nas rodas, que logo precisariam de reparos; algumas já estavam lascadas. – Sairemos amanhã cedo.

– Por que não agora?

– Nessa escuridão? – Ele arregalou os olhos. – Desculpe a franqueza, meu amigo, mas acho que você deve ser meio louco mesmo.

Gargalhei.

– Ainda vai me achar louco se eu lhe der isso? – Peguei os dois últimos anéis de ouro surrupiados do morto e coloquei na palma calejada do tecelão, que arregalou os olhos. – É o meu pagamento pelo transporte e pelo incômodo de fazer você andar pela noite adentro. É o suficiente?

– Meu São Patrício! – Mordeu os anéis para confirmar a preciosidade. – Com isso a gente poderia pagar uma escolta!

– Não será preciso.

Novamente ele se calou, encarou-me por um tempo e deu de ombros:

– Vamos então! – Cuspiu na mão e esticou-a para mim. – E que a gente chegue lá com vida.

– Vamos chegar – cumprimentei-o.

Rían tomou uns goles do uísque vagabundo que levava consigo e me passou a garrafa de cerâmica, com uma careta. Seu rosto rapidamente se avermelhou. Fingi beber e até arrotei. Só o cheiro do álcool já fazia arder as narinas. Enquanto seguíamos pelas ruas de terra, ele repetia:

– Não sei quem é mais louco, você ou eu.

– A loucura é o que falta nessa época, meu querido – dei um tapinha no seu ombro. – As pessoas querem forçar a intelectualidade, a razão, ou o caralho que o valha, e se esquecem de como é ser livre. Criaram mais amarras além daquelas já impostas pelo mundo. Apertaram ainda mais os nós. Preferem permitir que cabrestos cada vez maiores sejam colocados. Viver não é isso, pelo menos não para mim.

– Então você e eu, Harold, estamos num bom caminho.

Rían cantarolou na sua língua enrolada, de um jeito rude, nada parecido com as doces melodias entoadas por Liádan. Estava feliz, soltava as rédeas para bater palmas: os anéis valiam muito mais do que receberia pelos tecidos, daria para comprar dez vezes aquela quantidade.

Para mim não fariam a mínima falta. Se eu fosse contar todas as riquezas que passaram pelas minhas mãos, reis e papas pareceriam humildes. Ouro e sangue sempre foram fartos depois do meu renascimento. E, confesso, eu adorava essa abundância.

Cruzamos com um grupo de homens mal-encarados que conversavam encostados num muro quase todo em ruínas e coberto por heras. Eles me olharam dos pés à cabeça e, assim que passamos, vi que nos seguiam, ouvi os cochichos sobre como seria *fácil roubar esses idiotas*. Tinham certeza de farto butim.

– Rían, se puder correr um pouco mais – olhei para trás e os vi sacando suas facas.

O jovem forçou os cavalos, mas os homens nos alcançariam, as rodas velhas não aguentariam os solavancos por muito tempo. Eu poderia facilmente destroçá-los, mas certamente perderia o meu transporte, além de chamar muita atenção dos ocasionais transeuntes que se dirigiam aos seus lares e das velhotas que entreabriam as portas para uma espiadela.

– Se importa? – Perguntei, pegando a garrafa quase vazia de uísque.

– Vá em frente – a carroça rangia e estalava sobre o chão irregular.

Levantei-me e, mesmo com o sacolejar, fiz um lançamento perfeito: a garrafa se espatifou na cara do primeiro infeliz, que berrou de dor, os olhos cegados e a pele retalhada pelos cacos. Uma máscara de sangue se formou no rosto dele, o que aguçou a minha sede. Contive-me.

Peguei uma pedra que o tecelão usava para travar a roda da carroça e atirei: errei a cabeça, mas deixei o bastardo sem ar, quando ela bateu com força no seu peito.

Eu me divertia com o jogo de tiro ao alvo, e esse pequeno momento de prazer me fez lembrar os apuros da juventude mortal, principalmente aqueles passados juntos com o meu querido Edred. Fizemos muitas merdas. Bons tempos.

Com os dois pretensos larápios caídos, os outros dois interromperam a perseguição e foram acudir os amigos.

– Tenham uma boa noite, senhores! – Fiz uma mesura e voltei a me sentar sob uma enxurrada de xingamentos.

– Ahahah, essa foi demais! – Rían deu um tapa no joelho, ofegando de emoção, a testa salpicada de suor e as veias saltadas no pescoço, o que me fez lamber os beiços. – A vida sem um pouco de aventura é chata demais, não é... Qual é o seu nome mesmo?

– Harold.

– Harold! – Pegou outra garrafa, escondida sob os tecidos, arrancou a rolha com os dentes e bebeu mais uns goles. – A sensação de medo nos deixa vivos! Quase nos fodemos, mas agora está tudo bem.

– Não comemore, meu amigo, a estrada é longa.

– Sem problemas, Harold, o Certeiro. Ainda tenho uma meia dúzia de garrafas aqui embaixo. Mantenha-se sóbrio e tudo ficará bem.

O tecelão gargalhou alto, o que ocasionou uns "cala a boca, seu maldito" de velhas matronas que tentavam dormir, respondidos imediatamente com enrolados "vai se foder" e "vem chupar o meu pau".

Eu os conhecia pouco, mas adorava os irlandeses.

– Mal despertou e já está afoito por aventuras. Seu espírito é irrequieto, é como fagulha em palha seca, basta o mais leve sopro do vento para se transformar em labaredas, fortes, descontroladas, que só vão se apagar ao virarem cinzas. – Liádan olhou para o horizonte pela pequena janela, seus cabelos vermelhos dançando suavemente ao ritmo da brisa da noite, as nuvens flutuando livres sobre a imensa colcha azul-escuro. – Sinto que não o veremos mais essa semana.

– O que você vê? – Stella se aproximou e a abraçou por trás, as mãos pequenas delineando o corpo perfeito sob o tecido fino, fazendo os pelos do corpo dela se eriçarem.

– Ele segue rumo a Tintern.

– Por quê? – Stella inspirou o perfume dos cabelos ruivos, misturado aos aromas das flores noturnas. Mesmo depois de séculos, esse odor lhe agradava muito.

– Para finalizar o que começou – o gato pulou sobre o peitoril da janela e observou-as, como se entendesse a conversa. Miou e logo se desinteressou: deitou-se e começou a dormitar.

– Devemos nos preocupar? Devemos ir atrás dele?

– Acho que ele já tem sabedoria suficiente para se cuidar sozinho. – Liádan se virou e beijou os lábios frios da amiga, carnudos e sensuais.

– Ah, esses lábios! – Harold sempre sorria ao beijar a bela morena. – Se um dia eu morrer, quero que seja por esses lábios!

– E quem disse que eu lhe daria tamanho presente? – Stella mordiscou o lábio, provocante.

Ele avançou e a abraçou, fazendo os corpos nus e aquecidos pelo sangue ingerido começarem a suar, exalando paixão, enquanto entre as bocas coladas ressoavam os gemidos abafados do prazer que já ebulia.

Continuaram se amando, enquanto eu, exausta, apenas observava a linda batalha, recuperando o fôlego depois de despertar a divindade feminina tão intensamente a ponto de sequer conseguir me levantar da cama.

– Não foi isso que aconteceu das outras vezes. – Stella afastou com delicadeza uma mecha que cobria o olho verde-esmeralda da amiga.

– É, não foi... Mas não podemos prever o futuro, apenas acompanhar o presente.

Liádan pegou a mão de Stella e as duas saíram para a escuridão. Duas beldades imortais e famintas. Duas predadoras perfeitas, cujas presas pereceriam felizes após o toque frio dos lábios bem formados. Em um mundo tão vil, tão cinzento e triste, o prazer sentido instantes antes do fim era uma maravilhosa dádiva, tal como uma bela poesia entoada por um hábil menestrel.

Mesmo se houvesse dor.

Mesmo se houvesse desespero.

Essa era a melhor morte que poderiam ter. Afinal, elas eram as rainhas das sombras.

E tão logo saíram para reivindicar o precioso sangue, sob a luz prateada da Lua que realçava a pálida beleza imortal, já encontraram aqueles que estavam dispostos a se ajoelhar perante o esplendor e lhes entregar a vida e a alma com um grande sorriso no rosto, devotos, fascinados tais como fiéis que alcançam o êxtase ao se deparar com alguma relíquia sagrada.

Mas, ao contrário dos objetos sem vida e sem poder, elas eram reais.

Se Deus disputasse com elas as almas dos homens, Ele sairia com o rabo entre as pernas.

– Boa noite, senhor. – Liádan se aproximou de um sujeito troncudo que pegava água no poço, na orla do bosque de pinheiros de onde elas tinham vindo.

Ele continuou a puxar a corda, mas sem tirar os olhos delas: não era muito comum duas lindas mulheres, trajadas como nobres, caminharem sozinhas, ainda mais na escuridão, e surgidas do nada.

O outro homem, que acabara de guardar as ovelhas no estábulo, franziu o cenho, como se não acreditasse nos seus olhos. Andou devagar até onde a lamparina a óleo pendurada num galho trazia luz. E abriu um sorriso de dentes podres.

– Boa noite. – O homem do poço olhou ressabiado para os lados, o medo instintivo gritando dentro dele, as memórias das histórias de assombração contadas pela sua avó vindas à tona, duelando contra o desejo oculto que começava a despertar no seu peito e a latejar dentro das calças surradas.

O segundo venceu com facilidade.

Elas sabiam que eram irresistíveis e que o insidio sempre era simples de se provocar. Ainda mais quando, de propósito, Stella se abaixou para colher uma florzinha qualquer, fazendo seus fartos seios se avolumarem próximos dos olhos dos homens que já estavam prestes a melar as calças.

– As moças estão perdidas? – O homem que cuidara das ovelhas e fedia a esterco limpou as mãos na camisa imunda.

– Estamos, sim – Liádan fingiu estar um pouco assustada. – Descemos da carruagem para fazer xixi e quando voltamos o cocheiro não estava mais lá. O safado fugiu com toda a nossa bagagem! Não se pode confiar em mais ninguém nesse mundo.

– Foram fazer xixi, é? – O homem de dentes podres esfregava a mão no pinto sem sequer disfarçar. – E estavam indo *pra* onde?

Liádan e Stella se entreolharam e trocaram palavras mentalmente.

– Bem... – Stella mordeu o lábio. – A gente *tá* fugindo de casa.

– É, estamos fugindo – Liádan permitiu uma lágrima escorrer pela sua bochecha branca, numa encenação digna dos melhores atores.

– Vocês são irmãs? – O homem do poço puxou o catarro da garganta e cuspiu.

– De criação – ambas responderam em uníssono.

– E o que vão fazer agora? – O de dentes podres se aproximou e tocou o ombro macio de Stella, que teve que conter a ânsia ao inalar o bafo fedido dele. E também a vontade de lhe quebrar o braço.

– Bem... – Liádan hesitou. – Está ficando frio e não temos onde passar a noite.

– O cocheiro levou todo o nosso dinheiro também – Stella completou. – Ficamos somente com a roupa do corpo.

– Podem ficar aqui em casa. – O homem do poço sorriu.

As duas se entreolharam e mantiveram o silêncio.

– Não precisam se preocupar, docinhos, somos boa gente – ele respondeu.

– Totalmente boa gente. Somos bons cristãos – o outro já havia gozado, tamanha a excitação, e agora seu pau começava a se reerguer. – A gente vai à missa, doa dinheiro e ajuda a arrumar a igreja.

– Mas nem conhecemos vocês e... – Stella fingiu temor.

– Não seja por isso, lindeza. – O homem segurou a sua mão. – Eu sou o Castor e aquele ali é o Coelho, meu primo.

– Eu sou Liádan e essa é a Stella. – A dama ruiva já se deliciava com os sons dos corações batendo fortes. – E agradecemos muito pela generosidade.

– Podemos fazer o jantar como forma de pagar a nossa estadia – Stella sorriu e caminhou em direção à casa de madeira.

– Sim, sim, essa noite iremos comer muito bem... – Coelho lambeu os beiços e atirou uma pedra no cachorro, que começou a latir. O animal ganiu e foi se enfiar dentro de um barril deitado, que lhe servia de moradia.

– Sejam bem-vindas – Castor abriu a porta, que rangeu e estalou. Lá de dentro o cheiro da fumaça de madeira ainda úmida impregnava o ambiente. – Podem entrar. Meu lar, seu lar!

Todos adentraram a casa espaçosa, mas simples e desprovida de qualquer luxo ou mesmo higiene.

A porta se fechou num baque seco logo em seguida, enquanto os homens já se preparavam para abrir outras coisas.

– Eu sabia que você estaria aqui, meu pai. – Thomas Howard apareceu no refúgio secreto acompanhado dos seus próprios cães, irmãos dos que descansavam à sombra. Assim que se viram, depois das cheiradas de boas-vindas, começaram a correr e a chapinhar no remanso. A égua pastava sem se preocupar com a algazarra. Um esquilo apareceu num galho baixo e farejou o ar, buscando o odor de algum petisco que pudesse ser roubado. Como não sentiu nada, voltou para o seu refúgio nas árvores.

– Não veio montado, filho?

– Estava precisando de uma boa caminhada. – Seu saco ainda coçava bastante, pois não conseguira encontrar-se com o boticário. – Meu rabo está precisando de um descanso depois da viagem.

Eles riram e comeram a carne defumada de javali que ele trouxera num pequeno saco de pano.

– Saborosa e macia. – O velho Thomas lambeu os dedos. – Estava precisando mesmo comer algo. Já não sou o mesmo de antes, sabe? Este corpo idoso requer mais cuidados. Agora me diga: tudo bem em Londres?

– A mesma chatice de sempre: os velhos resmungando para manter o poder e os novos reclamando para conseguir mais poder.

– Você sabe que é preciso todo esse teatro. – Um dos cães veio e lambeu a mão engordurada do velho senhor. – E sinto lhe dizer que ainda precisará passar por muitos momentos como esse.

– Eu sei, meu pai, mas, convenhamos, são momentos preciosos desperdiçados com negociações ranhetas. E que geralmente não trazem nenhuma resolução.

– Eu estou velho. Vivi e vi muito. Lutei, negociei, bajulei e fui bajulado. Calei-me quando deveria ter protestado e bradei quando era melhor ter ficado em silêncio – tossiu –, e, desde sempre, tudo permanece igual. As decisões são tomadas pelas pontas das penas e das espadas, mas até que isso aconteça sempre precisamos aturar um imenso palavrório. Nós mandamos, os outros vivem e morrem pelas nossas escolhas.

– E você se arrepende das que fez, pai?

O Earl de Surrey encarou o filho, os olhos pesados, a respiração cansada, mesmo sem motivo. Um dia ouvira do seu tutor que os ombros arqueados dos velhos não eram tanto pela idade, mas pelo peso das decisões.

Hoje ele entendia isso perfeitamente.

– Sempre há do que se arrepender, Thomas.

Um dos cães rodeou um formigueiro e começou a cavar, ignorando as picadas. Os outros rolavam no leito enlameado, felizes, com as imensas línguas sujas de pelos e terra. Nas árvores os passarinhos cantavam e no chão as minhocas seguiam fazendo seus buracos na terra. Um estorninho voou veloz e certeiro: puxou uma desprevenida na superfície e levou o roliço alimento, que se debatia em seu bico, até o ninho onde três filhotes depenados e famintos esperavam pela iguaria.

– Veja, meu pai, nós complicamos tanto a vida...

– Não discordo, meu jovem. Aliás, pensava nisso antes de você chegar. Nós criamos montes de coisas das quais não precisamos de fato. Criamos regras, condutas, nomes e obrigações. Complicamos tudo mesmo, mas também não me vejo vivendo como esses animais. – O Earl apontou para a matilha. – Quando experimentamos o luxo é difícil abrir mão dele. Quando experimentamos o conhecimento não queremos voltar para as trevas.

– Você está certo. – Coçou o saco, que agora ardia levemente. – Acho que estou um pouco ranzinza por causa do cansaço.

– Deixemos de lado esses assuntos chatos, você já teve uma cota suficiente de aborrecimentos lá em Londres. – O pai inspirou profundamente. – E sobre o *outro* assunto, descobriu algo?

O jovem Thomas soergueu as sobrancelhas pretas como carvão e permaneceu em silêncio enquanto o vento fraco com cheiro de mato molhado secava o suor que salpicava a sua testa.

– Acho que apenas rumores. – Ele não entendia as motivações do pai, mas nunca ousava contrariá-lo. Por meia dúzia de vezes já fora vítima dos seus rompantes de fúria e agora preferia manter a paz. Passou a língua pelo vão de um dente perdido ao ser esbofeteado numa das discussões e se lembrou da dor e da vergonha.

– Como você perdeu o meu ouro, fedelho? – A mão enluvada acertou em cheio o beiço, fazendo o sangue espirrar e o dente voar, tilintando no chão de granito.

– Foi numa aposta, pai. – O jovem Thomas pôs a mão na boca, que já começava a inchar. – Eu tinha certeza de que iria ganhar e...

– Quando tiver seu próprio ouro, rapazote, você pode apostar o quanto quiser, mas agora vai pensar em como me devolver o que perdeu. – Virou as costas e saiu pisando duro.

O filho desabou no chão. As lágrimas contidas durante a discussão agora escorriam fartas, misturando-se ao ranho e ao sangue. O beiço latejava e a ponta da língua não saía do vão do dente perdido – que, por sorte, não era um dos da frente.

Sentira-se uma criança estúpida, punida na frente de todos os empregados. Fugiu para longe e voltou somente quando todos já dormiam.

– Algo que aprendi durante minhas décadas de vida é que não devemos desprezar nenhuma informação. Umas podemos verificar rapidamente; outras... é melhor observar com olhos e ouvidos atentos. Então me diga, filho, quais foram os rumores?

– Umas mortes sem... – hesitou.

– Sem o quê? – O velho começou a balançar o pé.

– Sem explicação racional ou no mínimo plausível. – O filho pegou um galho e atirou para os cães, que começaram a disputar o prêmio. – Nenhuma doença conhecida. Nada parecido com assassinatos comuns, apenas os mesmos *sintomas* das mortes causadas outrora pelos tais demônios, aqueles que o senhor estuda.

– Em Londres mesmo?

– Não. Pelo menos não ouvi nada sobre mortes assim em Londres.

– Onde então?

– Na fronteira com a Escócia. – Um dos cães, vencedor da disputa, trouxe o galho coberto de baba que novamente foi atirado para o meio do mato, o que gerou novo alvoroço entre os peludos. – Principalmente naqueles vilarejos incrustados nos cus daquelas montanhas frias.

– Muitas mortes?

– Você sabe meu pai, o povo exagera. Mas, segundo o padre August, pelo menos umas trinta mortes tinham o mesmo perfil: corpos exangues e semblantes apavorados. E, claro, marcas de mordida.

– Tal como descrito nos tomos que peguei com George Fitzhugh.

– O quê?

– Uns livros que peguei emprestados da biblioteca da Universidade de Cambridge. Uma compilação de relatos sobre as aparições desses demônios na Inglaterra. E sobre os demônios, alguma descrição, algum indício?

– Sobre as *demônias*...

O pai franziu o cenho.

– Na verdade, todos os sobreviventes ou testemunhas disseram se tratar de mulheres. A que aparentava ser mais velha era muito semelhante a uma, como eu poderia explicar... Soldado. A outra, apenas uma menina, uma jovenzinha sardenta.

– Seria a rainha celta?

– Quem?

– Buddug – o pai deu um sorriso satisfeito por ver que os

livros que lera minuciosamente tinham fundos de verdade. Havia relatos de uma mulher guerreira e também de uma jovem imortal com o rosto salpicado de sardas, que falava como os mercadores italianos.

– Os nomes eu não sei e também duvido que elas tenham se apresentado antes de se fartar com os infelizes lá. – O jovem riu, mas não foi acompanhado pelo pai.

– Está vendo, meu filho? Tendo o conhecimento certo, posso lhe dizer quase com certeza que os boatos nada têm de infundados. O padre August é muito confiável, e agora sei que os livros também são. Agora prossiga, conte-me tudo o que sabe.

E eles continuaram na clareira até quase escurecer, conversando, debatendo e ousando dar desfechos às histórias, até que voltaram apressados para seus lares. Primeiro para a trilha fechada na mata, depois para a estrada que levava até o castelo de Reigate, sua moradia principal, que teve o grande portão de carvalho reforçado com ferro fechado pelos vigias assim que passaram.

Depois de tantas palavras trocadas sobre os seres da noite, tinham medo de arriscar, apesar de não haver relatos de aparições dos imortais por aquelas bandas. Não recentemente, pelo menos.

Esconderam-se como ratos dentro da proteção das paredes de rocha sólida, que sabiam ser inúteis contra o mal que surgia das densas trevas.

– Acorda, Rían. – Dei um peteleco na orelha do tecelão, que roncava e babava profusamente. Se a estrada não estivesse deserta, o barulho teria atraído muitos ladrões. Em milhas. – Acho que estamos chegando.

– Puta que pariu! – Esfregou os olhos cheios de remelas e se espreguiçou. – Dormi quase todo o percurso!

– Também, depois de esvaziar duas garrafas de uísque... Ainda bem que você me explicou o caminho antes de apagar.

– Me desculpa, Harold. – Ele soluçou e fez uma careta. – Eu preciso mesmo diminuir a bebedeira. Ela ainda vai acabar comigo.

– Já pensou se eu sou um safado inglês e resolvo traçar o seu rabo? Você nem iria perceber, só sentir o ardor depois.

Ele arregalou os olhos.

– Você não fez isso, fez?

– Não se preocupe... Eu adoro rabos, mas prefiro os menos peludos.

Ele riu e vomitou logo em seguida.

– Pelos bagos do meu pai! – Colocou a mão na testa. – Que dor de cabeça dos infernos!

– Logo chegaremos a Tintern, daí você arranja uma sopa de galinha para tomar. Costuma resolver.

– Ou mais uns tragos para ficar bêbado novamente e esquecer a dor. – Ele pulou da carroça e caiu de joelhos. Levantou-se e cambaleou tal como mato ao vento.

– O que foi?

– Só preciso dar uma mijada. Não para, que eu te alcanço.

Logo adiante, a torre quadrada da grande abadia de Tintern já despontava no horizonte, do outro lado do rio que margeávamos. O céu já perdia a sua densidade negra. Logo amanheceria. Eu precisava encontrar abrigo. Uns corvos grasnavam para acordar os demais a fim de garantir o desjejum: onde havia homens, havia migalhas. E os sapos coaxavam, prestes a ir dormir.

Uma raposa voltava para a toca com um ratinho na boca. E os mosquitos se alimentavam do meu companheiro de viagem bêbado, que acabara de voltar para a carroça aos tropeços.

– Odeio esses sugadores de sangue. – Deu um tapa no braço e esmagou o inseto, formando uma mancha vermelha. – Essas pragas vêm, bebem o nosso sangue e ainda deixam uma coceira desgraçada.

– É, esses sugadores de sangue são mesmo infernais...

– Você não está levando picadas?

– Não. Acho que o meu sangue é ruim e eles não gostam.

– Sorte sua.

Andamos mais uma milha, aos sons de tapas, zunidos e xingamentos. Antes de os monges tocarem o sino para despertar o povo, chegamos aos portões ainda fechados da abadia de Tintern.

– Eu sigo o meu caminho daqui, Harold. Não vou parar, quero chegar o quanto antes em Saltmills. E descobri que ainda devo ter mais uma ou duas garrafas de bebida debaixo da mercadoria, então consigo aguentar o caminho que falta. – O tecelão me deu um abraço. – Espero te ver novamente.

– Quem sabe!

Pulei da carroça e fiz uma mesura. Ele levantou o braço, o corpo meio pendente, indo para lá e para cá com o sacolejar. Seguiu pela estradinha que margeava a construção de pedra. Com certeza dormiria logo mais e talvez fosse roubado.

Mas nossa jornada se separava naquele ponto. E eu tinha as

minhas preocupações: precisava de abrigo com urgência antes de procurar a gorda. Logo o Sol, apesar do tempo nublado, começaria a me importunar.

– Se Loki tivesse me dado a imortalidade sem o risco de torrar no Sol teria sido perfeito. – Olhei ao redor, mas não encontrei nenhum lugar para me esconder. – Mas se tivesse feito isso teria me tornado um deus. Bom, pelo menos ele me agraciou com a dádiva do meu pau continuar firme para sempre.

E foi a chance de alguém lucrar com o meu pau que me salvou naquele momento.

– Oi, meu lindo! – Uma prostituta cheirando a suor com perfume acenou de longe. – Está esperando alguém?

– Você.

– Eu? – Ela parou ao meu lado, a boca exalando cerveja e porra. – A gente se conhece?

– Prazer, sou Harold. E você?

– Ailís.

– Belo nome.

– Você é inglês?

– E dos melhores.

– E eu uma irlandesa das mais safadas!

Ela riu e se engalfinhou no meu braço, deixando os seios experientes roçarem no meu cotovelo.

– O que acha de ir lá para casa? Podemos tomar juntos o desjejum.

– Só depois de comer o prato principal.

– Se assim prefere...

Dois pecadores à sombra da abadia. E certamente mais felizes que qualquer um dentro dos altos muros. Exceto os cães e gatos.

Caminhamos rápido até uma casa simples, mas longe de ser um casebre, o que mostrava o bom nível profissional da moça. Ela morava com a filhinha pequena, que ainda dormia tranquila.

– Não se preocupe que ela não vai acordar. – Fechou a porta atrás de si. – A Maírín tem o sono pesado.

Olhou para a filha com ternura, pegou uma bonequinha de pano que estava caída no chão e colocou-a sob o bracinho da menina.

– Você tem um marido?

– Não. Já tive, mas era um traste, então preferi chutá-lo daqui. Agora somos só eu e ela.

– Então ninguém vai nos incomodar se eu quiser passar o dia com você?

Ela acendeu a lamparina.

– Não, mas não sei se você teria condições de pagar o meu preço.

Tirei meu cordão de ouro e pus no seu pescoço. Senti as veias pulsarem nos meus dedos e me excitei.

Ela sorriu e ajudou-me a tirar as botas.

E depois a camisa.

E a calça.

– Você é tão branco... Tão... Frio.

– Anos e anos vivendo uma vida noturna me deixaram assim. Mas acredito que a minha aparência não te incomoda, certo?

– Longe disso. Você é lindo. E não pense que é um elogio vazio de alguém que deseja apenas agradar.

– Sei disso. Vejo que me deseja. Os olhos nunca mentem.

– Não. – Sorriu. – No que você trabalha?

– Digamos que eu não preciso mais trabalhar.

– Eu gostaria de ter esse privilégio.

– Uns acham que é uma maldição...

Ela não compreendeu o que eu disse, mas certamente estava acostumada com clientes bêbados e confusos. Então fez o que fazia de melhor: calou-me ao começar a me beijar e a me tocar com habilidade. Pensar nos pintos que havia pouco tinham passado por aquela boca me fez afastá-la sob o pretexto de tirar-lhe as vestes.

E, quando ambos estávamos nus, abraçados, ela doando seu calor para mim, eu retribuindo com toda a minha atenção; quando as nossas intimidades bailavam juntas na ritmada dança do amor, mordi seu pescoço quase tão branco quanto o meu e a suguei ao som dos gemidos contidos para não acordar a filhinha.

Ela jogou a cabeça para trás e me puxou forte para ela, cravando as unhas nas minhas costas, durante a agonia que antecedia o prazer.

Sublime.

Único dentre centenas de outros que teve com os pagantes e os amantes.

Ailís teve uma bela morte.

Se um dia eu morrer, gostaria que fosse assim. Não quero partir de modo tão abrupto quanto o Alessio. Era um tolo que só reclamava e choramingava, mas talvez ainda tivesse uma chance de se encontrar.

Tal como na vida mortal, a idade traz experiência e essa a serenidade. O ímpeto é dos jovens, a parcimônia é dos velhos. Talvez conosco aconteça o mesmo, mas, ao invés de anos, precisaremos de décadas ou séculos – lembrei-me das sábias palavras de Liádan.

Então a letargia do sono começou a me dominar. Por sorte, a casa era bem escura, com apenas duas janelinhas pequenas, bem feitas e sem vãos. Me enfiaria num canto e jogaria o cobertor de lã por cima para garantir.

Apaguei a lamparina e me vesti.

Bocejei, as pálpebras pesadas e a mente cada vez mais lenta.

Contudo, eu ainda tinha mais uma tarefa. Não que a desejasse, mas não podia correr riscos.

E, dentre todas as vidas, eu sempre daria preferência à minha.

.

.

.

Andei até a cama onde a pequenina Maírín dormia tranquila, o dedinho na boca e os pezinhos protegidos do frio por meias grossas, a bonequinha surrada me olhando com seus olhos vazios. Não devia ter mais que três anos. Era linda, as bochechas rosadas delineadas pelos cabelos pendentes em cachinhos dourados.

Mal se ouvia sua respiração, apesar de eu escutar o coraçãozinho batendo forte debaixo do vestido marrom.

– Ah, o destino! – Acariciei seus cabelos. Ela resmungou, mas não despertou, virou-se de lado e continuou seus sonhos ingênuos. – Se houvesse outro jeito...

Mordi seu pulso gorducho com muita delicadeza e o sangue verteu na minha boca, magnífico, saudável e forte. Ela gemeu e abriu os olhinhos azuis, mas acalmei-a com um carinho na cabeça. Ela voltou a dormir em paz.

Seu coraçãozinho acelerou e a respiração começou a ficar ofegante. Partiu para o outro mundo depois de um longo suspiro. Beijei a sua testa, marcando-a de vermelho.

Fui até a sua mãe. Coloquei-a ao lado da filha e cobri-as com um lençol.

Peguei a coberta grossa e me deitei ao lado da cama, enquanto os raios de sol entravam pelas frestas. Lá eles não podiam me atingir.

Eu havia enganado a morte mais uma vez.

Então me lembrei de Marian, minha filha, motivo pelo qual me tornei um imortal. Fechei os olhos e vi claramente o seu rostinho doce e rosado, os olhos azuis e espertos e os cabelos dourados, tais como os da menininha cuja vida eu acabara de ceifar.

Já havia se passado mais de meio milênio.

E era como se ela estivesse ali, comigo, falando *papa*, puxando as orelhas dos cães e sorrindo para o irmãozinho Daniel.

Quinhentos anos tinham se passado.

E eu chorei com uma saudade doída, tal como se fosse ontem o dia em que parti. Em que deixei a minha família. Em que deixei a minha vida.

Chorei até as lágrimas secarem.

Não havia percebido que a bonequinha tinha caído no chão. Os olhos vazios me encarando.

Será que os meus também estavam assim?

Será que eu ainda tinha uma alma?

Abracei a boneca, ainda quente pelo contato com o corpinho dela.

– Que seu espírito encontre o caminho, menina.

Adormeci e sonhei com Marian e Maírín brincando juntas entre as flores de lavanda de um jardim primaveril.

– Por que está tão arredia, lindinha? – Castor apertou a bunda de Stella, que conteve a raiva e apenas fingiu um sorrisinho sem graça.

– É que não estou acostumada com essas coisas. – Cortou um pedaço da carne que defumava dependurada sobre o fogo e levou para o anfitrião, que enfiou tudo na boca e mastigou ruidosamente.

– Não seja rude, Castor! – Coelho acariciava os cabelos de Liádan que fingia bebericar cerveja. – As moças vão pensar que somos selvagens. E não somos. Somos bons cristãos.

– Não fui rude, eu sei que ela gosta disso – Começou a meter a mão engordurada sob o vestido de Stella. – Aposto que está louca para...

Guinchou como um porco ao ser sangrado.

O osso do braço rasgou a pele e saltou para fora num estalo alto.

– Vagabunda! – Castor segurou o cotovelo, o braço pendente e o sangue jorrando.

– Stella! – Liádan arregalou os olhos.

– *Pros* infernos! Esse *cazzo frocio tava* me irritando.

– E-ela quebrou o braço dele com uma mão! – Coelho se levantou num pulo. – Com uma mão!

– *Pros* diabos com essa frescura, Liádan! – Stella sorriu e mostrou as presas salientes. – Estou com sede!

E, enfim, a orgia começou.

– Ai, meu São Patrício, salve a minha alma! – Coelho desabou de joelhos, as mãos em prece e a mancha de urina crescendo na calça imunda. – Elas são dearg-diulai!

– Ai, minha Virgem Maria... – O outro esqueceu a dor do braço fendido e tentou correr. – Bebedoras de sangue! Amaldiçoadas!

Stella, delicadamente, colocou o pé no seu caminho, o que o fez tropeçar e dar de cara com o chão, quebrando o nariz e dois ou três dentes.

– Meu Deus, meu Deus! – Coelho começou a se arrastar para trás, os braços e pernas sem qualquer firmeza, o medo impregnado no fundo da alma, o cheiro de merda, por não conseguir controlar as tripas, empesteando o ar. – Me deixa em paz...

Liádan se manteve em silêncio, avançando calmamente, seus pés descalços mal tocando o chão de madeira rústica. Agachou-se e encarou, impassível, os olhos apavorados do homem. Mordeu o pescoço suarento enquanto ele estrebuchava tal como um peixe que acabasse de ser retirado da água. Ela poderia lhe dar uma morte amena, mas ele não merecia.

Ele e o primo eram dois bastardos imundos.

Mal precisou sugar. O sangue esguichava quente na sua garganta, enquanto ele arfava e tentava afastá-la a todo custo. Era muito forte, mas Liádan permanecia imóvel como uma rocha na tempestade, tal como uma estátua de mármore. As pancadas desferidas por ele sequer a incomodavam.

Fartou-se e sentou-se para ver Stella brincar com o seu jantar. O da dama ruiva agonizava no chão, os olhos turvos e um medo como nunca sentira antes. Logo precisaria pagar pelos seus pecados.

– Você ainda me deseja, seu merda?

– Pe-pelo amor de Deus. – O rosto de Castor era uma maçaroca de sangue, ranho e pelos. – Eu ia te tratar bem, eu ia te fazer carinho e...

Stella deu um tapa no rosto dele, o que fez mais uns dentes voarem.

– Carinho? – Rosnou. – Vocês, seus bostas, só pensam com os paus. Acham que nós somos apenas coisas que podem ser fodidas? É isso?

– Não é não, eu...

Outro tapa deslocou a mandíbula dele.

– Para de choramingar como uma vadiazinha, seu bosta. Agora está com medo?

Ele apenas gemeu, não conseguia mais falar. Pegou um ferro que usava para reavivar as brasas da fogueira e tentou acertar Stella, que mal precisou se mexer. Chutou-lhe o queixo, o que o fez desmaiar.

– Não vou lhe dar o prazer de não sentir dor, lindinho. Não mesmo.

Colocou o ferro nas chamas e aguardou pacientemente a ponta avermelhar. Assoviava até, como se estivesse a esperar um pão assar no forno.

Enfiou a ponta incandescente entre as pernas do infeliz, queimando o tecido puído da calça, fazendo chiar a pele.

Ele acordou aos berros e, ao tentar se livrar do objeto que o torturava, queimou a mão.

– *Grungsdaaal!*

– Eu não te compreendi – Stella aproximou o ouvido da boca dele. As lágrimas correndo fartas dos cantos dos olhos.

– *Astelasrr...*

– Acho que você vai precisar reaprender a falar, lindinho – sorriu. – Se bem que não sei se no inferno alguém vai querer te escutar.

Ela cravou as presas no pescoço dele e rasgou um naco de carne. Alimentou-se com raiva, tal como um lobo sobre uma carcaça.

Castor ainda estrebuchou um pouco antes de morrer, os olhos revirando, as unhas cravadas na madeira do chão.

Stella voltou-se para Liádan, o rosto, o pescoço e o vestido sujos de sangue.

– Isso foi intenso.

– Foi merecido.

– Concordo.

Stella respirou profundamente e pegou uns trapos sobre a mesa. Embebeu-os na água da bacia de barro e se limpou como pôde.

– Exagerei?

– Bem... – Liádan ajudou a amiga a se limpar. – Não sei se foi exagero ou apenas um rompante de, digamos, bestialidade.

– Hum...

– Você me lembrou a Tita.

– Ahahaha. Então realmente peguei pesado demais.

– É...

– Acho que todos nós precisamos extravasar de vez em quando, Liádan. Não sei como você consegue ser tão calma.

A amiga deu de ombros e abriu a porta. Foi recebida por lambidas nas canelas.

O cãozinho, outrora afugentado, entrou na casa, cheirou Coelho e mijou sobre o corpo do Castor. Voltou e festejou aos pulos com Liádan e Stella, virando-se de barriga para cima a fim de receber afagos e umas coçadas nas picadas que tanto o importunavam.

– Bem, ele acha que não exageramos.

– Tenho que concordar. Se o cão aprovou, fizemos a coisa certa.

– É, os cães sempre sabem...

As duas beldades saíram, agora acompanhadas pelo pulguento, que saltitava feliz e tentava capturar as mariposas que voavam próximas à sua cabeça. A noite ainda se prolongaria por tempo suficiente para dar um passeio, e quem, sabe, beber algo mais antes de ir dormir.

CAPÍTULO III – PODER? QUE PODER?

Que bom que pôde vir, padre August. – Earl Thomas tocou no ombro do jovem que desde criança desejava servir a Deus.

– Você não quer ser um cavaleiro como o seu pai?

Thomas se agachou e encarou o menininho, que rezava fervorosamente durante uma procissão da Virgem Maria, segurando uma cruz feita de gravetos amarrados com palha. A passos lentos, eles seguiram os fiéis e os padres que carregavam a imagem da santa pelas ruas, enquanto as pessoas olhavam pelas portas e janelas, a maioria fazendo metódicos sinais da cruz. Os desfavorecidos buscavam milagres e alguma sorte na vida miserável. Os homens de Deus seguiam convictos. Afinal, a fé dos pobres enchia os cofres da Igreja.

E, claro, alguns ladinos aproveitavam a turba que se acotovelava tal como ovelhas indo para um curral para adquirir alguns parcos bens que lhes renderiam alguns tragos na taverna mais próxima.

– Se eu for lutar, meu senhor, vai ser por Deus.

– Há muitas batalhas em que a espada serve aos propósitos do Senhor.

– Acredito que Deus não fica feliz ao ver as pessoas se matando. – Tinha a convicção das crianças.

– É, eu acho que você tem razão.

Thomas afagou a cabeça de August, filho mais novo do seu amigo Peter, e seguiu a procissão.

– Eu gostaria de ter vindo antes, mas tive que resolver uns assuntos com o bispo de Londres, William Warham. – Observou os quadros, cabeças de veados empalhadas e armaduras que ornavam aquela sala do castelo de Reigate, contrastando com os blocos de pedras maciças das paredes. – Há tanta burocracia, tantos detalhes, e, infelizmente, muitos problemas...

– Não se preocupe, meu amigo, eu sei como são essas coisas. – Convidou-o a se sentar numa cadeira de encosto alto, a madeira bem trabalhada com detalhes geométricos entalhados por um marceneiro habilidoso e o assento forrado com peles. – Não somos donos do nosso próprio tempo, tampouco do nosso destino. E nos enganamos na mesma medida quando achamos que as nossas ações nos pertencem na integridade.

– De fato. A gente acha que está no controle, mas somos apenas instrumentos da vontade do nosso Senhor.

Vinda de outro religioso, essa frase poderia ser definida como a mais pura falsidade piegas, mas August tinha mesmo Deus no coração. Não o Deus da Igreja, mas a essência do divino, o que era admirável pela sua pouca idade.

– Mas espero não estar atrapalhando.

– Longe disso! – August sorriu. – Sair um pouco de Londres me fez bem. Gosto da estrada e sinto falta de quando eu pregava de vila em vila. A vida confinada nas igrejas e catedrais nos traz conforto, mas pode nos afastar da nossa verdadeira missão, que é levar a palavra de Deus para todos.

– E é muito nobre essa missão.

– Acho que todas as missões são nobres se cumpridas com o coração e com a alma, Lord Thomas.

O velho senhor assentiu com a cabeça e tocou a sineta de prata. Logo a criadagem veio com um farto banquete.

– Você deve estar com fome, sirva-se.

– Eu me acostumei a comer com moderação. – Pegou uma fatia de pão e apenas uma perdiz assada. – Uma barriga muito cheia me deixa cansado e não me permite pensar direito.

– Assim como uma barriga vazia!

Earl Thomas encheu os copos com cerveja, e conversaram sobre o reino, as guerras e os caminhos da Inglaterra.

Ateve-se ao mundo convencional.

Sobre as trevas, demônios e bebedores de sangue, ainda era cedo para falar.

– O que você faz aqui no meu reino?

Hel surgiu das sombras, trajada de cinza, no pescoço um colar feito com dentes de animais e de homens e nos dedos anéis de prata. Estava descalça, e as unhas dos pés lembravam as garras das aves.

Era tão branca quanto eu, os cabelos negros como uma noite sem estrelas e os lábios arroxeados como os dos cadáveres. Era linda, apesar de me causar uma sensação estranha, nada agradável, principalmente ao encarar os olhos vazios, sem vida.

– Isso eu gostaria de saber também. – Olhei para os lados e vi várias almas me observando, fazendo um círculo ao nosso redor, vultos azulados sem rosto, jorrando nos meus ouvidos os dolorosos sons das lamentações.

Senti um calafrio, um gelo estranho que percorria a espinha.

– Eu morri?

– No meu reino só entram os mortos.

A resposta seca foi como um soco no estômago que me tirou o ar – *se é que eu ainda respirava.* Eu estava confuso, não me lembrava de como havia morrido, de nenhuma briga. Só se algum filho de uma cadela sarnenta havia me pegado durante o meu sono diurno.

Silêncio.

.

.

.

– Quando eu morri?

– Isso não está claro para mim.

– Você não é uma deusa? Não consegue saber nem isso?

Os olhos vazios de Hel se acenderam num vermelho vivo, e eu tive certeza de que passara dos limites. Havia irritado a rainha de Helheim. E não seria nada agradável me foder no reino dela. Principalmente pela eternidade.

– Ainda dá tempo de eu pedir perdão? – Levantei as mãos em sinal de paz.

Ela nada disse, mas, como se ouvissem um comando ou fossem açoitadas por um chicote invisível, as almas avançaram. Sons de tambores de guerra ecoaram por aquele mundo desolado e frio: montanhas de rocha nua, chão congelado, pontilhado de troncos de árvores mortas, sob um céu sem estrelas nem Lua, de um azul pálido, quase cinza, angustiante. O ar frio e seco ardia nas narinas, magoava os pulmões a cada inspiração.

Tum dum.

Tum dum.

– Agora eu me fodi de vez! – Olhei ao redor, mas não havia para onde escapar. – Já matei milhares de homens, mas como lutar contra espíritos ou o caralho que eles são?

– *As almas de todos que você mandou até mim* – a deusa sussurrou na minha mente, e um medo me amoleceu as pernas.

– Aposto que eles devem me *adorar*...

A multidão avançava.

O círculo se fechava cada vez mais.

E eu esperava para ter o couro arrancado da carne e a carne dos ossos. Ou coisa pior.

Eles estavam prestes a me tocar, e pude sentir o cheiro podre exalando deles. E um frio como se estivesse nu em meio a uma nevasca.

Caí de joelhos. As minhas pernas sequer suportavam o peso do meu corpo. Tentei fechar os olhos, as pálpebras estavam endurecidas.

Tum dum.

Tum dum.

Tentei afastá-los. Os braços não me obedeciam, e mesmo o grito de pavor entalou na garganta.

Tum dum.

Tum dum.

Tum dum...

Acordei de supetão, com batidas fortes na porta.

– Pela xoxota de santa Arilda de Oldbury, eu *tava* sonhando! – Respirei aliviado, o coração disparado e as mãos trêmulas. – Não foi dessa vez a minha derradeira foda.

Levantei-me ainda tonto.

O sonho havia sido real demais, perfeito demais.

Vivo demais...

As minhas narinas ainda acusavam o fedor das almas.

E pude ver todos os pelos do braço eriçados. Soltei o ar lentamente pela boca, formando uma névoa.

– Será que estive mesmo lá?

Estranho...

Mais três pancadas fortes na porta.

– Ainda dormindo, Ailís? – Uma voz rouca berrou lá fora. – Você deixou o senhor Alastar esperando até agora. E você sabe que ele gasta bem na minha taverna, então não me foda e...

– Se incomoda em falar mais baixo? – Abri a porta. – Ainda há pessoas dormindo aqui dentro.

– Quem é você? – O homenzarrão ruivo, pelo menos dois palmos mais alto que eu, franziu a testa, o cabelo ensopado pela chuva.

– Um amigo dela.

– E desde quando putas têm amigos? – O boi vermelho me

empurrou para o lado e entrou. Estava escuro, mas ele pôde ver mãe e filha deitadas na cama.

– Essa vaca está preguiçosa demais.

Fechei a porta.

O negrume preencheu a casa.

– Acorda, sua vagabunda – bateu palmas, puxou a coberta, mas, infelizmente, não tinha o dom de ressuscitar os mortos.

– Essa puta está muito bêbada, é isso? – Virou-se para mim enquanto eu acendia a lamparina a óleo com uma pederneira deixada providencialmente ao lado.

– Deve ser só cansaço.

Ele chacoalhou a perna dela e arregalou os olhos.

– Ela está fria... Está morta!

– Admiro a sua sabedoria – zombei.

Avancei contra ele. E foi como bater no tronco de um carvalho.

– Está louco, seu merda? – Ele era rápido demais, o que não condizia com o seu tamanho. Eu esperava uma presa fácil e recebi uma cotovelada na testa, o que me deixou meio zonzo. Cambaleei para trás e caí sentado no chão.

Vergonhoso, diria Tita ao ver essa situação. E gargalharia daquele jeito gostoso que só ela tinha.

Ele sacou uma faca, o que tornou as coisas mais interessantes, ainda mais naquele espaço restrito. Qualquer desatenção, qualquer erro, a pele seria talhada e as veias jorrariam sangue. Desde que despertara da minha letargia, eu ainda não havia participado de uma boa luta.

E percebi que estava enferrujado.

Consegui desviar de um chute, levantei-me e logo senti uma pontada no ombro. Por menos de um dedo de largura ele não rasgou o meu pescoço.

O grandalhão puxou a faca rapidamente e já investiu contra o meu rosto. Chutei-lhe o joelho e senti os meus dedos estalarem. Ele sequer se mexeu. Ou melhor, socou a minha boca. Se meus dentes não tivessem se tornado presas, tais como as das bestas selvagens, eu teria cuspido alguns. Dei dois passos para trás. Ele estocou, e a lâmina se cravou na palma da minha mão, que defendia o rosto. Doeu muito, mas foi menos do que se ele tivesse enfiado a faca no meio da minha fuça.

Aproveitei e talhei o seu rosto com as garras da outra mão. Ceguei-o do olho esquerdo. Ele ganiu, puxou a faca e tentou um novo golpe. Rasgou a minha camisa e arranhou a pele do braço.

Dessa vez consegui devolver a gentileza com um chute preciso nas bolas.

O gigante desabou, sem ar, o rosto vermelho e os dentes trincados.

Meus ferimentos já estavam cicatrizados, apesar de a boca ainda latejar. Mas nada que impedisse uma mordida no pescoço suado. E, ah! Como era delicioso o jantar da vitória. Lutar pela refeição dava um novo sabor ao sangue.

Bebi, e ele nem sentiu a vida se esvair do seu corpanzil. Segurava o saco – se bem que, pela força do chute, os ovos deviam ter subido para a barriga – e gemia.

– Obrigado pela bela luta, senhor. – Fiz uma mesura e vi seu corpo amolecer logo em seguida.

Fui até a jovem mãe puta e retirei o colar que lhe dera na noite passada.

– Você não vai precisar mais dele, querida. – Beijei-lhe a testa fria. Virei-a e coloquei seu braço sobre o corpinho da filha morta. Sabia que só restavam as carcaças, mas tive vontade de deixá-las assim.

Trouxe-me certa paz.

Apaguei a lamparina, não queria causar um incêndio se um vento inoportuno entrasse pelas frestas e espalhasse as chamas pelos panos e madeiras. Era um demônio, mas ainda tinha civilidade.

Saí e encostei a porta.

Estava saciado e feliz. E agora iria me encontrar com a gorda.

De onde eu estava conseguia ver a abadia. Corri, pois os monges já trancavam os grandes portões de madeira escurecida por algum incêndio ou mesmo tentativa de invasão. Alguns pontos haviam sido remendados com tábuas pregadas sem quaisquer cuidados. Em tempos de guerra, nem o sagrado é poupado.

– Gostaria de abrigo para passar a noite.

Dois noviços me olharam e se entreolharam.

– O senhor está machucado?

Havia cortes na minha roupa e sangue na pele.

– Sim – menti. – Fui assaltado naquela estradinha – apontei para o Sul, ao lado do rio –, roubaram o meu cavalo, as minhas coisas e ainda me deram uma bela surra.

Eles me permitiram entrar e escorraçaram dois mendigos bêbados que também tentavam conseguir um teto para passar a noite fria. Até nos recantos de Deus havia discriminações.

.
.
.

– Obrigado por me acomodar, irmão – agradeci ao frade que me levou até a hospedaria, onde uns dez homens já se preparavam para dormir. Vindo da cozinha, um cheiro gostoso de ensopado, que me fez lembrar dos bons tempos em que eu podia me alimentar com comida.

– Olha só Harry, consegui pegá *uma lebre. Consegui sim. A* fia da puta *correu, se entocou num buraco, mas meti a lança no bucho dela.*

Edred sempre estava feliz.

E o ensopado de lebre foi a melhor coisa que comemos em dias.

Uns gatos dormitavam perto do fogo. Eram sempre bem-vindos, pois ajudavam a controlar os ratos que abundavam onde havia alimento fácil. E, nos caibros do telhado, pombos se aninhavam juntos para se aquecer. Conquanto que as pessoas se mantivessem longe da direção dos cus sempre prontos a borrifar merda em cabeças desavisadas, eles não incomodavam.

– Você tem certeza de que não precisa mesmo ir à enfermaria?

– Eu acho que uma boa noite de sono será a melhor forma de me recuperar. Deus me abençoou com boa saúde e um corpo forte. – Precisei conter o riso.

O homem grisalho fez uma mesura enquanto um noviço veio trazendo uma manta grossa de lã, certamente infestada de piolhos e percevejos.

– Costuma fazer muito frio – fungou. – E, como lhe roubaram as roupas, isso vai ajudar a aquecê-lo.

– Obrigado, irmão. Agora pensando um pouco melhor, caso eu precise, onde fica a enfermaria?

– Siga pelo jardim, passe a casa dos médicos e logo vai encontrar a enfermaria – o frade apontou para o Norte. – Espero que tenha um sono revigorante e não precise ir até lá.

– Amém.

.
.
.

A melodia de roncos, gemidos, resmungos e peidos estava intensa quando eu me levantei e fui procurar a enfermaria. A Lua já estava alta no céu estrelado, o que era raro na Irlanda de tempo sempre nublado, chuvoso e cinza. Uma bela noite para matar e morrer.

Assoviei baixinho.

Um gato branco levantou a cabeça para me olhar, mas se desinteressou logo: fechou os olhos e continuou dormindo sobre o banco de madeira. Uma coruja piava numa pereira carregada de frutinhos ainda verdes. Tal como eu, cantava uma ode a mais uma noite de caça. Voou e sumiu por sobre o telhado do que devia ser a casa do abade.

Andei sem pressa.

Inspirei os perfumes das flores noturnas, ouvi os grunhidos de dois noviços trepando num canto. Eles não me perceberam, e eu também não os incomodaria. Diverti-me com as juras exageradas de amor, tão passageiras e rápidas como o ejacular após um coito ansioso.

Mas não serei ranzinza. Eu mesmo já me embriaguei com a sensação do amor e da paixão.

Deixem os jovens descobrirem o prazer. Quem sabe, depois de muito gozar – de forma contida e oculta, claro –, não se rebelem contra as privações a eles impostas. Quem sabe não escolham verdadeiramente seus caminhos.

A porta da enfermaria estava fechada, mas por sorte não havia sido trancada com a chave. Abri-a com cuidado esperando um rangido, mas pelo visto eles tinham tido o cuidado de olear as dobradiças havia não muito tempo.

O cheiro de várias doenças impregnou as minhas narinas. Ferimentos apodrecidos, pústulas e todo tipo de escara acometiam os enfermos. Dezenas deles dormiam ou tentavam dormir para aplacar a dor em camas emparelhadas dos dois lados da enfermaria, que lembrava um largo corredor.

Estava escuro, então, aos olhos humanos, eu passaria por um simples monge que viera observar se estava tudo bem. Aos meus olhos, via perfeitamente cada face contorcida de dor. Umas poucas expressando o alívio por ter conseguido cuidados. E um morto que permanecia com a boca aberta, como se tivesse sufocado antes de partir.

A vida era decadente.

Por sorte, estava afastado desse destino.

Fiz o sinal da cruz para um velhote que ofegava, os pulmões inundados de líquido. Dei um pouco de água para outro que ardia em febre, até acariciei delicadamente a xoxota de uma jovenzinha acometida por pesadelos. Ela se acalmou e voltou a dormir como um anjo.

Andei por entre as camas e logo encontrei a gorda, o rosto apavorado, a boca murmurando algumas palavras ininteligíveis, as dobras da pele exalando um cheiro de suor azedo. Ela tinha os olhos vidrados no teto e demorou a me perceber do seu lado.

– Padre, ele vai vir me matar.

– Quem vai vir te matar... Breda? – Demorei um pouco para lembrar o nome da roliça.

– O homem bonito.

– Homem bonito?

– Sim, padre. – Ela começou a se agitar. – O inglês que apareceu no jantar. Harald, acho que esse era o nome dele.

– Harold.

Ela se sentou na cama e espremeu os olhos para tentar enxergar melhor.

– Vo-você o conhece?

– Pessoalmente.

A gorda puxou a manta de lã, como se fosse um escudo que pudesse protegê-la. Pegou um crucifixo de madeira, bonito até, com um Cristo magricela entalhado nele, e o empunhou tal como uma espada sem lâmina.

Eu achava lindos esses momentos em que as pessoas acreditavam que a fé podia me dilacerar.

Coitadas.

– É você! – Ela começou a suar. – Agora me lembro da sua voz. Maldito demônio.

Eu esperava um grito, uma fuga desesperada, que certamente acabaria num tombo por causa do excesso de peso, mas não ser atacado.

Ela rosnou e tentou me acertar com o crucifixo. Tive pena. Era lenta como um porco capado.

Desviei-me facilmente e apertei a sua garganta para conter qualquer escândalo, mas já tínhamos plateia. Os doentes nas camas próximas tentavam ver o que acontecia com a irmã do enfermeiro.

– Voltem a dormir – engrossei a voz. – Ela está tendo um ataque e precisa se acalmar.

Murmúrios, resmungos e nada mais. As pessoas estavam acostumadas a obedecer, tais como ovelhas que são guiadas para os currais por cães muito menores, que poderiam ser facilmente pisoteados em caso de revolta do rebanho.

A autoridade nunca era questionada. Pelo menos não abertamente.

Pensei em beber o rico e gorduroso sangue dela, mas isso seria muito, mesmo para as ovelhas convalescentes.

Neque porro quisquam est qui dolorem ipsum quia dolor sit amet, consectetur, adipisci velit, sed quia non numquam eius modi tempora incidunt ut labore et dolore magnam aliquam quaerat voluptatem

Murmurei essa frase em latim, algo que li em um livro na biblioteca de um nobre que me serviu de jantar. Nada tinha a ver com cura, ou saúde, ou deus, mas os enfermos também nada entendiam dessa língua.

Ouvi alguns *améns* tímidos enquanto terminava de espremer a sua garganta.

– Agora ela dorme – falei, para dar continuidade à farsa. – Rezarei para que ela desperte melhor amanhã.

– Padre – alguém me chamou. – Você poderia me trazer outro penico? O meu já está cheio de merda.

– Claro filho, claro.

Saí da enfermaria e respirei o ar puro e doce da noite.

Estava pronto para partir, mas, como diriam os antigos, o destino é inexorável.

– Você ainda acredita no destino, Liádan? – Stella se equilibrava com um pé só sobre um galho fino, mal envergando a madeira. – Mesmo depois de tanto tempo? Mesmo os anos parecendo um prolongar sempre igual?

– Sim, eu acho que todos nós temos algo a cumprir.

– E o nosso destino está definido e é imutável, como um dia Gauri nos falou?

– Hum... Disso não tenho certeza. Eu acho que é possível construirmos um destino por meio das nossas ações.

– Eu já não sei mais no que acreditar. Não sei se quero acreditar em alguma coisa.

– Por que diz isso?

– Esquece.

Ela saltou e logo foi recebida pelo Pulguento, que mastigava alguma coisa encontrada no meio do mato.

Liádan permaneceu sentada num dos galhos mais altos de um salgueiro, passarinhos se aninhando sobre suas pernas. Sabia que era melhor calar-se. Não era a primeira vez que Stella tocava nesse assunto. Não era a primeira vez que a insatisfação e a insegurança começavam a abraçar o seu espírito.

E nos últimos tempos ela estava cada vez mais cinzenta.

– Acho que quero voltar para a Inglaterra – Stella rompeu o silêncio.

– Não passamos tempo demais lá?

– Sim, mas quero voltar.

– Eu preferia ficar.

– Eu sei. Esta é a sua terra, não a minha. Para falar a verdade, não sei mais qual é o meu lugar.

Stella partiu seguida pelo cãozinho.

– Você quer um carinho, cãozinho? – Padre August acariciou os pelos ásperos do imenso *wolfhound* irlandês do seu anfitrião. Nem precisou se agachar por causa do tamanho do bicho, que grunhia de satisfação e retribuía com lambidas molhadas. – Como todas as criações de Deus são maravilhosas!

– E os cães são os melhores – Earl Thomas surgiu no corredor onde ficavam os dormitórios do seu castelo, acompanhado do seu outro cão, que prontamente, foi até o padre receber sua cota de afagos, o comprido tapete se embolando por causa das largas passadas.

– Concordo. Se as pessoas se inspirassem nos cães, não teríamos tantos problemas nesse mundo.

– De fato, mas não sei se estaria disposto a ficar cheirando os traseiros de uns e outros.

O jovem padre corou, mas depois sorriu.

– Agora chega de brincadeiras – apertou o ombro do jovem. – Venha comigo até a biblioteca. Aliás, você já fez o desjejum?

August assentiu com a cabeça. Estava acordado havia bastante tempo, desde antes mesmo de o Sol nascer. Gostava do silêncio para se concentrar nas suas orações e nos seus escritos. Sempre carregava papéis consigo, onde podia transcrever suas ideias e relatos.

E, quando viajava, tinha muita motivação para escrever.

Quantos caminhos existem nesse mundo? Quantos levam à salvação? Deus nunca nos manda mensagens óbvias, mas quando aprendemos a entender Seus desígnios tudo se torna claro como a água mais cristalina – August escreveu enquanto descansava à beira de um laguinho repleto de peixes e girinos.

– Sente-se.

– Obrigado.

– Quer algo para bebericar?

– Só um pouco de água.

– Sirva-se – Thomas lhe passou a jarra e o copo. – Essa com certeza é melhor que a de Londres. Aqui temos uma nascente e peço para trazerem de lá. Espero que as crianças não mijem na fonte, mas sabe como é.

Gargalhou.

Os cães bocejaram e foram se deitar sobre o tapete perto da janela, aproveitando os raios de sol que entravam por lá. Um deles se coçou, fazendo os pelos voarem pelo recinto.

O padre deu longos goles na água fresca e estalou os lábios, enquanto o Earl de Surrey bebia sua querida cerveja, colocada ali pela sua deliciosa criada.

Lá fora, o barulho dos machados rachando a lenha e dos homens levando os animais para as pastagens. E da algazarra das crianças que se encaminhavam para ter as lições num mosteiro próximo.

– Você sabe por que lhe pedi para vir até aqui?

– Desconfio, Lord Thomas, mas prefiro que o senhor explicite os motivos.

– Pare de me chamar de senhor, August, senão ficarei chamando você de padre.

– É o costume.

– Saiba que nessa casa você pode deixar de lado as regras. Todas elas, se assim preferir.

– Somente algumas, então. – Ele já sabia o que o Earl insinuava. Todas as vezes que ia até sua propriedade, o velho o tentava com as mulheres mais instigantes, mas ele se mantinha firme – e rijo, quando sua fé fraquejava. Contudo, seu coração pertencia a Cristo.

Thomas Howard inspirou fundo e estalou os dedos.

– Demônios, filhos de Satã, imortais, bebedores de sangue... – debruçou-se sobre a mesa, o rosto transbordando paixão: esses seres o nutriam, eram o motivo de cada despertar, povoavam seus sonhos a cada adormecer. – A Igreja já os chamou por várias alcunhas. Pessoas comuns e até mesmo nobres os compararam aos anjos. Alguns aos santos.

August segurou a cruz de madeira que trazia no peito.

– Vários já escreveram sobre eles, e sei que você já leu muitos relatos e histórias sobre esses seres. A maioria dos escribas os condenava, outros apenas transcreviam os fatos sem dar quaisquer opiniões ou fazer julgamentos. Dois ou três, pelo que me lembro, contaram o quanto cobiçavam seus poderes, sua beleza e imortalidade.

– Sim, já li muito sobre eles. Comecei por acaso, num dia de ócio em que encontrei uns escritos antigos de um tal padre William Long. Os pergaminhos estavam se desfazendo, pois foram armazenados sem cuidado, na umidade, muitos trechos eram ilegíveis. Mas o que pude ler me surpreendeu muito.

– Sim, eu já li esses relatos. Por sorte, há algumas cópias deles em lugares seguros.

– No começo acreditei que era apenas uma invenção de um padre perturbado, que no fim da sua vida foi acometido pela doença. Fui procurar mais informações sobre ele, e sei que ele morreu numa praga que dizimou a cidade. Bem na época do encontro com um desses demônios.

– Isso eu não sabia, mas me perdoe a interrupção. Prossiga.

– Não sei se foi o acaso ou se foi Deus que me levou a isso: encontrei muitos outros relatos espalhados pela Inglaterra durante as minhas peregrinações. E todos eles convergiam para as mesmas descrições feitas pelo padre William.

– Sim... – Thomas tinha a face iluminada, tal como uma criança que ouve histórias na beira da fogueira. – E acredito que eles sequer sabiam da existência desses relatos antigos. Ou dos relatos uns dos outros. São de épocas distintas, inclusive.

– Muito provavelmente não sabiam mesmo. Alguns dos textos que li eram descrições muito pessoais, íntimas até.

– Sim, noviços que viram as belas damas da noite, mesmo que de relance, e nunca mais se esqueceram dos seus corpos maravilhosos – piscou.

– Infelizmente, ainda temos irmãos que sucumbem à carne – August desviou o olhar.

– Tudo isso, todos esses detalhes nos levam a crer que eles existiram de fato, apesar de a Igreja tentar enterrar o assunto sob muitas camadas de terra e pedras. Mas pelo que pude compreender, de tempos em tempos, mais cedo ou mais tarde, eles sempre retornam.

– E eu entendo plenamente essa decisão. Afinal, como falar abertamente de demônios que não podem derrotar? Como assinar a própria incompetência diante desses seres poderosíssimos que zombam de nós? Como se mostrar totalmente impotentes, sendo que há milhares de pessoas que veem a Igreja como sagrada e infalível? Isso causaria o caos e a ruína de tudo o que construímos. A ruína do nosso mundo, arrisco dizer! Voltaríamos às trevas.

– Você tem razão. E, ao contrário da política com outras nações e reinos, com eles não podemos fazer acordos ou tratados de paz. – O Earl cofiou o bigode. – Ou será que podemos?

– Santo Deus, senhor Thomas! – O padre se levantou da cadeira num pulo, como se tivessem lhe jogado água fervente no colo.

– Calma, August! Não precisa se exasperar. Foi apenas um pensamento alto – desconversou. – Algo que veio à mente, mas isso não quer dizer que devemos tentar isso. Afinal, todos sabem que não se negocia com demônios.

– Negócios? – Harry Newland, abade de Tintern, que acabara de chegar de Gales, onde descobri haver uma abadia de mesmo nome, encontrou-me no jardim e me abordou, a cara amassada pelo sono, os olhos vermelhos e os cantos da boca sujos de saliva ainda brilhosa.

Um dos responsáveis pela limpeza da enfermaria me viu entrando e estranhou. Mas, como eu aparentava ser alguém importante, achou melhor chamar o seu superior.

O abade era um homem sisudo e baixo, curvado pelos anos em prece e debruçado sobre os livros. Seus cabelos eram completamente brancos, apesar de não aparentar ser muito velho. As mãos salpicadas de sardas e manchadas de tinta tremiam levemente. E o rosto ainda estava inchado por ter sido despertado no meio do sono.

Fizemos as nossas apresentações rotineiras, as minhas nem tão verdadeiras assim, e ele prontamente me convidou à sua residência, sob os olhares curiosos do meu delator e de uns poucos insones que vieram espiar.

– Sim, senhor abade. – Peguei uma imagem muito bem-feita de um santo sobre a sua mesa, que ele me disse ser São Bernardo de Claraval, e observei os detalhes do rosto e das roupas. As artes desses novos tempos eram muito diferentes daquelas da minha juventude. Agora eram vivas, minuciosas e muito reais. – Sou inglês e vim para a Irlanda a negócios, mas, como o senhor já deve saber, fui roubado no meio do caminho e também levei uma bela surra.

– Eu não sabia disso – tentou, mas não conteve o bocejo, o bafo tão fedido que me fez virar o rosto. – Perdoe-me.

– Pois é – balancei a cabeça. – Restaram-me apenas a roupa do corpo e a minha fé para seguir em frente. Ainda bem que encontrei Tintern, se não teria passado muito frio e fome. Sem contar os outros perigos da noite.

– E o que fazia na enfermaria?

– Bem, meu estômago começou a doer. Deve ter sido por causa dos socos, então fui ver se conseguia algum auxílio. Entrei em silêncio para não atrapalhar os enfermos, mas como não encontrei ninguém...

– Entendi. – O abade, de olhos miúdos, mas muito audazes, não acreditou no que eu disse, mas também não tinha nada contra mim naquele momento.

Ou melhor, até aquele momento.

– Valha-me Deus! – Alguém berrou lá fora. O abade ainda não podia ouvir, mas eu tinha uma audição fora do comum. – A senhora Breda está morta!

– Foi aquele forasteiro estranho – um respondeu com a voz esganiçada. – Ele a estrangulou. Olha as marcas dos dedos no pescoço. Por São Patrício!

Então começaram os gritos.

– Bem, Lord Harry, agradeço pela preocupação. – Levantei-me e fiz uma mesura. – Mas agora, se me permite, gostaria de voltar para o meu leito e repousar, meu estômago já está melhor. Pretendo seguir viagem logo cedo e...

Duas pancadas fortes na porta. E lá fora um burburinho que indicava que toda a merda da abadia já tinha descoberto o meu crime. Dali a pouco tocariam até o sino para avisar os guardas da cidade.

Blim bloom.

Blim bloom.

Blim bloom.

Um monge sequer esperou a autorização do abade e escancarou a porta.

– Lord Harry – seu rosto pingava suor e logo a sua expressão se alterou para algo entre o desespero e a incredulidade. – Ei, ele está fugindo pela janela!

Sim, eu fugi.

O grande Harold Stonecross, criação magna de Loki e senhor das trevas, quebrou o vidro e correu com o rabinho entre as pernas, rasgando os ombros nos cacos ao passar pela janela estreita e caindo de mau jeito sobre um arbusto espinhento, que se enganchou nas roupas e as fez em farrapos.

– Ainda bem que a vergonha não é algo que me constrange – tirei uns espinhos que pinicavam o meu rabo.

Logo atrás de mim, um bando de homens com ferramentas de trabalho em punho corriam e berravam: *assassino, demônio, covarde, pega o cão.*

– Agora sei como uma raposa se sente – olhei o bando ensandecido.

Mas meus perseguidores eram lentos como caracóis e logo eu pude sumir na segurança da escuridão, ao som dos sinos de bronze e dos cães que latiam sem cessar, mais por causa da algazarra do que pela vontade de me perseguir.

Corri e escalei o alto muro na parte dos fundos. Parei lá em cima para observar. Tochas eram acesas, palavras de ordem eram berradas e eu comecei a me divertir com aquele festival de esbarrões, tropeços e xingamentos de pessoas remelentas.

– O filho da puta está lá em cima – um moleque gritou. Pegou uma pedra, atirou, e ela passou raspando pela minha cabeça. Levou um tabefe de um padre em repreensão ao seu linguajar.

Logo uma pequena turba se aglomerou abaixo de mim.

– Desça logo, assassino! – um berrou com um martelo de pedreiro na mão.

– Como pôde matar uma enferma? – outro fez coro, segurando uma faca comprida de estripar peixes.

– A Breda era uma boa mulher – outra chorava escandalosamente.

– Eu apenas dei paz ao seu espírito – respondi. – A balofa estava ruim da cabeça e, pela minha experiência, afirmo que ela nunca se recuperaria. Agora se me dão licença, vou cuidar da minha vida. Fiquem bem!

Pulei para a liberdade e deixei os cães raivosos latindo lá dentro.

E toda essa movimentação me deu sede. Matar mais alguém por ali seria arriscado demais.

Mas o Destino é um deus fanfarrão.

– Vo-você pulou lá de cima e não se machucou? – Um moleque de cabelos encaracolados e pés descalços arregalou os olhos verdes. Não havia percebido ele me observando lá de baixo. À primeira vista, ele não me parecia estranho, mas, depois de viver por tantos séculos, é muito possível encontrar rostos semelhantes. – Quando eu entro para roubar comida eu preciso escalar com cuidado.

– Tenho os joelhos flexíveis – pisquei. Tive que me controlar, pois o coração dele batia forte, o que me convidava para um banquete em suas veias.

– Iguais aos de uma cabra. Ou dos gatos.

– Agora me fala, moleque, onde você mora?

– Moleque não, tenho nome. Sou Leonard e moro por aí. E quem é você? Você fala estranho.

– Então vamos indo *por aí*, que daqui a pouco os putos lá de dentro virão atrás da gente.

– Roubou algo?

– Não.

– Então que você fez? Aliás, qual é o seu nome?

– Não te interessa, vamos.

– Você é muito chato e ranzinza.

Dei um peteleco na ponta do nariz dele e, resmungando, ele seguiu por uma trilha que serpenteava pela floresta nos arredores de Tintern.

.

.

.

– Você não tem mãe ou pai?

– A minha mãe era prostituta e me deixou para ser criado pelos monges, mas, sabe, a vida dentro daqueles muros me sufocava. Tinha uma comida, tinha uma cama, mas, porra, eu gosto da minha liberdade. E ficar rezando me deixava irritado demais.

– Então você fugiu e vive por aí?

– Eu prefiro dizer que agora eu cuido dos meus próprios assuntos.

– Gostei de você, moleque.

– Eu não sei se gostei de você, branquelo, mas Deus nos disse para *ajudá* o próximo, então...

Gargalhei. O filho da puta tinha espírito.

Liádan fechou os olhos e tentou sentir os espíritos ancestrais da sua terra. Bloqueou todos os sons, cheiros e sensações que pudessem atrapalhar a sua concentração.

Perdeu a noção do tempo.

Silêncio.

Completo.

Nada.

Era como se eles não estivessem mais naquele bosque. Era como se eles não existissem mais.

Murmurou uma prece para Fódla, sua deusa-guia, e o seu coração não se alegrou, como em tantas outras vezes. Até mesmo a voz dela, ouvida outrora, permanecia calada.

Nenhum eco.

Nenhum sussurro.

Nenhuma sensação de acalento.

Liádan tentou se lembrar de como era a voz de Fódla, não conseguiu.

Estranhou.

Eram íntimas como mãe e filha, apesar de nunca terem se encontrado pessoalmente. A presença da deusa era constante desde seus primórdios como mortal. Confiava nela. Daria sua vida se ela pedisse.

Mas agora Liádan não conseguia mais sentir suas energias, sua influência.

Abriu os olhos e tudo permanecia igual.

Era como se todas as forças ocultas tivessem partido, desaparecido. Era como se nada mais restasse do mundo espiritual e dos deuses.

– Fódla! – Gritou. Não houve resposta. – Fódla!

Tremeu. Um vazio frio, quase palpável, dominou seu corpo e sua mente.

Começou a chorar, pois era como se tudo estivesse se esfacelando ao seu redor.

E, pela primeira vez em muitos séculos, estava totalmente impotente.

.

.

.

Stella ouviu os gritos de Liádan. Um bando de estorninhos levantou voo em revoada. Um pereceu entre as garras de um mocho oportunista.

Olhou para trás, inspirou profundamente e seguiu sua jornada. Sabia que a amiga estava bem. Apenas vivia um momento de angústia.

Mas cada um devia vencer seus próprios demônios.

E ela precisava, mesmo sem saber o porquê, voltar à Inglaterra.

Aprendera a ouvir seu coração, e agora ele seria seu guia rumo ao Leste.

O dia já se findava, a brisa vinda do Sul indicava que seria uma noite fria, mas sem chuva. Um bando de gansos grasnava num laguinho formado pela chuva acumulada enquanto dois menininhos tentavam acertá-los com pedradas, vigiados pela mãe, que costurava umas roupas e só esperava o momento de as aves avançarem contra eles.

Thomas e August estavam empolgados com as conversas. Os olhos brilhavam e as mãos geralmente contidas se expressavam livremente. Como ambos eram estudiosos e *admiradores* do assunto em questão, o tempo fluiu com rapidez. Deixaram a biblioteca logo após o almoço e começaram a andar pela propriedade do Earl de Surrey. O ar fresco sempre desanuviava a mente. E o movimento ajudava na digestão.

– Eu prefiro cagar assim, ao ar livre. – O senhor das terras, sem qualquer cerimônia, foi para trás de uma árvore, arriou as calças e deixou a bosta livre para fertilizar o solo.

August, que segurava a urina havia um tempo, não se fez de rogado e mijou sobre umas florezinhas brancas.

– Você pode pegar um punhado daquelas folhas para mim? – Thomas Howard apontou para um arbusto frondoso enquanto fazia a força final para terminar de limpar as tripas.

O amigo lhe entregou as folhas e se virou de costas. Mesmo estando acostumado, essa nunca era uma visão agradável de ter.

Continuaram a caminhar, agora mais leves, e a conversar sobre os enviados de Satã.

O padre até mesmo se esqueceu das rezas diárias, que cumpria religiosamente desde os doze anos, tão envolvido estava em teorias demoníacas e nos segredos ocultos dos bebedores de sangue.

– Nós, da Igreja, os definimos como criações do Diabo. Contudo, em todas as descrições transcritas por aqueles que tiveram contato direto com esses imortais, há afirmações feitas por eles mesmos, que nunca haviam tido contato com Lúcifer ou mesmo com quaisquer outras criaturas demoníacas – o padre tirou uma pedrinha que entrou na sua sandália. – Será verdade ou apenas uma dissimulação deles?

– Essa é uma boa pergunta... Mas pode ser mesmo que existam outras forças além da dualidade Deus e Diabo.

– Houve um tempo em que nós acreditávamos em vários deuses, em seres da natureza e das sombras. – August devolveu o aceno para uma jovem que o cumprimentou. – Ainda há povos no Oriente que mantêm vivas essas crenças.

– E mesmo aqui. Há costumes, crendices e muitas tradições pagãs que perpetuam ainda hoje na nossa sociedade. Muitas com a conivência da Igreja.

– Verdade...

– Agora, independentemente de quem criou esses imortais, ainda os vejo causando muitos problemas e conflitos na Europa.

O Earl colocou as mãos para trás e parou de andar. Contemplou um grande carvalho, um dos últimos nas suas terras. Sabia que era uma árvore adorada pelos homens do Norte, e que muitos sacrifícios a Thor e Odin eram feitos sob sua copa frondosa.

– Eu não sei se a minha fé seria suficiente para confrontar esses seres, se um dia fosse preciso. – O padre fez instintivamente o sinal da cruz.

– Sem duvidar da sua fé, August, não sei se ela serve contra eles.

Thomas Howard pegou um graveto no chão e atirou longe. Os cães correram e, com poucas passadas, alcançaram a cobiçada presa. Rolaram no chão em uma disputa intensa, mas amistosa.

– Por tudo o que lemos e sabemos, esses seres parecem zombar da Igreja e mesmo dos pregadores de alma limpa – prosseguiu o Earl. – Deus, seja por meio de objetos sagrados, preces ou quaisquer outras armas, não lhes causa medo ou dor.

– Ainda bem que há muitos anos não temos quaisquer relatos plausíveis de mortes ou mesmo aparições por essas bandas. Se bem que algo estranho acontece na fronteira com a Escócia.

– Eu estou pensando muito em ir para lá. E gostaria que fosse comigo.

O padre arregalou os olhos, e o seu coração disparou. Sentiu as tripas revirarem. Uma coisa era ficar íntimo dos demônios dos livros, na segurança das bibliotecas, dentro das paredes grossas dos mosteiros e das catedrais; outra era encontrá-los cara a cara e arriscar o próprio pescoço. Apesar de sua fé convicta, ele temeu. Ainda balbuciou alguma coisa, mas, pela primeira vez que chegara aos domínios de Lord Thomas, ficou sem palavras.

Thomas Howard percebeu a hesitação do jovem e divertiu-se.

– Não precisa se exasperar, meu jovem amigo. Que mal pode haver em irmos até o Norte? Há milhares de pessoas por lá, então quais são as chances reais de sermos escolhidos para virarmos a refeição dos imortais?

– Er...

O padre não estava confortável. Pensou em apenas recusar, despedir-se e voltar aos seus afazeres em Londres, mas estava tão curioso quanto Thomas Howard. E esse impulso, apesar de um medo estranho gritar dentro dele, não podia ser contido.

– Eu vou. – Não tinha qualquer convicção na voz.

– Ótimo! Agora vamos voltar, que logo vai escurecer.

Os cães seguiram na frente, farejando o caminho e de vez em quando correndo atrás de alguma lebre que fugia veloz.

Ao redor, tudo permanecia igual: a rotina, o trabalho, as pessoas. Elas sequer imaginavam o que acontecia quando a escuridão caía. Apenas se trancavam em suas casas e almejavam uma boa noite de sono para recuperar o vigor.

E a falta de conhecimento era a melhor bênção que eles podiam ter.

– Viver livre é uma bênção, tio!

– Não sou seu tio, moleque, mas concordo com você: a liberdade sempre é a melhor escolha. Decidi por ela quando era mais novo que você.

– Você já foi preso, tio? – Leonard abriu a porta da cabana abandonada que ele usava como lar. Devia ser de algum caçador que morrera pelo meio do mato, pois estava em bom estado e tinha panelas, facas e algumas peles penduradas nas paredes.

– Não sou seu tio, porra! E sim, já fui preso. Várias vezes. Torturado e todo o caralho que você possa imaginar.

– Te passaram o caralho também? – Ele começou a rir e eu não me contive, gargalhei com o merdinha.

– Até que enfim perdeu esse seu mau humor, tio. – Leonard abriu um saco sobre a mesa e partiu um pedaço de queijo. – Você quer?

– Não, obrigado. – Eu tinha sede, mas naquela noite não conseguiria nada. Jejuaria contra a vontade, mas no próximo despertar me alimentaria em dobro. – Já que é tão sabido, me diz: você conhece alguma caverna por aqui?

– Caverna?

– Caverna, buraco, construção abandonada, qualquer coisa que seja bem escura, mesmo durante o dia.

– *Pra* quê?

– Bem, tenho um gravíssimo problema de pele, então o Sol me faz muito mal.

– Por isso que é branco como uma lombriga cagada.

– Sim, é por isso.

– E dói quando você pega sol? – Enfiou um pedaço de queijo na boca.

– Insuportavelmente.

– Bem. – Leonard coçou a cabeça. – A umas três ou quatro milhas daqui, não sei ao certo, tem uma ponte velha. E debaixo dela o rio cavou um buraco. Eu já me escondi lá uma vez.

– Então vou até lá.

– Quer que eu vá com você?

– Não precisa, moleque. Só me aponte a direção.

– Vem comigo – ele saiu da cabana. – Segue essa trilha. Anda, anda, anda. Vai passar por um vilarejo, daí anda mais um pouco e vai ter a ponte.

– Entendi. Obrigado, Leonard! Espero que você tenha uma vida longa e feliz.

– Digo o mesmo, tio.

Andei sem olhar para trás, assoviando e aproveitando o silêncio do bosque.

.

.

.

Não era um vilarejo. Havia apenas oito casebres esparsos ao redor de um pequeno lago. Uns três ou quatro pareciam abandonados. Mais distante, uma grande construção que devia guardar animais e víveres.

Pelo cheiro era um local onde curtiam couro, por isso estavam tão afastados das cidades próximas. Lembro-me do Edred dizendo que o inferno dos cristãos devia cheirar como um curtume. *Pra quê fedê tanto? – Tapou o nariz ao passar pelas valas onde deixavam o couro imerso. – Prefiro ficá pelado o dia todo... Não dá pra usá essa coisa nojenta.*

Passei ao lado da pequena roda-d'água, na saída de um riacho que desembocava no lago. O som estalado da madeira girando e o da mó moendo os grãos contrastavam com a suavidade da pequena queda-d'água.

De tempos em tempos um sapo coaxava e os grilos cricrilavam tentando atrair alguma fêmea para trepar. Logo virariam alimento dele, que já espreitava com a língua quase saindo da bocarra.

Alguns marrecos dormitavam tranquilos nas margens de juncos, enquanto um lagarto roubava um ovo de um dos ninhos de palha.

Olhei para o céu. Não tardaria a amanhecer, mas ainda dava tempo para uma refeição antes de dormir.

Escolhi uma casa a esmo. Não importava quem eu encontraria lá dentro.

Foi fácil entrar. A porta estava destrancada. Uma lufada fedida me fez tapar o nariz. Um cheiro ácido de urina e merda de pombo impregnava tudo. Era o que eles usavam para amolecer o couro.

Um homem, não muito mais velho do que eu, dormia de bruços. Aproximei-me. O fedor dele queimava as narinas, a pele impregnada de sujeiras não devia sentir o toque da água e do sabão havia anos.

– Como ele não sufoca aqui dentro? – Afastei a coberta cheia de remendos e procurei um pouco de pele debaixo do emaranhado de pelos que cobria seu pescoço. Cabelos e barba se enovelavam como lã ao vento.

Mordi e ele grunhiu. Não fui delicado, suguei com força. Aquele cheiro me enojava, o gosto da sujeira me enjoava. Bebi uns dez goles e terminei com o sofrimento quebrando o seu pescoço. Ainda tinha bastante sangue dentro dele, mas eu precisava de ar fresco.

Foi um grande prazer me afastar daquele lugar podre e sentir o cheiro gostoso das plantas orvalhadas.

Não saciei completamente a sede, mas não dormiria vazio.

Andei um pouco mais pela trilha indicada por Leonard. E encontrei a tal ponte, que não passava de uma pinguela caindo aos pedaços, várias tábuas faltando e as toras de arrimo tão podres que mal se sustentavam.

Realmente havia um buraco no barranco da encosta, e realmente dava muito bem para me abrigar nele, mas o putinho se esqueceu de me falar que lá dentro mais parecia um lamaçal.

– Vai ser mais um daqueles dias de merda para Lord Harold. – Pisei lá dentro e a lama quase chegou aos meus joelhos.

E de joelhos chafurdei até o fundo, onde não havia tanta lama, mas era igualmente molhado e frio. Pelo menos era escuro o suficiente para eu não precisar me preocupar com o Sol. E, por sorte, os tempos em que poderia contrair um resfriado haviam ficado para trás.

Recostei-me na parede de terra e fechei os olhos, sentindo as aranhas curiosas percorrerem o meu corpo. Elas tinham a picada doída e um veneno potente, mas não me picariam, eu não as ameaçava.

Meu rabo estava gelado e eu tinha a impressão de estar cagado, tamanha a quantidade de lama dentro das calças. Porém, logo a letargia do sono me dominou. E nada disso me incomodava mais.

A terra se abriu lentamente, e de dentro dela despontaram os cabelos ruivos intocados por quaisquer sujeiras. Liádan flutuou para fora do seu abrigo e agradeceu silenciosamente a generosidade da acolhida. O descanso no ventre da terra acalmou o seu espírito e dissipou um pouco a tristeza.

Meio milênio havia se passado, e essa não era a primeira vez que era tomada por incertezas e inseguranças. Tirou todos os pesos dos ombros e subiu bem acima das árvores.

Gostaria de conseguir tocar as estrelas.

– O mundo é imenso...

Fechou os olhos.

Sentiu a energia de Stella, distante, mas ainda assim muito forte e resoluta. Preferiu não procurar por Harold; sabia que ele estava bem.

Não havia outros imortais por perto. Depois do encontro no círculo de pedras, uns voltaram para os seus lares, outros resolveram viajar pelo mundo. Alguns simplesmente não podem – ou não querem – serem mais sentidos.

Pensou em Alessio. Será que ele havia encontrado a tão almejada paz, ou apenas deixou de existir, assim como seu corpo, que se transformou em cinzas espalhadas pelo vento?

Abriu os olhos na noite densa. Sentiu saudades da luz. Ainda conseguia se lembrar de como era o dia, de como era sentir o calor do Sol sobre a pele.

– Eu me lembrarei depois de milênios?

Despiu-se lá no alto mesmo, deixando cair o vestido sobre um pinheiro. Pousou dentro de um riacho de água gelada. Precisava se lavar, não por estar suja, mas para receber a força da água corrente.

Uns peixinhos nadavam ao seu redor e duas lontras vieram ver quem estava em seus domínios. Liádan as acariciou e logo elas brincavam despreocupadas.

A dama ruiva submergiu e lá ficou, muito tempo. Esvaziou a mente e quase sucumbiu ao frio e à falta de ar. Emergiu e inspirou profundamente, as pontas dos dedos arroxeadas e o seu corpo tomado por leves tremores.

– A vida é feita de instantes, não importa quão longa ou curta ela seja.

Pairou até onde estava o seu vestido e permaneceu nua enquanto o ar frio da noite secava o seu corpo, arrepiando a pele, intumescendo os mamilos, eriçando os pelos.

Vestiu-se e deixou seu corpo ser levado para onde o vento soprava, os pinheiros se curvando lentamente à sua passagem como se quisessem reverenciá-la. Se alguém a visse naquele instante, voando livre, linda, perfeita, logo bradaria que era um anjo.

Talvez fosse.

Quem discordaria?

Quem não juraria amor por ela?

Quem não seria fiel?

Quem seria imune aos seus encantos?

Quem não lhe daria a vida sorrindo se ela pedisse?

Um grito a fez despertar dos seus devaneios.

Um grito abafado que só alguém com muito medo poderia dar.

Liádan parou logo acima de uma igrejinha de madeira, menor que muitos salões de fazendas ou casas de nobres. Ouviu os ratos correndo pelos caibros e um choro contido lá dentro.

– Eu não quero... Por favor, pare!

– Você quer que eu te bata de novo?

– Por favor, não... Ai!

Liádan arrancou as telhas de madeira como se fossem folhas secas. E desceu dentro da igreja, pousando sobre o pequeno altar, amassando as folhas da bíblia aberta.

Uma jovenzinha, quase uma criança, tinha um olho roxo e o nariz sangrando. Sobre ela, um homem gordo, de cabelo tonsurado, resfolegava e grunhia como um javali.

Ele arregalou os olhos e se levantou com dificuldade, o pau duro e a boca entreaberta, o peito manchado com o sangue dela. Enquanto isso, ela puxou suas roupas rasgadas e se acuou num canto, tão espantada quanto ele, os músculos rígidos e os dentes cerrados.

– Quem é você? – O homem olhou para o buraco no teto e depois para Liádan.

– Eu sou um anjo.

– Anjo? Anjos são homens!

– Cale a boca, maldito! – a voz ecoou. Ele se encolheu como uma criança que espera uma bofetada do pai.

E ela veio.

Liádan voou sobre ele e, com um puxão forte, arrancou-lhe o pau.

O homem guinchou.

– Pelo amor de Deus, eu sou padre...

– Pior ainda! – Liádan segurou a cabeça, beijou-lhe a testa e enfiou as unhas nos olhos dele. – Isso é para você nunca mais cobiçar crianças.

Ele caiu de joelhos, as mãos sobre o rosto, o sangue escorrendo entre os dedos, jorrando também da virilha mutilada.

A dama ruiva limpou as mãos no hábito jogado no chão e se aproximou da menina, agora com o rosto sereno e calmo.

– Qual é o seu nome?

– Treasa – ela tremia muito.

– Não se preocupe, você está segura agora. – Estendeu-lhe a mão e a ajudou a se levantar.

– Obrigada... Você é mesmo um anjo?

– Não.

– Não importa, você me ajudou. Qual é o seu nome?

– Liádan.

– Lindo como você.

– Você mora por aqui, menina?

– Sim, ele me pegou enquanto eu levava as ovelhas de volta para o estábulo.

– Vá para casa e não conte para ninguém sobre o que aconteceu aqui. Vai ser o nosso segredo.

A menina assentiu, vestiu-se e tocou na maçaneta. Voltou e chutou o nariz do padre, que chorava baixinho.

Treasa saiu. Liádan permaneceu.

– Padre. – Agachou-se ao lado dele, que se encolheu tal como um feto. – Você vai viver, não merece que eu te mate. Vai sofrer com a culpa e com a dor de ser um inválido. E quando morrer, bem velho, o Diabo virá buscar a sua alma.

Ele começou a berrar e a se debater.

Liádan saiu pelo mesmo buraco por onde havia entrado. E sentiu seu espírito forte novamente. Nunca vira um anjo, duvidava que eles existissem.

Ela sabia, entretanto, que se quisesse, podia se tornar uma deusa nessa terra.

Cheiro de mar... E uma cruz na areia. Havia muita dor e sofrimento. E relinchos... E cascos ressoando na terra. Penas no ar... Havia lágrimas e muita solidão.

– Já *tá* acordado, tio?

Eu ainda estava dormindo e levei um baita susto. O pesadelo de antes se desfraldando em detalhes novos. O meu coração doendo e a respiração ofegante. Lá fora as últimas luzes do dia persistiam e iluminavam a boca da caverna. Aprumei o meu corpo, e a lama pegajosa começou a me incomodar, a entrar em lugares muito particulares e nunca explorados. Senti um bicho andar pela minha cabeça. Peguei o besourinho preto e coloquei-o na parede.

– Agora estou. – Minha voz saiu como um arroto, por causa da boca e da garganta secas. Eu ainda estava um pouco zonzo e com as juntas doloridas por ter ficado todo o tempo sentado e torto, mas nada que eu já não tivesse passado nessa minha longa jornada.

Só o pesadelo recorrente era algo *novo* para mim.

– Você dorme demais.

– E você é enxerido demais, moleque.

– Olha, se não fosse por mim você estaria fodido, tio, teria se contorcido de dor debaixo do solão que fez hoje. Tipo uma lesma quando *tacamos* sal nela. Então para de ser ranzinza.

Ele tinha razão, mas nem por isso deixava de ser irritante. Eu ainda precisaria ficar um tempo por ali, então dispensei o moleque.

– Pelo que vejo ainda vai demorar um pouco para anoitecer – estalei os dedos.

– É...

– Ainda vou precisar ficar escondido nessa merda de lugar.

– Eu espero.

– Vai cuidar da sua vida, Leonard.

– Sabe, tio, não comi nada o dia todo, nem consegui roubar um pão porque Tintern *tava* cheia de guardas depois da merda que você fez por lá. Então, por ter te ajudado, eu acho justo você me dar uma moeda ou duas *pra* comprar um rango.

– Devo ter uma ou duas moedas sim.

– Ótimo, sei onde podemos ir.

Leonard começou a assoviar e a cantarolar com a voz estridente de menino que ainda não tinha nenhum fio de cabelo no saco.

Eu queria dormir um pouco mais, mas não consegui pregar os olhos. Queria tomar logo um banho e, se possível, me livrar das roupas imprestáveis, mas duvidava que houvesse alguém nessas redondezas que vestisse algo melhor que um saco de pano amarrado com um cordão.

– Ô, tio! – Leonard berrou. – Agora acho que você já pode sair. *Tá* tudo nas sombras.

– Pelas pregas do cu de Santo Adulf, como pode ser tão chato?

Arrastei-me para fora do meu maravilhoso aposento e sem demora arranquei todas as roupas e comecei a me lavar no rio.

– Não tem vergonha não? Mal acordou e já fica mostrando essa bunda branca. Avisa antes, tio!

Leonard se virou, mãos na cintura, os pés batendo irrequietos sobre a pinguela. Lavei meu corpo e as roupas imundas da melhor forma de pude. Teria que vesti-las novamente, molhadas mesmo e contra a vontade, claro, porém não podia sair pelado por aí.

– Adão e Eva é que eram abençoados.

– O que foi?

– Nada, moleque – saí da água e torci as roupas. – Agora me fala: onde vamos comer?

– Até que enfim! A minha barriga *tá* roncando. *Tô* com sono de tanto te esperar.

– Quanto menos você reclamar, mais rápido a gente mata a sede.

– Sede?

– Sede, fome, tudo, ô meu saco!

– Me segue, tio.

– Tenho escolha?

Leonard pulou e me deu um tapa na testa: saiu correndo e rindo. Apesar de todas as privações da vida, o bastardinho era feliz. Uma felicidade que me contagiou num momento de enfado. Segui-o, fingindo ter dificuldades para alcançá-lo.

– Você é lerdo. – Olhou para trás e provocou correndo de costas. – Se eu tivesse uma avó ela seria mais rápida que você.

– Eu tomaria cuidado se fosse você, moleque.

– Por quê? Se irritou? Ficou nervosinho e... Ai! Ai!

Leonard deu com a cabeça num galho baixo que atravessava a trilha.

Não aguentei e comecei a rir.

– Isso, ri da desgraça dos outros. Por que não me avisou, tio?

– Eu avisei, mas você não prestou atenção.

– *Tá, tá*. Vamos logo que *tô* com fome – massageou o cocuruto, contendo as lágrimas e resmungando baixinho. – Puxa vida, vai formar um galo.

Seguimos pela trilha e logo chegamos a uma estrada maior e mais larga. Depois de caminharmos algumas milhas, Leonard, menino, não aguentou o cansaço. Carreguei-o no colo, em sono profundo, os braços magrinhos envolvendo meu pescoço.

Senti saudades dos meus filhos.

Da família que precisei abandonar.

De tudo aquilo que perdi.

E da vida que não me pertencia mais.

Capítulo IV – Dilemas

– Infelizmente, meu filho, quando assumimos responsabilidades e cargos, quando ascendemos à liderança e nos tornamos senhores de terras, a nossa vida não nos pertence mais. – O velho Earl de Surrey arrancou a coxinha da perdiz e levou à boca, puxando a carne dos ossos, o sabor agridoce da calda feita com mel, especiarias e manteiga contrastando com o sal e a cebola impregnados na gordura. – Sei que aproveitar a bonança da juventude é sempre mais prazeroso. Nenhum cavalo puxaria a carroça se não precisasse fazer isso para ganhar as cenouras – piscou.

– Sinto-me preso. Sinto-me amarrado somente para poder agradar a interesses que...

– Não fale besteiras! Você não tem a mínima noção do que é a privação, a prisão. Eu não tenho. Seus irmãos não têm. Nunca precisamos lutar nem a metade das batalhas que o povo enfrenta a partir do momento em que abre os olhos.

– Se não temos escolhas, então...

– Você pode escolher, só não possui coragem para assumir as perdas! É só um bebê chorão que deseja abocanhar as tetas da mãe sempre que está com fome.

O rosto de Thomas Howard, o pai, se avermelhou, e as veias da sua testa saltaram. A madeira estalava na lareira, o fogo consumindo os galhos menores, transformando-os em brasa e as brasas em cinza. Inspirou profundamente e afrouxou a pegada no cabo da faca, depois de expelir o ar com força pela boca. Sua criada, que trazia mais cerveja, hesitou: colocou o jarro sobre a mesa de madeira maciça, tão pesada que seriam necessários dez homens para levantá-la, e saiu rapidamente. O Earl amava o seu filho, contudo ele ainda se mostrava muito cru para as suas responsabilidades, muito mais do que quando ele próprio tinha a sua idade. Em algumas situações ainda agia como um molecote irresponsável.

Tinha que ser forjado, tal como o ferro no forno de um ferreiro. E, quanto mais marteladas levasse, mais forte se tornaria.

Ainda precisava levar muitas pancadas. Ainda deveria sentir o calor das batalhas e o frio da solidão.

Nessa vida há momentos em que é preciso ser duro, outros maleáveis. E só com essa combinação é possível seguir adiante.

Thomas estava cabisbaixo e acuado, mal tocava a comida e bebericava sem vontade a cerveja cheirosa no copo de vidro esverdeado. Queria muito se levantar e sair, mas isso seria uma grande afronta. Delineou com os olhos cada sujeira no tapete meio gasto até ser interrompido.

– Pode ir se quiser. Não obrigo ninguém permanecer a contragosto na minha mesa.

– Não é isso, meu pai...

– Saia daqui. Mas amanhã, logo cedo, quero que venha ter comigo.

O jovem Thomas se levantou e saiu calado. No recinto restaram somente o Earl, os cães e a criada, que veio com um pote de doce de frutas e amêndoas torradas.

– Minha querida, eu quero me lambuzar, mas não é de doce.

Thomas Howard ergueu a saia da jovem e começou a chupá-la com voracidade, sendo retribuído com risinhos maliciosos e gemidos espontâneos.

Enquanto isso, os cães aproveitavam para roubar os restos sobre a mesa, abocanhando tudo o que podiam antes de serem enxotados.

Depois de um tempo, saíram espontaneamente com as barrigas inchadas, enquanto os humanos usavam a mesa para outras atividades.

.

.

.

– Bom dia, meu pai.

– Bom dia, filho, dormiu bem? – O Earl sorriu. Estava mais calmo e relaxado, principalmente por causa das habilidades da sua criada.

– Sim e lhe peço desculpas por ter sido um tolo na noite passada.

– Não se preocupe, todos nós temos momentos ruins. Em família eles não são tão prejudiciais. Só os evite ao máximo em questões públicas.

O filho assentiu com a cabeça e se sentou enquanto o pai terminava de redigir um documento.

– Pronto – o velho pingou a cera e lacrou com o seu selo pessoal. – Você tem algum compromisso fora das nossas terras no próximo mês? Alguma viagem?

O filho encarou a mesa, piscou algumas vezes e negou com a cabeça.

– Não que me recorde, só irei no sábado até Guilford conversar com Christopher Urswick, Arcedíago de Norfolk, e com Christopher Bainbridge, Deão de York, que estão contestando a posse de uma pedreira e de uma floresta.

– Não interfira além da conta.

– Claro, meu pai, sempre é melhor deixar uma cobra matar a outra. Ambos têm veneno suficiente para isso.

O Earl sorriu. Orgulhava-se quando percebia a inteligência que se aguçava no filho. A política era complexa e, quanto mais nuances ele pudesse vivenciar até ser o responsável integral pelas terras, melhor.

– Então preciso que você cuide dos nossos interesses no próximo mês. Sairei em uma viagem para o Norte.

– Para o Norte?

– Sim. Quero constatar pessoalmente alguns *fatos* que vieram ao meu conhecimento.

– Não vai me dizer que o senhor vai até o Norte ver aquilo que o padre August lhe contou...

O Earl nada disse. Apenas sorriu, pegou mais um papel e começou a redigir um documento de penhora que seria entregue ao meirinho.

Era possuidor de muitas riquezas, mas nunca aceitava que tentassem ludibriá-lo. Não hesitava em pedir a prisão ou mesmo o sangue na lâmina da espada.

– Se você polir a lâmina da minha espada, lindeza, eu te levo onde você quiser. – O marinheiro se aproximou, o bafo de cerveja exalando da boca fina e o cheiro de peixe impregnado na pele tostada pelo Sol e pelo sal. – E cobro um preço muito mais justo que a maioria dos outros homens que conheço. Não irei te machucar. A não ser que você queira...

– E você me levaria agora até lá? – Stella permitiu que ele a abraçasse, deixou que ele apalpasse a sua bunda e beijasse o seu rosto. – Conseguimos chegar a Gales ainda essa noite?

Ele olhou o céu com poucas nuvens e percebeu o vento

favorável soprando para o Oeste. As ondas apenas acariciavam o cais feito de madeiras já escurecidas pelo tempo. Adiante, nas estacas que marcavam os bancos de areia, um pelicano limpava as penas.

– Depende do quanto você me agradar.

– Ice a vela e prometo que vai sentir algo que nunca sentiu antes – a bela morena sorriu, mordendo suavemente os lábios carnudos, levemente corados. Havia se alimentado de um velho mendigo antes de chegar ao porto de Rosslare.

O pescador ajeitou o pau duro dentro da calça e a convidou para entrar no pequeno barco de pesca recém-descarregado. O piso escorregadio ainda estava coberto de escamas e tralhas e fedia tal como o anfitrião.

O homem soltou as amarras que ancoravam o barco enquanto Stella embarcava; subiu em seguida lambendo os beiços ao ver o sacolejar das ancas bem formadas. Adorava mulheres de cabelos pretos, e elas eram bem incomuns na Irlanda.

– A noite está linda para um passeio a dois – tirou a camisa e exibiu o corpo torneado de quem lutava todos os dias contra a natureza. Não era um homem lindo; tampouco era desprezível. Com alguns cuidados poderia fazer o coração de uma mulher palpitar.

Não o de Stella.

O barco começou a se afastar lentamente do cais, sacolejando no ritmo das ondas suaves que quebravam no pequeno rochedo recoberto por mariscos e cracas. Duas gaivotas que dormitavam na amurada do barco, acostumadas a permanecer junto aos pescadores para conseguir uma refeição fácil, sequer se moveram.

Por ser pequeno e pela habilidade do seu condutor, o barco podia ser guiado sozinho. Se o vento cessasse, a falta de remadores seria um problema. Não para o homem, que ficaria mais tempo com a mulher sob sua tutela.

Os homens em terra estranharam a partida repentina, mas, assim que viram a bela morena iluminada pela luz da lamparina, sorriram.

– É, o Brian se deu bem, vai foder gostoso com aquela lá.

– E nem para nos chamar – um sardento sem dois dedos da mão direita cutucou o nariz. – Eu me contentava com uma chupada.

– No *capitão*?

– Vá se foder, seu bosta de baleia!

– Você acha que ele iria dividir aquele peixão?

– Para a gente sobram tripas de arenque e rabos de camarão.

– Não reclama, Umbigo. – Um homem mais velho se levantou e foi mancando em direção à taverna. – Na minha idade, se o meu pau subir já fico feliz, mesmo tendo que foder uma puta zarolha ou o rabo de moleques resmungões.

Os outros riram e todos foram até a taverna, para comer o que lhes fosse servido e se embebedar para esquecer um pouco da dureza da vida.

.

.

.

– Você ainda não me disse o seu nome, lindeza.

– Stella.

– Stella... Diferente. Eu sou Brian. Você não é daqui, é?

– Sou de lá, do outro lado do mar – apontou com a cabeça. – E para lá quero voltar logo.

– Não gostou da minha terra?

Stella permaneceu em silêncio. Brian tocou o seu ombro e tentou baixar a alça do vestido. Então tudo escureceu.

.

.

.

– Ai, minha cabeça – o marinheiro tentou se levantar. Não conseguiu: caiu de joelhos e vomitou logo em seguida.

– Bati muito forte, me desculpe – Stella observava o mar escuro. O vento guiava o barco para o lugar certo, como se soprasse segundo a vontade da imortal.

Brian permaneceu um tempo abobalhado, zonzo, sem entender o que havia acontecido ou mesmo conseguir se situar. Apagou duas ou três vezes antes de despertar de vez.

– Por que você me deu aquela pancada?

– Não pensei, foi instinto.

– Achei que você tinha me prometido me fazer sentir algo que nunca senti antes, por isso...

– E você sentiu – apontou para o calombo na testa dele, feito com uma cotovelada precisa.

Brian tocou o inchaço, fez uma careta por causa da dor e logo começou a rir, acompanhado por um riso tímido de Stella.

– Cotovelo duro esse seu. É como se tivessem me acertado com um porrete.

– Já precisei me defender algumas vezes antes, então acho que fiquei boa nisso.

Brian observou o horizonte.

– Consegue ver aquela mancha escura lá adiante?

Stella assentiu. Aos seus olhos felinos a costa de Gales aparecia nítida em seus recortes rochosos.

– Logo chegaremos.

Ele não precisou dizer mais nada, ela já sabia de seus desejos.

Permitiu que ele a beijasse, o gosto da saliva salgada impregnando sua boca enquanto as mãos ásperas percorriam sua pele delicada.

Permitiu que ele a despisse e fizesse o mesmo com suas roupas impregnadas de mar.

E os corpos se roçaram.

E as línguas duelaram.

E ele tentou ir além.

Mas o coração de Stella estava tão frio quanto a sua pele.

Afastou delicadamente o beijo faminto de Brian e fê-lo deitar-se. Montou sobre ele e domou seu ímpeto, virou o rosto de lado e mordeu a veia pulsante.

O marinheiro não sentiu dor.

Ao contrário: extasiou-se e gemeu por causa de um prazer nunca experimentado. Os séculos aumentaram a força de Stella e ela sabia se aproveitar disso.

Bebeu até deixá-lo entre o limiar da vida e da morte.

– O-obrigado. – Brian sorria, seu corpo tomado por pequenos tremores. – Foi me-mesmo maravilhoso.

Ele fechou os olhos e adormeceu.

Stella limpou o sangue que escorria pelo canto da boca. Percebeu que o vento agora soprava para o lado oposto, fazendo o barco se virar. Estava bem próxima à costa.

Beijou a testa do homem que suspirava em doces sonhos com a dama imortal.

– Que você fique bem.

Mergulhou nua e nadou pelas águas frias do Canal de São Jorge, acompanhada por golfinhos que brincavam ao seu redor.

E se sentiu completamente livre.

– Acorda, moleque – cutuquei a orelha de Leonard, que se assustou.

– Poxa tio, eu *tava* sonhando – limpou a baba da boca. E no meu ombro restou uma mancha úmida e viscosa.

– Com o quê?

– Er... Sei lá, agora já não me lembro mais.

Coloquei-o no chão e ele se espreguiçou, os olhos cobertos de remelas ainda não completamente abertos. Estalou as costas e foi até a beira da estrada para mijar.

– Que fome! – Eu pude ouvir sua barriga roncar. – Vamos arranjar logo algo para roer.

Fomos até a cidade, que, apesar do horário, ainda fervilhava de pessoas nas ruelas e na praça central. Era dia de festival, então todos aproveitavam para se divertir e comer. Havia barraquinhas com guloseimas, carroças com bebidas e muita cantoria. As árvores estavam enfeitadas com fitas e bandeirolas, as moças eram só sorrisos e os homens que não estavam bêbados demais aproveitavam para flertar, jogar dados e comer com gosto aquilo que o pouco dinheiro podia comprar.

– Ô, tio, cadê a moeda que vai me dar?

Procurei nos bolsos e me lembrei de que tinha saído sem qualquer dinheiro. Fechei um dos olhos e cocei a cabeça, enquanto Leonard me fulminava com uma expressão zangada.

– Não fode, tio! Dá logo.

– Não tenho mesmo – mostrei os bolsos vazios.

– Ô saco, vou ter que roubar algo. Ainda bem que essa merda *tá* cheia, então vai ser fácil – olhou ao redor. – Mas agora é cada um por si. Não vou trazer nada *pra* você não, viu? Se vira!

Assenti com a cabeça. Ele se embrenhou no meio da multidão.

Eu fui à caça.

Não precisei procurar muito. Na verdade, a presa veio até mim. E era ela que pensava em me engolir.

– Olá – o cheiro de bebida se evolava da boca da jovem de cabelos tão claros que eram quase brancos. Tinha olhos tão verdes quanto os de Liádan e um andar sinuoso, um pouco pela embriaguez, um pouco para tentar me seduzir. Ela viera acompanhada por duas moças muito parecidas com ela, um pouco mais velhas. Talvez fossem irmãs, o que era ótimo, pois eu adorava um jantar em família.

– Olá – sorri e logo a vi corar. Não a julgo por isso. Quem não se apaixonaria? – A festança está boa? Acabei de chegar.

– A comida e a bebida estão boas sim, as pessoas são as mesmas de sempre...

– Eu sou novo por essas bandas.

– Nós sabemos – as três responderam em uníssono e depois riram.

– Eu não gosto muito desse barulho, minhas caras, há algum lugar para conversarmos?

Elas se entreolharam, cochicharam algo e logo a mais nova me disse:

– Acho que podemos conversar no celeiro do meu pai.

– Adoro celeiros, ainda mais acompanhado de belas... Potrancas.

As irmãs riram. Duas delas me tomaram pelos braços e me guiaram até o celeiro. Entramos, trancaram a porta. A música abafada das flautas, violas, gaitas, tambores e da cantoria do povo já era praticamente inaudível de lá.

Em contrapartida, o balido das ovelhas e o cacarejar das galinhas faziam coro com os risinhos das irmãs famintas.

E eu nunca dispensaria uma bela orgia.

.

.

.

Deliciosas.

Observei as três irmãs nuas, lado a lado, os corpos alvos cobertos de mordidas. Suguei lentamente, um pouquinho de cada, o suficiente para matar a minha sede. Pescoços, seios, pulsos, lábios, coxas e virilhas. Provei-as por inteiro enquanto elas gozavam e me faziam gozar.

Agora, exaustas, dormiam tranquilamente e só despertariam quando o Sol estivesse alto no céu, um pouco fracas, enjoadas, mas felizes, exauridas de maus humores. Olhariam os corpos marcados e se regozijariam em silêncio pelos espólios de uma noite perfeita.

Como de fato foi.

Deixei-as viver. Não mereciam a morte. Eram apenas jovens enclausuradas por regras, medos e vestidos de panos grossos, que, quando tinham chance de extravasar, faziam como se não houvesse amanhã.

E quem podia afirmar que haveria?

Viver é inconsistente.

É inconstante.

Quem sabe até mesmo inconsequente.

Então, o que importa é o agora. E, se podemos desfrutar do prazer, por que não fazê-lo?

Pecado não é o que os padres pregam. Pecado é alguém deixar a vida se esvair enquanto se queixa do que poderia ter feito ou sido.

Fechei a porta do celeiro.

Deixei-as em segurança.

E voltei para a festa. Estava saciado de todas as maneiras, por isso tinha energia suficiente para dançar e, quem sabe, bebericar algo mais antes do dia clarear.

Encontrei Leonard tocando *bodhrán* junto com o grupo responsável por animar o festival. Ele acenou quando me viu e continuou a batucar. Suas bochechas estavam vermelhas, certamente por ter conseguido uns goles de cerveja ou uísque.

Comecei a bater palmas para acompanhar a música e convidei para dançar uma velhota rechonchuda que se remexia sozinha no meio do povo. Logo uma roda se formou à nossa volta. Uns apenas observavam, outros entraram na dança. E, como não acontecia havia muitas décadas, eu me diverti. Não como um imortal, não como um lobo em meio ao gado, mas sim como Harold. Apenas Harold.

Liádan se retirou para uma floresta intocada pelo homem. Queria ficar sozinha, gostava de estar junto às árvores e aos animais. O silêncio lhe fazia bem.

Pensou em Stella.

Não queria que ela tivesse partido, era uma companhia agradável e, desde que lhe dera a imortalidade, mantinham-se unidas. Contudo, respeitava a sua decisão. Nada nesse mundo as havia preparado para o que se tornaram. E viver pelos séculos não era fácil. Mentes e espíritos podiam ser destroçados. Podiam entrar em um labirinto difícil de sair.

Aconteceu com o criador de Alessio.

Mesmo com o próprio Alessio dominado pela culpa e pelos dogmas cristãos. Tinha muitas escolhas, mas virou amante do sofrimento. Ou melhor, um prisioneiro.

Deve ter acontecido com outros.

Podia estar acontecendo com Fódla, sua amada deusa, esquecida por todos da sua ilha.

– Perdurar é ser esquecido... – Liádan lavou o rosto na água fria de uma nascente. – Deuses viraram estátuas de pedras. E estas se tornaram ruínas. E das ruínas restará somente o pó que será soprado pelo vento.

– *Memento, homo, quia pulvis es et in pulverem reverteris* – murmurou uma frase que era muito falada durante as pregações da Quarta-feira de Cinzas.

Adaptar-se aos novos tempos não era simples, ainda mais

para quem vivenciou tantas mudanças. As pessoas nascem e morrem dentro de um mesmo contexto, de mesmos costumes. Eles não.

Mas ela não desistiria.

Não sucumbiria.

Era muito mais forte que os outros. Sempre fora, mesmo quando mortal.

Apesar de tudo, gostava de viver, e a rigidez ainda não havia envolvido a sua alma.

Arrancou uma flor branca e colocou nos cabelos.

Respirou o ar puro da floresta e se deitou sobre uma cama de relva, muito mais aconchegante do que qualquer colchão envolto por linho e seda. Ao seu lado surgiu uma raposa com dois filhotes, que se aninharam junto a ela, aquecendo seu corpo frio.

Liádan tentou esvaziar a mente, apesar de muitos pensamentos surgirem sem aviso. Momentos de um passado distante e de um futuro incerto.

Premonições?

Não...

Anseios.

Os filhotes começaram a brincar, a saltar sobre suas pernas e a mordiscar seu vestido enquanto faziam barulhinhos engraçados. A mãe dormitava de orelhas baixas, descansando sob a proteção da dama ruiva. Sabia que nada de ruim aconteceria enquanto ela estivesse ali. Podia sentir a energia magnífica de Liádan.

Tal como uma protetora.

Sagrada...

Liádan se sentiu em paz.

Desde que Lord Thomas fizera a proposta de partirem rumo ao Norte, padre August não conseguia dormir direito. Tinha pesadelos e acordava suado e ofegante. Seus conhecimentos teóricos poderiam ser vivenciados. E isso o apavorava.

Foi acometido por diarreia e ânsias de vômito. Não por algo que tivesse comido, mas pela ansiedade da incerteza. Apesar de ser um religioso, sempre preferira as questões mais racionais da fé.

Antes de o Sol raiar, prostrou-se de joelhos na sua cela na Catedral de São Paulo em Londres. Fez orações fervorosas pedindo forças e coragem. Não acendeu a lamparina: precisava se acostumar com o escuro. Era muito provável que sequer visse algum imortal, mas o mínimo risco já o assustava. Ao contrário dos demônios, esses bebedores de sangue eram comprovadamente reais.

Lord Thomas o encontraria em Londres em três semanas, quando partiriam para a inusitada aventura. O bispo William o liberara das suas obrigações assim que lera a carta do Earl de Surrey. Era um velho sabido que sempre preferia ficar bem com o maior número possível de senhores.

– O poder na Inglaterra é tão instável como uma folha ao vento, então lucra mais quem sabe aproveitar todas as oportunidades – dissera, certa vez, durante uma visita à biblioteca, enquanto o padre August copiava umas certidões. – O ouro abunda quando sai de diversos bolsos. Nunca falta quando é doado por várias mãos.

A princípio o bispo ficou curioso com o motivo da viagem, mas August lhe afirmou que Lord Thomas precisava de um escriba habilidoso e tradutor fluente. Se desconfiou de algo, manteve-se em silêncio.

Sobre a mesinha de madeira, vários livros empoeirados tinham as páginas marcadas com tiras de couro. O padre estudava minuciosamente cada relato encontrado sobre os imortais, apesar de a maioria das leituras ainda estar vívida em sua memória.

Terminou as orações e saiu. Ainda tinha muito a resolver, mas não estava com nenhuma vontade de seguir em frente.

Capítulo V – O destino

– Vencer os últimos trechos do mar revolto antes de chegar à praia exauriu as forças de Stella, que precisou ficar um pouco deitada sobre a areia grossa formada por farelos de conchas, rochas e corais para recuperar o fôlego. Estava nua, e o vento frio e os borrifos da água fizeram-na tremer.

Levantou-se e viu lá adiante algumas choupanas e barquinhos de pesca. Não havia mais fumaça saindo pelos telhados. Todos dormiam.

Correu afundando os pés na areia fofa, enroscando-se nas algas mortas que em certos trechos formavam um tapete cinza-escuro.

Entrou na primeira choupana, arrombando o trinco enferrujado da porta com facilidade. Poderia ter batido, mas precisava se aquecer. Logo.

Lá dentro um casal dormia numa cama e duas crianças pequenas em outra, com dois gatos aquecendo seus pés. Assim que viram Stella, correram para trás de um baú grande e de lá espiaram com os olhos amarelados.

O pai se sentou na cama ainda zonzo e arregalou os olhos assim que percebeu a belíssima mulher nua à sua frente. Foi o primeiro a morrer.

Stella cravou os dentes no pescoço barbado e sugou com força. Ele não expeliu quaisquer sons, o poder da morena o impediu. Assim que terminou, ela o colocou deitado na cama enquanto a esposa continuava sonhando. O coração dele ribombava no peito, tentando manter corrente o pouco sangue que sobrara nas veias.

Não demorou a vir o suspiro final.

Um dos filhos acordou e franziu o cenho quando viu Stella. Ameaçou gritar, teve de ser silenciado.

Para sempre.

A bela morena foi até o baú, os gatos cheiraram seus pés e logo fugiram pela porta entreaberta. Encontrou um vestido feito do que parecia ser cânhamo, um xale de lã grossa e botas de couro bem gasto.

Vestiu-se. Tudo ficou um pouco largo, mas não se importou. Queria se manter aquecida.

Mãe e filha não despertaram.

Somente ao amanhecer chorariam pelos mortos.

.

.

.

Stella escalou as escarpas rochosas e encontrou uma reentrância onde poderia descansar em paz, dividindo o espaço com ninhos de aves marinhas. Eram barulhentas, mas isso não impediria o seu sono. Ficou sentada na borda até quase o Sol raiar, quando a luminosidade crescente começou a ferir os seus olhos e a fazer sua pele fumegar.

Aguentou o quanto pôde, chorou, não tanto pela dor, mas pelas privações. Será que teria escolhido ser imortal se soubesse de tudo isso?

Era uma tristeza verdadeira, dolorida, angustiante.

Seu rosto se pintou de vermelho e logo o sangue borbulhou até se desfazer em pó.

Recolheu-se para a escuridão.

E as sombras curaram os ferimentos.

Aplacaram as dores.

Mas seu coração sentia cada vez mais a falta da luz.

– Ô, tio! – Leonard se virou para mim e começou a andar de costas pela estrada. – Por que a gente não pode ficar? Tenho certeza de que tem algum lugar escuro para você dormir.

– Você pode ficar.

– Que é isso, tio! Agora somos parceiros, e parceiros ficam juntos.

– Quem disse que somos?

– Como consegue ser ranzinza mesmo depois da festança? Por isso é que é doente. Por isso tem de ficar escondido como uma larva dentro da madeira podre.

Permaneci em silêncio, rumando para o lado oposto de onde viéramos. Ainda haveria algum tempo antes do amanhecer e eu queria estar bem longe dali.

Confesso que o garoto era irritante, mas eu gostava dele. Parece que a sua vivacidade tirou-me um pouco da apatia e da letargia que me fizeram dormir por dois anos. Ao seu lado eu me sentia como o jovem Harold que viajava pela Inglaterra.

Quem sabe isso não era o que eu precisava?

– Vai ficar aí caladão, tio? – Leonard pegou um pedaço de bolo que guardara no bolso e começou a comer.

– Eu já disse que, se quiser, pode voltar.

– Eu prefiro esticar as pernas. Mas não queria dormir em nenhum buraco molhado.

– Nem eu. Alguma ideia?

O garoto pensou, pensou, chutou umas pedrinhas, mastigou a maçaroca que tinha na boca, arrotou e estalou os dedos melados.

– Já sei! Tem uma torre abandonada e, se eu não me engano, ela tem um porão bem escuro. Se a gente for correndo, chega antes de o Sol torrar o seu rabo. Você aguenta, tio?

– Posso tentar...

– Então vamos.

Leonard enfiou na boca o último pedaço de bolo e disparou na frente. Segui-o a certa distância, fingindo cansaço só para vê-lo rir. De vez em quando tropeçava numa pedra e até mesmo caí de joelhos. O som das gargalhadas aqueceu o meu coração e me deixou feliz como havia décadas eu não ficava.

– Corre, tio! Corre, corre, corre...

– *Tô* indo, moleque – ofeguei exageradamente. – Pelas bolas de São Pedro!

Um dos lados da torre tinha ruído, os outros estavam cobertos por heras. De fato, havia um porão. A entrada estava obstruída por escombros, mas consegui tirá-los com facilidade, fingindo, é claro, um esforço imenso.

Desci as escadas e um dos degraus se partiu com o meu peso. De propósito, rolei escada abaixo.

– Ai... – levei a mão à testa.

– *Tá* tudo bem, tio?

– Na-não – deitei com as costas no cão empoeirado, mas seco.

Leonard riu de chorar. E desceu as escadas, fazendo a madeira ranger sem se partir. Engatinhei e recostei-me num canto, e ele se deitou no meu colo. Bocejou e logo dormiu.

Era sabido, mas era apenas uma criança sozinha.

Resisti ao máximo ao sono e vi o Sol iluminar a abertura e as frestas no teto de pedra. Cantarolei uma canção muito antiga, que aprendi com Edred e que costumava cantar para os meus filhos.

"Dorme agora, pequena criança
Descansa, que o dia foi comprido
Amanhã haverá mais festa, mais dança
Com calças e vestidos coloridos

Não tenha medo do escuro
O mal nunca vai te pegar
Você tem o coração puro
E está protegido pela luz do luar

Dorme e sonha com cavalos e cães
Descansa. Eu ficarei ao seu lado
Amanhã haverá muitos doces e pães
E tudo o mais que for do seu agrado."

Meio milênio havia se passado.

Tantas vidas de homens...

E uma saudade crescente nos últimos tempos.

Acariciei os cabelos duros de Leonard e tive que respirar fundo para não chorar. Ouvi seu coraçãozinho batendo forte, mas sereno. Ele se sentia seguro comigo, e eu me sentia em paz na sua companhia. Nunca deixaria que lhe fizessem mal. Fechei os olhos e vi os rostinhos belos dos meus filhos, tão vívidos, tão presentes. E assim que adormeci comecei a sonhar com tudo aquilo que foi e que poderia ter sido.

– Eu poderia ter dito que estava ocupado, que tinha uma demanda exigida com urgência por algum bispo ou até mesmo pelo cardeal. Estúpido, estúpido, estúpido! – Padre August resmungou baixinho enquanto comia sem vontade uma papa de farelo de aveia com leite de cabra. – Agora não tem mais jeito.

Os outros religiosos sentados à mesa do refeitório da Catedral o olharam com estranheza. Alguns sequer o conheciam. Os demais se entreolharam confusos, mas tinham como hábito não se meter na vida alheia: muitos haviam aprendido isso na marra, depois de muitas pancadas nos tempos de noviços. O padre estava esquisito desde que retornara.

– Está tudo bem, August? – O despenseiro, amigo de longa

data, tocou no seu ombro. Acabara de trazer uma cesta com pães frescos para reforçar o desjejum. O cheiro era maravilhoso, assim como o do leitão que já assava no forno.

– Sim, Will...

O homem soergueu as grossas sobrancelhas e permaneceu em silêncio. Aprendera desde menino que calar-se era tão importante quanto falar.

August terminou a sua papa e comeu duas maçãs recém-colhidas, azedas, mas saborosas. Levantou-se e decidiu caminhar pelas ruas de Londres, que já ganhavam vida com os comerciantes, as carroças, os ladrões e os pedintes. Aos poucos, o colorido de tecidos e frutas, a gritaria e os variados aromas impregnavam os sentidos.

As carroças disputavam lugar com os pedestres nas ruas enlameadas, os cavalos largando montes de bosta pelo caminho, enquanto as mulheres jogavam baldes de mijo pelas janelas.

Uma procissão que levava a imagem de Santo Odo de Canterbury cruzou o caminho do padre. Elas eram comuns. Tão comuns que as pessoas se preocupavam nos dias sem procissão. Temiam os prenúncios de batalhas.

E, não raramente, quando duas procissões se cruzavam, havia brigas entre os fiéis para decidir quem seguiria pela via. Depois de alguns sopapos e pontapés, aquela com menos membros dobrava a esquina com o rabo entre as pernas e a fé abalada no santo que não os acudira.

Os cães, sempre atentos, aguardavam pacientemente os restos de sebo e ossos jogados fora pelos açougueiros. Os ricos se davam ao luxo de comer somente as partes mais suculentas. Os pobres, se fosse preciso, morderiam os cachorros a fim de roubar-lhes os ossos cujo tutano poderia enriquecer os caldos insossos de repolhos e cebolas.

August foi até o sapateiro. Precisava de sandálias novas para a viagem. As dele estavam gastas e as tiras de couro logo arrebentariam. Improvisara umas costuras, mas eram precárias e malfeitas. Tocou o sino da porta e logo foi atendido. Viu os olhos marejados do homem gorducho e logo descobriu os motivos da sua aflição: deu a unção dos enfermos para sua mãe, que sofria havia dias com uma tosse forte, não se alimentava e agora sequer reconhecia as pessoas. Estava acamada e dizendo coisas sem sentido, acometida por febre alta.

Por sorte o cheiro de couro cru suplantava o fedor da mulher, que certamente tinha escaras pelo corpo tanto tempo imóvel. Mesmo com os unguentos aromáticos de alfazema e alecrim, o odor da carne podre sempre era mais pungente.

Como agradecimento, o sapateiro lhe vendeu as sandálias por metade do preço e trocou as tiras do par antigo, pois o solado ainda estava razoável.

– Que Deus lhe abençoe e a Virgem Maria dê uma partida tranquila para a sua mãe. – Segurou a mão do homem, que tinha os olhos vermelhos e molhados.

– Amém, padre, amém. – O gordo segurou-lhe as mãos e abaixou a cabeça em respeito.

August decidiu comprar uma faca. Teve esse rompante quando viu um homem partindo o peito de uma galinha com um cutelo, a freguesa reclamando de algo enquanto esperava o seu bocado de carne. Nunca havia portado uma arma na sua vida, mas agora algo lhe dizia que seria útil. E costumava confiar nas suas intuições.

Sabia que nunca poderia matar um imortal, mas, quem sabe, talvez pudesse causar um ferimento que lhe desse tempo suficiente para uma fuga, caso necessário?

Andou apressado até o armeiro que ficava próximo à Torre de Londres. Não sabia onde era exatamente, mas conseguiu se informar com um soldado que cruzou o seu caminho.

Antes de entrar, parou numa barraca para comprar uma rosca coberta por melado. Sentia fome depois do desjejum frugal. Uma menininha maltrapilha roubou uma das roscas enquanto a mulher dava o troco para o padre. Correu e sumiu por entre as pessoas.

– Esses bastardinhos sempre conseguem levar alguma coisa. – A mulher segurou uma colher de pau, mas a menina já estava longe.

– A fome é algo muito ruim...

Ela encarou o padre, que lhe deixou uma moeda a mais para pagar pela rosca surrupiada. No fundo tinha dó das crianças. Sabia o quanto a fome doía. Sentira na carne.

– Obrigada, padre. – Sorriu e largou a colher.

August deu bocadas generosas na rosca e não conteve o suspiro de satisfação ao degustar a guloseima. Respirou fundo, tomou coragem e adentrou a oficina do armeiro.

– Bom dia – sorriu o artesão, um gigante de pele escurecida pela labuta na forja. Ele era uns dois ou três palmos mais altos que August, que se encolheu e enfiou o último pedaço da rosca na boca. – Desculpe ser indelicado, padre, mas o seu nariz está sujo.

August rapidamente se limpou com a manga do hábito e não pôde evitar que suas bochechas corassem. Era uma situação nova para ele. E, tolamente, agia como um menino que vê pela primeira vez a boceta de uma mulher.

– Nós, que temos o nariz comprido, sempre sofremos. – Apontou para o próprio rosto e piscou. – Eu sou Bill. Em que posso ajudá-lo?

August ouviu as marteladas no metal, vindas do fundo, e se distraiu.

– Padre?

– Eu sou August. – Hesitou, olhou para as armas e armaduras expostas nas paredes. – Eu preciso de uma boa faca.

– Uma faca? Daquelas para cortar pão? Ou para carne?

– Não senhor, preciso de uma para... matar gente... – Engoliu em seco. Não era essa a finalidade, mas a resposta saiu espontânea.

O armeiro arregalou os olhos. Permaneceu encarando o padre por um tempo. Virou-se, abriu umas gavetas e colocou quatro armas sobre o balcão. Era um comerciante, e a ele não interessavam os detalhes.

Além do mais, este não era o primeiro homem de Deus que vinha até a sua oficina com tais intenções. Ele sabia que o limiar entre a fé pura e o pecado era muito pequeno, principalmente quando havia interesses mais fortes que o próprio céu. Ou o inferno.

August olhou com atenção e sentiu um leve tremor nas pernas, não pelas armas, mas por pensar que cedo ou tarde poderia usá-las. Sentiu uma gota de suor escorrer pela sua coluna e teve que respirar fundo para retomar o controle.

Havia duas adagas mais curtas, cabos simples de madeira envolta por tiras de couro e pomo de ferro bruto e sem entalhes. A terceira era mais comprida, uma espécie de punhal, com a lâmina mais fina e o guarda-mão e o pomo trabalhados com entalhes. A última era quase uma espada curta.

– Esta aqui os cavaleiros gostam de usar para enfiar no pescoço e nas partes sem proteção da armadura dos adversários. – O armeiro pegou a última peça e a brandiu no ar com habilidade.

– É muito grande para mim. – August pegou a de pomo entalhado e a observou de perto. Passou o gume no dedo e o metal fendeu com facilidade a pele fina, fazendo o sangue brotar.

– Cuidado, padre. – O armeiro ofereceu um pano sujo, mas

August levou o dedo à boca. – Eu mesmo faço questão de afiá-las. Deixo para os aprendizes somente o polimento final.

– Vou levar essa, então. Quanto custa?

– Cinco xelins. Com a bainha.

– É muito dinheiro. Só tenho três xelins.

O armeiro encarou o padre e, ao enxergar verdade nos olhos dele, decidiu vender a adaga. Não era o preço que desejava, mas ainda assim lucraria pelo menos um xelim.

August a colocou dentro do hábito e se sentiu estranho, o toque liso e frio da bainha roçando a sua pele imaculada. A sua maior arma sempre fora a fé, mas para ir em busca das imortais buscaria a segurança do aço.

Despediu-se.

E rezou com todas as forças para nunca precisar desembainhá-la.

Stella chegou a uma pedreira de ardósia e, confundida com uma prostituta, recebeu assovios e ouviu palavras maliciosas dos trabalhadores que comiam e bebiam depois de um dia exaustivo de trabalho. Os mais novos dormiam; os mais velhos, calejados pela labuta, não.

Não se fez de rogada, abriu um sorriso e um pouco os cordões do vestido, levantou a saia para mostrar os joelhos e escolheu um dos homens cobertos de pó de pedra. Retirou-se com ele para o meio do mato, os outros lambendo os beiços e torcendo para que ela não se cansasse demais, apesar de conhecerem a fama de ligeiro do sortudo, que sob uma faia frondosa encontrou seu fim.

Feliz.

Stella seguiu para o Leste e, ao falar com um mendigo, descobriu que estava num lugar chamado Abereiddy. Então, resolveu margear a costa em sua jornada rumo à Inglaterra. Noite após noite caminhava incessantemente, alimentando-se de quem aparecesse no seu caminho, dormindo na casa das suas vítimas, em celeiros, em castelos em ruínas ou nos buracos na terra.

Suas vestes se tornaram farrapos.

Suas unhas se encheram de terra.

Seus cabelos se enovelaram.

E ela não se preocupava com isso.

Andou junto ao vento, dançou sob a chuva, encantou vários corações, fez homens retomarem a fé nos últimos balbucios.

Sorriu e chorou.

Flertou com o sagrado e com o profano.

E na mesma medida foi chamada de anjo e de demônio.

De salvação e perdição.

Para uns trouxe a paz da morte, para outros, a agonia da ruptura da vida.

E entendeu que o bem e o mal são amantes fervorosos.

Quanto poder. Quanta solidão...

Tanta cobiça sem conhecimento.

Tanto receio do desconhecido.

Quantos momentos de alegria inundada pelo sangue e de vazio doído por não se reconhecer mais.

Momentos de medo.

Momentos de euforia, nos quais se perdia em palavras vomitadas em turbilhões incoerentes ou no silêncio autossuficiente.

Fogo e gelo.

Fel e mel.

Amava a imortalidade na mesma medida em que a odiava. E sentia saudade da vida humana na mesma medida em que tinha nojo das suas fraquezas.

O destino existe?

O que é o destino?

Harold sempre diz que as fiandeiras riem das nossas certezas.
Stella viu o rosto do seu amado.

Certezas como as de Liádan.

Certezas que ela mesma nunca tivera.

– Apenas caminhamos como cegos em um labirinto de luzes – murmurou para a Lua, que se escondia por trás de um véu de nuvens.

.
.
.

Perdeu a noção do tempo e não fez qualquer tentativa de nortear-se.

Queria apenas se sentir livre e seguir aonde seus pés a levassem.

Abril, 1503, ano do Nosso Senhor.

Seis meses haviam se passado desde que eu despertara do meu sono letárgico. E, desde que me tornara o que sou, aquela era a primeira vez que seguia na companhia constante de um mortal. Um fiel moleque de nome Leonard.

Fiel e deveras irritante.

Eu o escorracei, dei-lhe dinheiro e até mesmo tentei fugir, mas com perspicácia ele sempre me encontrava, tal como um cão que fareja seu dono a distância. Então, parei de me esquivar à sua presença e nos tornamos companheiros. Amigos, na verdade.

E a noite ganhou um pouco de cor.

Ele se adaptou à minha rotina e eu lhe garanti segurança. Andamos por muitos lugares da Irlanda, dos mais populosos como Dublin, aos mais desertos, como os pântanos que ficavam no Sul.

Rimos muito, passamos muitas dificuldades, como quando ele foi espiar o mar do alto de um penhasco, se desequilibrou e caiu. Tive que mergulhar para salvá-lo, e quase nos afogamos por causa das ondas fortes que nos jogavam nas pedras. O pobrezinho bebeu muita água e ficou desacordado quase toda a madrugada.

Mas ele também me salvou de umas boas enrascadas, principalmente na noite em que resolvi me fartar com a mulher de um tal Domhnall Clarach Ó Néill, que também era um dos vários reis na Irlanda. Ela havia me dito que o marido estava fora, batalhando contra algum bosta dono de um pedaço de terra pedregosa. Acreditei, mas o tal rei havia desistido da empreitada e retornado, e, se não fosse Leonard espetar o traseiro do cavalo do corno com sua faca, ele entraria no castelo seguido por pelo menos cento e cinquenta homens.

O bicho saiu em disparada, trombando com outros cavalos, derrubando os soldados desmontados, fazendo o rei cair na rua calçada de pedras, estourar o nariz e perder um bocado de dentes. Isso causou imensa balbúrdia, que meus ouvidos sensíveis captaram, dando-me tempo para uma digna escapada pelos fundos.

Uma pena, pois ela me satisfez muito, apesar de eu sequer ter tido tempo de provar o seu sangue.

Bons momentos.

.

.

.

– Ô, tio, quem é que a gente vai encontrar mesmo? – O garoto bocejou. Estava acordado havia bastante tempo, pois encontrara uma senhora que lhe dera uns trocados para capinar o jardim da sua casa, coberto de ervas daninhas.

– Uma linda dama ruiva, Leonard.

– Sua mulher, tio?

– Sim, uma delas.

– Uau! *Tá* podendo, hein senhor Harold Stonecross...

– E como seria diferente? Lindo, altivo e sedutor, quem resiste?

– Lindo, altivo, sedutor e com uma doença de fresco.

Eu não havia contado para o moleque o que eu realmente era. Jamais caçava perto dele e sempre me contive na sua presença. Tinha medo de ser rejeitado.

Tinha medo de ele me temer.

– Por que não fomos *vê* ela antes?

– Porque ela não queria.

– Estranho... Como você deixa a sua mulher solta por aí? Se fosse minha mulher eu levava comigo.

– Ah, Leonard! – Ri.

Continuamos caminhando. Eu não sabia para onde, mas ouvia a voz de Liádan guiando meus passos. Embrenhamo-nos na mata, seguimos um riacho veloz, o moleque agarrado à minha mão, pois não enxergava nada.

Está quase, Harold... Venha, meu amor.

Uma clareira pequena surgiu, iluminada pela luz do luar. Então vi a perfeição.

E Leonard ficou boquiaberto.

Liádan estava quase nua, envolta apenas com folhas e cipós que cobriam parcamente o seu corpo. Na cabeça, uma coroa feita de flores amarelas. E, ao seu redor, aves, roedores e raposas prestando suas homenagens em um respeitoso silêncio. Presas e predadores lado a lado.

– Essa é a sua mulher, tio? – Leonard se aproximou dela, os olhos arregalados enquanto passava pelos animais que compunham o séquito da dama ruiva. – Com todo o respeito... – Ele soltou um longo assovio de admiração.

– Olá, Leonard!

– Como você sabe o meu nome?

Liádan olhou para o menino de um jeito terno, quase maternal e sorriu:

– Eu sei tudo...

O garoto franziu o cenho, ressabiado, mas se distraiu quando um filhote de raposa veio brincar aos seus pés, seguido por duas doninhas e um corvo.

De fato, o poder de Liádan sobre a natureza era imenso, como se a tal deusa que ela tanto amava tivesse lhe concedido uma força a mais. Como se agora vivesse nela.

E, em silêncio, ela assentiu, e eu entendi o seu intuito.

E o ar escapou do meu peito.

A viagem que seria feita em um mês acabou por ser protelada. Quarenta, cinquenta, mais de cem dias se passaram. Tantos que o padre August começou a acreditar que Lord Thomas havia se esquecido ou renunciado à empreitada.

Sempre achou esse anseio de ir ao Norte tentar encontrar os imortais uma loucura sem tamanho, mas nunca ousaria expressar a sua opinião.

Continuou com seus afazeres cotidianos, que tanto apreciava, de forma metódica e sem imprevistos. Tinha regras para tudo: para comer, descansar, rezar ou mesmo se aliviar sozinho das tensões da vida monástica. E também para se repreender e se punir devido ao comportamento inadequado.

Guardou os livros, pergaminhos e tudo o que tinha sobre os imortais bem no fundo do seu baú e direcionou seus estudos para assuntos mais amenos como farmácia, grego e a descoberta de um novo continente a oeste do grande oceano.

Continuava ocupado a serviço da Igreja: fez algumas viagens curtas a Reading e Swindon para levar e trazer mensagens e documentos. Rezou algumas missas, substituindo padres que se adoentaram ou precisaram se ausentar. E ouviu todos os tipos de fofocas, intrigas e rompantes de inveja comuns dentro da sagrada instituição.

Havia entendido que a falsidade e as mentiras aos pés do Cristo crucificado eram pecados menores, isso quando eram assim considerados.

.

.

.

– Padre August. – Alguém bateu duas vezes na porta da sua cela. – Tenho uma correspondência para o senhor.

August abriu a porta, ainda sonolento, pois ficara até tarde traduzindo um dos diálogos de Platão. Recebeu a carta e agradeceu ao noviço. Colocou-a sobre a mesa e foi lavar o rosto na água fria da bacia de cerâmica. Enxugou-se e, ao olhar a carta, desabou sobre a cama.

O selo de cera vermelha do Earl de Surrey a lacrava.

O padre fechou os olhos e fez uma prece silenciosa, mas nem Deus mudaria o seu destino. Sua fé era do Senhor, seus atos ainda eram dos homens.

O suor brotou do seu rosto e sovacos e suas mãos congelaram.

Mesmo que quisesse se levantar, não conseguiria. Suas pernas pareciam feitas de geleia.

Então ele abriu a carta e leu-a em voz alta:

Caríssimo padre August.

Perdoe-me pela ausência. Estive muito envolvido em afazeres que me fugiram um pouco do controle, por isso não tive como me comunicar antes.

Não me esqueci da nossa viagem. Apenas a adiei um pouco. Creio que em um ou dois meses poderemos empreender a nossa jornada. Espero que não o atrapalhe e conto com a sua inestimável companhia.

Fique bem e que a paz do Senhor esteja com você.

A assinatura do Earl finalizava o texto, todo desenhado e com traço impecável, sem quaisquer borrões, de um habilidoso escriba.

O padre desejou beber um bom hidromel para acalmar os nervos. Queria algo bem forte, como um que tomou em Dorchester durante um festejo para São Birinus. Embriagou-se tanto que teve que retornar até a abadia carregado pelos seus amigos, resmungando, choramingando e praguejando enquanto vomitava no próprio hábito. Foi lavado com água gelada e ainda levou uma bela surra do abade, que não tolerava extravagâncias de quem estivesse sob a sua tutela. O velho, infortunadamente, teve um ataque do coração durante o sono.

August se levantou para abrir a pequena janela e deixar o ar fresco entrar. A sua boca estava seca e um leve tremor dominou suas mãos.

Sentiu um remexer nas entranhas. Correu para o balde e se aliviou em jorros quentes, ruidosos e pastosos. Praguejou quando um novo jato saiu sem avisar e ultrapassou os limites do balde, embosteando o chão.

– Merda! – Levantou-se e se indignou com a sujeira e a fedentina. Por sorte, o tapetinho feito com a pele de uma ovelha passou incólume. Ainda se sentia estranho, não pelo que havia comido, mas pelo nervosismo de um futuro que sequer estava definido. Bolhas estouraram dentro das suas tripas. – Eu posso dizer que estou doente... Ele vai esperar eu me recuperar... Merda!

Desistiu da ideia. O seu temor e a sua curiosidade tinham o mesmo peso.

Respirou fundo. Ainda teria um ou dois meses antes da partida.

Contudo, sabia que isso não sairia da sua cabeça um instante sequer.

Stella enfim chegara à Inglaterra. Percorrera as cidades e vilarejos que lhe eram tão familiares e seu coração se alegrou um pouco. De carona em carona chegou a Londres e lá decidiu permanecer por um tempo. Matou um jovem pintor que morava próximo à prisão de Newgate e era bancado por um mecenas veado que todas as noites vinha lhe chupar o pau.

– Quem é você? – O mecenas de voz afetada fez uma careta quando Stella abriu a porta da casa.

– Sou a nova anfitriã.

– Como assim?

Stella o puxou pela camisa e o atirou dentro da sala. Trancou a porta enquanto o homem grisalho e magro como um graveto olhava estupefato para o seu amante e protegido morto sobre a poltrona recoberta por couro vermelho.

– O-o quê você fez com ele, sua cadela?

– O mesmo que vou fazer com você! – Stella cravou as presas no pescoço liso como o de uma mulher e sugou ao som de gritinhos agudos e o ritmo das pancadas indolores nas suas costas.

Colocou o corpo inerte ao lado do jovem pintor, que tinha o avental sujo de tinta e a boca manchada de vinho. Sobre a mesinha, em meio às tintas e pincéis, um frasco com um pouco de *dwale,* usado como soporífero e anestésico, reconhecido pelo cheiro forte de alho, vinagre e cicuta.

– Ou ele queria se matar ou pintar de um jeito diferente. – Stella olhou os belos quadros sobre cavaletes espalhados pela casa.

Paisagens, animais e vários nus compunham as artes. A maioria inacabada. Rascunhos jaziam pelo chão, outros presos em varais improvisados. Esculturas de argila começaram a tomar forma: uma mulher, um cavalo, um homem com um pau desproporcional, a única parte que fora trabalhada em minúcias.

Stella se aproximou de uma tela virgem que ainda não recebera o toque das cores. Pegou um pincel, molhou-o na palheta com as tintas recém-preparadas.

Nunca havia pintado nada, mas descobriu uma habilidade latente. E a cada pincelada a imagem começava ganhar vida, enquanto as lágrimas brotavam nos seus olhos.

Capítulo VI – Sombras

– Então você vai ficar?

– Sim, Harold, eu vou – Liádan acariciou um esquilo que subiu até o seu ombro, os grandes olhos pretos o encarando, as patinhas frenéticas limpando os pelos do rosto e das orelhas pontudas. – Eu preciso.

– Por quê?

– Porque todos os deuses estão mortos! – O vento fez os seus cabelos esvoaçarem tais como labaredas vivas. – Mortos ou perdidos. Ou simplesmente nos abandonaram. E uma terra sem deuses torna-se estéril, seca e triste.

– E você quer tomar o lugar deles? – Olhei para Leonard, que dormia aninhado junto com os filhotes de vários animais. – Você acha que pode? Você acha que ainda há lugar para os antigos deuses nesse mundo? Muitas pessoas sequer sabem da existência deles.

– Não sei se posso, não conheço a plenitude da minha força. Porém, quero tentar. Quem sabe assim eles retornem...

– Então me deixe ajudá-la. Por tantas vezes você me salvou, doou-se completamente para mim. Quero retribuir.

Liádan sorriu, mas seu semblante estava triste. Cruzou as mãos à frente do corpo e olhou para baixo. O vento cessou e nuvens se descortinaram sobre a Lua, aumentando a penumbra.

– Ah meu amor... Você esquece que não pode mentir para mim? Sei que apenas suas palavras querem me seguir. Entretanto, a sua alma não acredita no mundo que vislumbrei. E até debocha disso.

– Liádan...

A dama ruiva se aproximou e colocou o dedo sobre os meus lábios, os olhos verdes me desnudando, fazendo-me sentir ridículo.

– Nada mais precisa ser dito, Harold. E não pense que deixarei de te amar por isso, somos ligados pela eternidade, seu sangue corre nas minhas veias, sua imortalidade é a minha. Apenas não se prenda a mim, as amarras nunca fazem bem, ainda mais aquelas provenientes da mera obrigação. Agora você tem o seu caminho e eu o meu. Assim como Stella, quando decidiu retornar para a Inglaterra. Volte quando quiser, meu amor, será sempre bem-vindo, mas agora é tempo de você partir.

Engoli em seco, e uma tristeza sem tamanho me fez desabar no chão. Tão dolorida quanto na primeira vez em que ela me deixou. As lágrimas escorreram e pingaram vermelhas sobre as folhas mortas. Eu não aceitava muito bem as despedidas.

Liádan se virou e, sem tocar o chão com os pés, partiu, seguida pelos animais, que marchavam em silêncio. As árvores pareciam entoar uma canção com o farfalhar das folhas ao vento.

Leonard ainda dormia, tranquilo.

E eu, tal como um feto natimorto, encolhi-me no chão e assim permaneci.

E vi a Lua se apagar com as densas nuvens que agora a sufocavam. Relampejou. E logo veio o trovão, e eu me lembrei do dia em que afrontei Thor ao escolher Loki.

– Vá até o meu filho e peça para ele vir almoçar comigo – Thomas Howard havia acabado de chegar de um encontro com o rei Henry VII e sequer tinha tirado suas luvas e botas de montaria. – E, se ele tiver algum compromisso, oriente-o a cancelá-lo.

Seu criado assentiu com uma mesura e se retirou apressado para cumprir a ordem do seu senhor. Saiu pela estradinha montado num pequeno cavalo peludo e marrom, os cascos jogando terra para o alto e tamborilando ao passar pela ponte de madeira.

O Earl colocou as mãos sobre os rins e se esticou, fazendo a coluna estalar e uma leve dor percorrer as suas pernas. Já não era mais jovem, e as cavalgadas longas castigavam o seu corpo.

– Uns louvam a sabedoria da velhice, eu a trocaria pela tenacidade da juventude eterna – resmungou, massageando o pescoço sob os olhares dos trabalhadores da sua propriedade. – E por uma bexiga mais forte.

Adentrou apressado o salão principal, sujando o assoalho de barro, que prontamente começou a ser limpo por duas jovenzinhas, filhas de uma das criadas.

Trouxeram-lhe cerveja, frutas frescas e um pouco de pão. Ele só queria mijar.

Depois de se aliviar, um sorriso de satisfação no rosto, esvaziou uma caneca de cerveja escura em apenas dois goles, subiu as escadas de madeira até o seu aposento e se atirou sobre a cama impecavelmente arrumada.

Arrotou e levou algumas lambidas quentes dos *wolfhounds* irlandeses.

Não demorou muito a que seu ronco começasse a ressoar pela casa, enquanto seus cães continuavam a roer dois fêmures de carneiro que encontraram enterrados no pasto.

.

.

.

– Lord Thomas? – O criado deu uma espiadela pela porta e viu o seu patrão dormindo de barriga para cima e com os braços abertos. Os cães também cochilavam no tapete grosso que ficava ao lado da cama. Ao verem o homem à porta, bocejaram, esticaram os músculos, viraram-se de lado e continuaram a sonhar com caçadas e fêmeas no cio.

Golpeou mais algumas vezes o batente de madeira escurecida, até que o Earl de Surrey despertasse assustado e se sentasse na cama, ainda parecendo confuso.

– Perdão por despertá-lo, senhor, é que o almoço já está na mesa e o seu filho o espera lá embaixo.

Lord Thomas fez um sinal com a mão e o criado se retirou. Permaneceu sentado um tempo, o olhar perdido através da luminosidade da janela, a preguiça imperando, apesar de o estômago resmungar. Foi até a bacia de prata, lavou o rosto e bochechou para tirar o gosto de merda da boca.

Suas pálpebras teimavam em pesar, mas ele precisava despertar.

Molhou a mão e deixou os pingos frios escorrerem pela nuca e costas, estalou o pescoço e saiu do quarto. Foi seguido pelos cães cinzentos, que avançaram destrambelhados escadaria abaixo e correram para fora, procurando um bom lugar para dormitar um pouco mais. Logo as crianças, filhos de criados, lavradores, marceneiros, tecelões e toda a população que compunha as terras do Earl os rodeavam, distribuindo afagos e recebendo lambidas molhadas.

– Desculpe a demora – Lord Thomas se sentou à cabeceira da mesa, ao lado do filho, que já mastigava alguma coisa. – Seu velho pai está cada vez mais cansado.

Sua criada lhe serviu cerveja e lhe endereçou olhares

insidiosos, daqueles de deixar a libido faminta, apesar de o seu pau ser apenas uma paródia da rigidez da juventude. O pensamento do velho senhor voou entre seios e coxas, dos altos bicos às profundezas rosáceas e úmidas. Contudo, logo foi trazido de volta pelo filho.

– E como foi com o rei?

– Tudo certo, tudo errado, tudo incerto... – O velho sorriu, ainda deglutindo o sabor da criada, que lhe retornara à memória. – O mesmo falatório de sempre, com os defensores e os descontentes. E, claro: muitas palavras ditas, mas nada decidido em definitivo.

O filho deu de ombros e enfiou um pedaço de leitão na boca. A pele crocante estalou a cada dentada, o sabor adocicado do molho feito com mel contrastando com a gordura levemente salgada.

O pai pegou uma faca e também talhou um pedaço da iguaria, bem próximo às costelas, onde a carne era suculenta. Colocou no prato uma colherada generosa da farofa feita com aveia e amêndoas torradas e trituradas e envolveu o leitão na mistura. Suspirou assim que sua boca ficou preenchida por todos os sabores.

Sentindo o cheiro bom, os cães voltaram mais leves, depois de remarcar seu território nas árvores próximas. As crianças que se divertiam com eles estacaram antes da porta, os estômagos roncando, estimulados pelo aprazível cheiro das comidas das quais sequer conheciam o sabor. Restou-lhes engolir a saliva e ir correndo até o bosque buscar algumas frutinhas silvestres azedas que lhes tapeassem a vontade. Os grandes animais se deitaram pacientemente aos pés do amo para aguardar a parte que lhes cabia.

– Enfim, não era sobre o meu encontro com o rei que queria conversar, mas sobre a minha viagem.

– Que viagem? Vai fazer mais alianças? Ou desfazer? – Thomas passou manteiga fresca no pão de centeio ainda quente e comeu com gosto.

– Não. Essa é apenas uma aventura pessoal. Das resoluções oficiais você é quem vai cuidar, por isso te chamei. – Os olhos do velho estavam radiantes. – Parto em breve para o Norte com o padre August.

– Ainda não se esqueceu dos tais imortais, meu pai?

– Nem um instante sequer! Você pode assumir o meu lugar?

– Cedo ou tarde eu faria isso, não é? – Thomas deu um tapinha nas costas do pai e soltou uma expansiva gargalhada, acompanhado por um riso anasalado do Earl.

Pai e filho continuaram falando de amenidades, enchendo as barrigas e embriagando-se bem no meio de um dia de trabalho, luxo ao qual somente eles, naquelas terras, podiam se dar.

Três batidas na porta. A aldrava ressoando forte a cada pancada no metal. Uma voz abafada vinda lá de fora, inteligível, mas definitivamente irritada. Stella jogou para o lado a lona grossa que usara para se cobrir e se esconder da claridade do dia. Ela estava num canto e certamente serviria de tela para o artista que jazia sobre o sofá.

Mais duas batidas.

– Um momento, por favor. – Stella arrastou com facilidade os corpos para o outro cômodo como se fossem bonecos de lã. Desamassou com as mãos o vestido e arrumou os cabelos desgrenhados com a ajuda de um espelho de prata pendurado na parede. Certamente devia ter custado caríssimo, pois refletia a imagem quase sem quaisquer distorções e era emoldurado por uma linda peça entalhada feita de madeira vermelha.

As mãos estavam sujas de tinta seca, e ela não se preocupou em limpá-las.

Destrancou a porta e abriu-a devagar, forçando um sorriso no belo rosto pálido. Do outro lado, um magricelo de cabelo ensebado e nariz torto olhou-a com estranheza. Lambeu os lábios finos e ousou uma espiadela pela fresta da porta.

– Jules está? – Ele tinha a voz esganiçada, arrogante.

– Mestre Jules precisou viajar, então eu fiquei para cuidar da casa.

– E quem é você?

– A irmã dele.

– Irmã? Que eu saiba a irmã dele morreu quando era criança – fungou.

– Sim, a mais velha. Eu sou a mais nova, Stella. – Esticou a mão, que muito a contragosto foi beijada.

– E quando ele volta?

– Bem, acho que vai demorar um pouco, ele fez duas grandes malas.

O magricelo bufou e virou-se de costas, as mãos na cintura, os pés tamborilando no chão. Olhou para a rua, cujo movimento começava a diminuir devido ao cair da noite.

Num giro quase como o de um dançarino, ele voltou a encarar Stella, os olhos castanhos comuns, a pele do rosto coberta de marcas de quem sofreu com espinhas na juventude.

– Acontece que ele me prometeu para hoje uma encomenda. E, se eu chegar de mãos vazias, meu patrão irá me matar e virá até aqui para pegar o dinheiro já pago. Além de ter um mandado de prisão para o seu irmão.

– E qual é o seu nome?

– Raymond – pigarreou.

– Ah, sim! Ele me falou do senhor. Por favor, entre e sente-se. – Stella escancarou a porta e apontou para o sofá.

O homem entrou e percorreu com os olhos as telas espalhadas pela casa antes de se sentar. Fungou e fez uma careta.

– Que cheiro é esse? – Coçou o nariz com as costas da mão.

– Ah, perdoe-me. Ainda não tive tempo de limpar esse chiqueiro. – Stella fingiu organizar umas tintas e pincéis. Sabia que os corpos dos dois já começavam a feder no outro cômodo. – Na mesma medida em que ele é um pintor talentoso, é um porcalhão bagunceiro.

– Talentoso? – A boca de Raymond se contorceu num bico estranho enquanto ele cruzava as pernas e repousava as mãos sobre os joelhos. – Eu ainda não sei por que Lord Henry gosta tanto das pinturas dele. Há outros muito mais talentosos.

– Perdoe-me a ignorância... Quem é Henry?

O homem olhou para Stella como se ela fosse um animal, o desdém escorrendo pelo seu rosto afilado e sem pelos.

– Henry Keble, xerife de Londres!

– Como eu vim do Oeste, na divisa com Gales, não conheço ninguém por aqui. Cheguei ontem e...

– *Tá, tá* – ele balançou os pés, irritado. – Apenas me dê a pintura e está tudo certo.

– Claro, senhor Raymond. Só me diga sobre o que é, que eu busco agora mesmo.

Stella torceu para que o pintor, o tal Jules, tivesse cumprido o trato, senão precisaria matar mais esse. Não que ela se importasse, mas gostara da casa e pretendia ficar por um tempo. E quanto mais mortos, maior o risco.

– Uma paisagem, um nascer do Sol.

Stella arregalou os olhos. Se já não fosse tão branca, certamente sua pele estaria desbotada agora.

– O que foi, garota?

– Nada senhor Raymond. Aguarde um instante, sim? Ah! Desculpe a minha falta de jeito. O senhor deseja beber algo?

O homem apenas declinou com a cabeça enquanto Stella se dirigia ao outro cômodo. Já tinha a obra perfeita para entregar ao homem. E ela não tivera um traço sequer desenhado pelo tal Jules, que fedia tombado num canto.

.

.

.

Stella fingiu dificuldade para trazer o cavalete com a tela, que tinha uns dez palmos de largura e uns seis ou sete de altura. Propositadamente, colocou-a de costas para o ansioso homem.

– Ufa! É pesadinho, mas consegui. – Passou a manga do vestido pela testa e conteve o riso. – Agora vou virar esse *troço* para o senhor poder admirar e...

Imitou alguém fazendo força ao pegar nos pés do cavalete de madeira para virá-lo. Dessa vez, seu sorriso brilhou tal como uma estrela em céu límpido ao ver o arrogante Raymond boquiaberto. Estupefato, aliás.

– Meu Deus! – Ele se levantou e caminhou até as lamparinas e candelabros, que acendeu por conta própria. – Meu Deus!

Raymond se aproximou da pintura tal como um fiel que caminha até um objeto sagrado. Não se ajoelhou, mas seus olhos brilharam e toda amargura e desdém do seu rosto se esvaneceram.

Ele voltou seu olhar para Stella. Parecia outro homem, o rosto vívido iluminado pelas chamas difusas. Lembrava um menino que acabara de ganhar um doce.

– Foi Jules que pintou isso?

– Bem... – Stella hesitou, os olhos delineando o assoalho sujo, as mãos cruzadas na frente do corpo e os lábios roçando nos dentes como se tivessem vida própria. – Não foi.

– Como assim? Então quem pintou?

– Fui eu.

Cada um tem o seu caminho, a sua jornada. Cada um tem um destino que só Skald conhece. Só ela sabe como os fios serão trançados e quando serão rompidos. Estamos nesse mundo apenas de passagem, somos andarilhos. Uns com uma curta viagem, outros como eu.

Séculos.

Séculos ao lado de Liádan, que agora partira e fizera os fios da nossa vida se descruzarem.

Até quando?

Não sei. Sou apenas um espectador. Eu não escolhi isso,

apenas tive de aceitar a decisão dela. E mesmo que quisesse impedi-la, nunca conseguiria. Ela era um espírito único, livre.

Imortal.

Impotente...

Uma coruja piou, e os morcegos passaram em bando por cima das árvores, já retornando para o seu refúgio diurno.

Leonard ainda dormia. Seu rosto sereno, as mãos debaixo da bochecha e as pernas dobradas para manter o calor do corpo.

Aos poucos o cansaço começou a pesar, meus olhos ardendo como se estivessem cheios de areia, talvez pelo choro contido. A garganta estava seca, não tanto por não ter bebido, mas muito mais pelo grito que nela morreu antes de sair.

A noite findava, e eu busquei refúgio num carvalho morto, cujo tronco apodrecido estava oco. Eu pude me enfiar lá dentro e escavar um abrigo na terra fofa e úmida, por entre as raízes, dividindo espaço com larvas, besouros e cupins que pinicavam a pele.

Um novo trovão ressoou distante. E o vento fez a madeira estalar, enquanto carregava para longe as folhas secas.

Não era um lugar ruim para passar a noite. Era confortável até, muito melhor do que tantos outros em que estive. Fechei os olhos e imediatamente vi Liádan se despedindo, feliz, linda, emanando seu poder. Se realmente ela queria ser uma deusa, não haveria pessoa melhor. É incrível como a sua comunhão com as plantas, os animais e a própria Terra era perfeita.

Ela adentrou as sombras das árvores. E apenas seus olhos verdes fulguraram como luzes enquanto ela se afastava, deixando um perfume de flores e uma sensação boa no peito, apesar da despedida.

Senti o calor do seu abraço se irradiando pela minha pele fria.

E fiquei em paz.

Então os pássaros começaram a cantar, e a melodia era perfeita, como se todos estivessem louvando Liádan com trinados e gorjeios em sintonia.

E as folhas das árvores, que já começavam a amarelar, retornaram ao verde vivo.

Verde como seus olhos esmeralda.

.

.

.

Flechas preenchiam o céu de metal e penas brancas. Cavalos imensos, cujos cascos faziam tremer a terra. Alguém era crucificado na praia. Dor, tristeza, solidão... Raiva!

– Ô, tio! Tio, *cadê* você?

– Esse pesadelo, essas imagens que me perturbam desde que eu despertei! – A voz mal saiu dos lábios ressecados. Tentei abrir os olhos, mas minhas pálpebras me desobedeceram.

Meus músculos estavam rígidos, e só descobri que estava desperto quando eles começaram a doer.

– Ô, tio! – Leonard berrava em algum lugar, enquanto eu me arrastava para fora do meu abrigo.

A claridade cegou meus olhos. Ainda não havia escurecido completamente, apesar de cair um chuvisco gelado. Escorreguei novamente para o buraco e esperei. Aos poucos a visão retornou, embaçada, depois nítida como sempre.

– Estou aqui, Leonard. – Ouvi seus passos afundando na lama.

– Aqui onde?

– Siga a minha indicação – assoviei.

– Eu sou um cachorro para seguir assovios? – Os passos estavam muito próximos. – Que coisa mais estúpida!

– Então quando escurecer eu te acho.

Silêncio.

– Você *tá* dentro dessa árvore? – Ele enfiou a cabeça dentro do tronco, mas não pôde me ver.

– Sim – falei de supetão e bati forte na madeira, o que o fez cair para trás, assustado.

– Puta merda, tio! – Eu conseguia ouvir o seu coração disparado. – Meu coração quase sai pela boca.

Gargalhei.

– E o pior: eu me mijei.

Gargalhei ainda mais.

– Não ri não! – Ele começou a chorar.

– Ah garoto, não chora! – Ainda estava claro para eu sair. – Todo mundo já mijou na calça um dia. Principalmente as criancinhas medrosas.

– Ah, vai se foder!

.

.

.

– A princesinha saiu do castelo? – Leonard estava sem as calças, que balançavam ao vento, penduradas num galho. – Você é muito fresco.

– Pelo menos eu não estou com a bunda de fora – pisquei.

– Tio, eu só não te encho de pancada porque eu respeito os mais velhos. – Pegou mais duas maçãzinhas silvestres e comeu.

– E eu só não passo fome porque sou esperto. Consegui uma lebre ossuda mais cedo e agora essas maçãs azedas.

– Eu estou faminto!

– Se vira.

– É o que pretendo fazer. – Esfreguei as mãos – Vamos encontrar uma vila, fazenda ou qualquer coisa.

– E você tem dinheiro para comer?

– Eu me viro, moleque! – Sorri e corri, enquanto ele se atrapalhava com as calças ainda molhadas pelo mijo e pelo sereno.

– Espera tio! Filho de uma cabra sem teta! Agora você me irritou e eu vou te bater muito! – Tropeçou e caiu de joelhos na lama, ainda com as calças arriadas. – Eu te mato!

Esperei que me alcançasse e me defendi das saraivadas de tapas e chutes, que apenas fizeram as mãos dele doer. Logo já tínhamos declarado trégua e feito as pazes. E rumamos até uma cidadezinha igual a tantas outras na Irlanda. Casas de madeira escurecida ou de taipa, telhados de palha trançada. Somente uma ou outra construção era feita de tijolos ou de pedra.

Lugar que parecia ter parado no tempo e não diferia muito daqueles que eu percorrera durante a minha juventude.

Eu ainda podia ouvir os burburinhos e o falatório. Muitas pessoas estavam acordadas. Certamente lá haveria algum pão duro para o moleque e sangue quente para mim.

– Tio, aonde a gente vai?

– Eu acho que você podia me esperar na porta daquela taverna. – Apontei para uma pocilga iluminada parcamente. – Eu vou tentar achar algum dinheiro.

– Vai roubar? – Olhou para o céu: a chuva começava a apertar.

– Não interessa. Vai e me espera lá. Prometo não demorar.

Leonard correu e adentrou o lugar. Eu segui para o lado oposto, farejando o ar, escutando a brisa, enxergando além das sombras. A sede apertou, e, tal como uma víbora que espera sua presa, não precisei ir até a minha.

– Inferno! – Umas cebolas rolaram até os meus pés. Um rapazote praguejava, olhando para o saco que acabara de se rasgar. – Inferno!

Peguei as cebolas do chão e caminhei até ele. A chuva fazendo seus cabelos acobreados escorrerem pelo rosto sardento, os lábios pálidos pelo frio.

– Eu te ajudo – sorri. – Acho que conseguimos carregar tudo. Você mora longe?

– Não, logo ali. – Juntou as cebolas e seguiu em frente. – Vamos.

De fato, sua casa não ficava longe. E, depois de descarregar tudo num cesto de vime, voltou correndo para recuperar as cebolas que tinham ficado na rua.

Esperei-o respeitosamente do lado de fora, minhas vestes imundas e agora completamente molhadas.

– Por favor, entre! – O rapazote fez um sinal. – Vamos tomar uma sopa para esquentar um pouco o corpo.

Entrei e fechei a porta atrás de mim. Sentia o calor agradável do fogo, o aroma gostoso de um caldo feito com legumes e alguma ave, uma perdiz, talvez, que eu nunca mais poderia provar. Até mesmo o cheiro ácido das cebolas me trazia boas lembranças.

Passado.

– Se não se importa, vou tirar essa camisa e deixar secando sobre o fogo.

O jovem assentiu timidamente e me olhou com desejo quando viu meu peito nu. Eu não era forte como um guerreiro, mas tinha bons músculos forjados pela lida na minha fazenda e pelo manejo do arco, o que permaneceu após o meu renascimento.

Fui até a fogueira que ficava no centro do casebre e coloquei a camisa na haste onde estava pendurada a panela com a sopa. Fiz meu corpo roçar no dele, enquanto ele também tirava a camisa e mostrava o torso magro, que ainda não havia se desenvolvido por completo. Um suspiro escapou.

– Obrigado pela ajuda...

– Harold, Harold Stonecross.

– Eu sou Pól. – Deu um sorrisinho com o canto da boca.

– Você mora sozinho?

– Não, não. Meus pais foram até Dún Cormaic. Amanhã é dia de mercado e eles vão tentar vender a nossa lã. Daí eu fiquei para cuidar da casa e para fazer conservas com essas cebolas.

– Eu adoro conservas.

– Acho que ainda tenho um pouco aqui e...

– Não se preocupe. Eu prefiro uma bebida forte, se tiver.

– Eu tenho um pouco de hidromel. A nossa cerveja acabou.

– Serve.

O garoto, que não devia ter mais de quinze ou dezesseis anos, foi até uma prateleira e pegou um jarro de cerâmica e dois copos.

Serviu-nos e eu fingi bebericar. Logo vi seu rosto corando e sua fala amolecendo enquanto conversávamos sobre o tempo, sobre cavalos e sobre cebolas. Enchi seu copo mais duas vezes.

– Para mim já chega. – Levou a mão à testa. – Eu estou tonto, e, se beber mais, vou vomitar.

– Que tal um último gole? – Estiquei meu copo para ele, que bebeu tudo sem respirar. E tentou me dar um beijo logo em seguida.

Permiti que ele me abraçasse, mas desviei o seu rosto e mordi seu pescoço, ele gemendo enquanto eu sugava. Começou a apertar as minhas costas com as mãos ásperas, puxando os meus cabelos em total êxtase.

– Si-sim... – ofegou.

Bebi o máximo que pude e o deixei quase inconsciente, mas feliz, o corpo agora amolecido após um êxtase de rigidez, espasmos e jorros ocultos por dentro das calças. Lambi as últimas gotas que ponteavam meus lábios e me senti forte, aquecido e leve por causa do sangue misturado ao álcool.

Eu adorava beber dos ébrios.

Antes de morrer, sem abrir os olhos, ele sussurrou meu nome enquanto apalpava a virilha.

Vesti-me.

Vasculhei a casa à procura de alguma moeda. Não encontrei nada. Então peguei a panela com a sopa, uma colher de pau, saí e tranquei a porta.

Fui até a taverna onde Leonard esperava impaciente, sentado sobre um barril do lado de fora, molhado e tremendo.

– A vaca velha me expulsou achando que eu era um mendigo. – Tinha os braços cruzados e a cara fechada.

– E o que você é? – ri. – Venha, vamos achar um abrigo.

Eu podia ter voltado para a casa do meu jantar, mas não queria que Leonard visse o morto. Então, fomos a um celeiro. Arrombei a tranca com facilidade, mentindo que ela devia estar podre, e tranquei a porta por dentro com um caibro.

Ele se jogou sobre um monte de feno seco e esticou os braços me pedindo a comida. Engoliu toda a sopa, enfiando a mão na panela, agora morna, para limpar o caldo que havia grudado nas paredes.

– Delícia! Como eu precisava comer algo quente!

– Eu sei, eu comi também... Algo quente.

– Onde você arranjou?

– Com um cara que ajudei.

– Vai precisar devolver a panela?

– Não. Ele me deu.

– Teve sorte, tio! – Bateu na barriga estufada. – A gente pode trocar essa panela por uns três peixes, um queijo e um jarro de cerveja. Ou talvez por umas roupas novas.

– Confio em você, moleque, faça o melhor negócio possível.

– Amanhã cedo vou achar um riacho para *lavá* ela e tirar com areia todas as *coisas* que tão grudadas. Vai dar uma valorizada.

– Agora é bom você descansar um pouco. Se acordar e eu não estiver, não se preocupe, eu encontro você.

O menino bocejou e se deitou com a cabeça no meu colo.

Adormeceu.

E eu senti que o amava. Como a um filho.

Junho, 1503, ano do Nosso Senhor.

– Até a volta, meu filho.

Lord Thomas se despediu enquanto entrava na carruagem que também transportaria a sua bagagem até Londres, onde ficaria uns dias antes de seguir para o Norte com padre August. Estava tranquilo, sabia que seu primogênito tinha ótimas habilidades políticas e já era respeitado, exceto por aqueles que cobiçavam os postos da sua família. Na verdade, em seu íntimo ele pouco se importava com negócios, nobres ou mesmo com as suas terras. Já vira e conquistara muito. Agora empregava todas as suas forças e vontade na realização de seu único desejo.

Os cães choramingaram, mas foram afagados pelo jovem Thomas e logo se acalmaram. Se pudessem, seguiriam o seu senhor. Um criado assoviou, e logo os imensos animais correram até o estábulo para o desjejum, fazendo um bando de gansos fugir assustado. Uma gata foi até os restos de carne que eles devoravam, roubou a carcaça de alguma ave, e os cães nada fizeram para impedi-la: sabiam o quanto era dolorida uma garra no focinho. Voltou tranquilamente, o rabo empinado, até um caixote forrado de palha onde três gatinhos ainda de olhos fechados esperavam para mamar.

A carruagem puxada por dois cavalos parrudos passou pela ponte de madeira, as rodas estalando, o som dos cascos tamborilando no mesmo ritmo, e entrou na estrada estreita. Esta logo ficou mais larga e começou a ser margeada pelo bosque e por um lago, onde os pescadores jogavam as suas redes, esperando puxar o sustento das famílias.

Na maioria das vezes só vinham galhos secos.

Lord Thomas acenou para os curiosos e jogou umas

moedinhas para as crianças que corriam ao lado da preguiçosa carruagem. Os menorzinhos preferiam doces e confeitos àqueles pedacinhos de metal fosco sem graça. Despediu-se e desceu a cortina de pano azul grosso, separando-se do mundo exterior.

O sino da igreja de São Pedro e São Paulo badalou anunciando as *laudes*. E, dentro da carruagem, o que tilintava era o cinto do Earl de Surrey sendo retirado, enquanto a sua criada, que o acompanharia até Londres, mergulhava a boca no pau semirrígido do velhote.

Só o sacolejar por causa dos buracos o levou a uma gozada rápida e rala, que a criada mal teve tempo de desviar da boca. Lord Thomas ainda resmungou quando, após um solavanco, o dente dela resvalou na cabeça melecada e já murcha.

Ela cuspiu e se limpou. O gosto ruim na boca valia todos os benefícios que ela conquistara ao longo dos anos.

Lá fora, o cocheiro cantarolava uma canção, enquanto observava os cavalos espantarem as moscas com o rabo. Para ele a viagem seria monótona.

.

.

.

– Fez uma boa jornada, Lord Thomas? – Padre August aguardava com um sorriso nervoso, esfregando as mãos e tamborilando os pés sobre a grama. Abriu a portinhola da carruagem empoeirada e ajudou-o a descer. O velho tinha as pernas rígidas pelo longo percurso, a cabeça pesada pelo cansaço. A criada dormia e não foi despertada, seguiu com o cocheiro, que alimentaria os cavalos e lhes daria água e descanso.

As bagagens já estavam sendo levadas para a casa que lhe fora emprestada por um rico cavaleiro, o qual lhe devia uns favores. Lord Thomas pretendia ficar no máximo dez ou doze dias.

– Eu preferia estar no conforto da minha poltrona, embebedando-me com uma boa cerveja. Contudo, não tenho do que reclamar. – O Earl de Surrey esticou as costas e inspirou fundo o ar fedido de Londres, ainda mais fedido porque não ventava, concentrando todos os maus odores da imensa cidade. Tossiu. – Venha jantar comigo, padre. Agora preciso descansar.

O Earl entrou no casarão, onde criados já o esperavam solícitos, como era de costume: um bom dia com cortesia deixa as moedas em dia.

August permaneceu imóvel, concentrado numa oração silenciosa, pois sabia que a conversa dessa noite seria decisiva para a busca aos imortais.

– Por que mesmo você não pode sair de dia, Stella? – Meredith, que fora contratada como governanta, perguntou pela décima vez. Não porque duvidasse da sua patroa, mas sim pela mania de ser repetitiva. E por adorar histórias que fugissem do dia a dia comum e cinzento de Londres.

– Essa será a última vez que lhe digo. Se me perguntar novamente, vou despedir você, certo?

– É que eu acho essa história tão linda e...

– Então não preciso repeti-la.

– Só mais essa vez, Stella, por favor! – A jovem feia, de cabelos desgrenhados e coxa da perna direita, juntou as mãos em súplica. Era tonta, mas muito honesta. E gostava de verdade de Stella, tal como se esta fosse uma irmã mais nova.

A imortal respirou fundo.

– Certa vez, há dez anos, eu estava em Cholsey, acompanhando meus pais, que buscavam algum trabalho depois de perderem a nossa casa por excesso de dívidas e falta de pagamento dos impostos. Então resolvi entrar na igreja para rezar. Quem sabe Deus ou algum dos seus santos me ouviria. Era apenas uma jovenzinha crédula.

– Quem tem fé verdadeira sempre é atendido – Meredith levou as mãos ao peito.

– Ajoelhei-me ao lado de muitas pessoas que também tinham seus pedidos. Fechei os olhos e rezei, com toda a minha devoção, não da maneira ensinada pelos padres, mas do meu jeito. – Stella fixou os olhos na governanta. – Então ela veio até mim.

– A santa! – Meredith sorriu.

– Sim, Santa Artemísia – teve de segurar o riso. Lembrou-se de quando Harold usava os santos para se livrar de problemas ou para passar a lábia nos incautos, ou mesmo em poderosos da Igreja. E ela fora pelo mesmo caminho. – Ela veio em todo o seu esplendor, os olhos do mais puro azul e os cabelos como trigo na primavera.

– Maravilhosa...

– Então a santa proferiu as seguintes palavras:

Para ganhar uma bênção, precisará abdicar de um prazer. Amanhã será seu último amanhecer, pois guardará vigília somente quando o Sol adormecer. Durante seis anos, ficará em plena oração. No sétimo adoecerá e ficará no limiar da morte. No oitavo seus olhos se tornarão leite e no nono suas mãos se tornarão pedra. No décimo haverá o despertar, e, então, vai criar belezas nunca antes vistas.

– E este ano é o décimo! – Meredith tinha lágrimas nos olhos. – Quando seu dom despertou!

– É.

– E por isso você cria pinturas tão magníficas, tão reais e perfeitas.

Stella olhou para as dezenas de quadros que se espalhavam pela casa do seu *irmão,* cujo corpo fora jogado no Tâmisa junto com o do mecenas-amante e agora certamente já se encontrava, todo inchado, na imensidão do mar. Sentiu orgulho ao ver retratos, paisagens e objetos reproduzidos com tanta perfeição que somente alguém agraciado pelos favores de uma santa poderia criar.

Sentiu orgulho de si mesma.

Desde que matara o pintor, fizera riqueza. Primeiro com o xerife Henry Keble, que, após receber a sua encomenda, ficou maravilhado e pagou muito bem por retratos da sua filha Alice e da sua esposa. Então a fama de Stella se disseminou entre os ricos merceeiros, depois entre os nobres e o clero.

De tão maravilhado, acreditou imediatamente que o mecenas, também desaparecido, havia fugido com seu irmão para se tornarem amantes em algum lugar da Itália. A fama já os precedia, e Stella sabia ser muito persuasiva quando precisava.

– Foi bom isso ter acontecido, bela Stella. – O xerife segurou-lhe as mãos frias. – Foi-se um pintor medíocre e nojento, veio uma artista sem precedentes. Em todos os sentidos.

Stella retribuiu a gentileza com um beijo nos lábios dele, de onde tirou umas gotas de sangue. Isso causou imenso prazer ao Lord Henry, facilmente percebido pelo volume crescente debaixo da calça apertada.

Havia muitas encomendas, mas a imortal produzia insanamente, parando somente para caçar, agora sem tanto prazer. Este fora transferido para as tintas e pincéis.

Todos já sabiam da sua bênção dada por Santa Artemísia, o que valorizava ainda mais o seu trabalho, pois os homens são essencialmente crédulos. Eles acreditavam que, tendo uma pintura feita por uma abençoada, encheriam seus lares e escritórios de bons augúrios, independentemente das decisões e posturas tomadas entre as quatro paredes.

Cristos, santos, animais e muitos retratos eram os pedidos mais frequentes, e Stella fez fortuna nesses poucos dias. Seus quadros valiam o peso – com moldura – em prata. Alguns em ouro. E o melhor: podia ficar em paz, sem ser incomodada durante o dia, onde dormia no porão úmido, mas que fora mobiliado confortavelmente.

Entretanto, nunca se esquecia de trancar o alçapão por dentro, para evitar qualquer infortúnio.

Além de Meredith, contratara mais dois criados para ajudar com as coisas do dia a dia e um contador para fazer todos os acertos financeiros e legais junto às autoridades. Era tocada pelo divino, mas a gula dos homens não respeitava essas hierarquias.

A admiração e o respeito duram somente enquanto jorra o dinheiro.

Batidas na aldrava.

Meredith abriu a porta e encontrou um sorridente bispo. William Warham viera pegar sua encomenda, uma tela imensa que decoraria um dos corredores da catedral e retratava o batismo de Jesus.

Stella abriu espaço no chão bagunçado e desenrolou o linho amaciado, que podia ser enrolado sem estragar a pintura. Essa técnica era desconhecida ali, o que corroborou ainda mais a bênção recebida.

Os olhos dele brilharam e o sorriso não foi contido.

– *Veritatis simplex oratio!* – Seguiu com passos cuidadosos toda a longa extensão da obra. Admirou as feições serenas de Jesus e de São João Batista. Olhou para a água perfeitamente representada em todas as suas ondulações e reflexos e para os animais que faziam plateia: veados, aves, esquilos. Até as folhas das árvores pareciam vivas como se bailassem ao vento. – Eu me sinto nesse lugar.

O bispo olhou para Stella, os olhos agora marejados e verdadeiramente agradecidos.

– Essa será a pintura mais perfeita de toda a cristandade. E a nossa catedral terá esse suspiro de Deus na sua parede. – Ele segurou as mãos dela, sujas de tinta e de um pouco de sangue da sua refeição anterior. – Você fez um trabalho digno e eu lhe agradeço. Não há qualquer dúvida de que você foi mesmo agraciada pela santa.

William Warham estalou o dedo e um padre lhe trouxe uma bolsinha.

– Aqui está o seu pagamento. – Abriu e mostrou o recheio dourado. – E logo lhe encomendarei outras. Talvez alguma para presentear o Papa Alexandre VI.

– Que o meu trabalho possa sempre lhe ser útil, excelência. – Stella beijou-lhe o anel.

Enrolou cuidadosamente a tela e a envolveu numa manta de lã. Dois serviçais entraram para carregá-la até a carroça.

O bispo se despediu e partiu. Essa era a quinta obra que ele comprava. As quatro anteriores tinham ido para a sua residência em Canterbury. Dinheiro nunca era problema para o alto clero.

– Meredith, vou sair.

– Aonde a senhora vai?

– Primeiro, já disse: odeio que me trate como senhora. Segundo: não lhe interessa, minha querida.

Stella beijou a testa da mulher que a tratava como se fosse sua filha, uma filha que nunca tivera depois de abortar quatro vezes e ser abandonada pelo marido, um cuteleiro beberrão que se afogou ao tentar subir numa canoa para ir pescar, segundo ela lhe contara.

– Cuidado, a noite de Londres é perigosa.

– Eu sei me cuidar. – Abriu a porta. – E nunca se esqueça: eu sou uma abençoada.

Riu.

Depois que viera da Irlanda, que iniciara essa nova vida, Stella estava feliz.

E, naquela noite, queria beber um pouco mais.

.

.

.

Stella caminhava tranquilamente pelas ruas ao redor do castelo de Baynard, que passava por uma reconstrução. Era longe o suficiente da sua moradia e tinha muitas pessoas de fora, dezenas de trabalhadores e todos aqueles que os acompanhavam. Na Inglaterra, as multidões se dirigiam para onde havia trabalho.

Poderia se alimentar sem muitas preocupações, oculta entre dezenas de rostos desconhecidos pelos locais. Ao ser encontrado, o corpo, seu jantar, seria a evidência de mais uma morte dentre várias que aconteciam naquele local.

Quanto mais aglomerações, mais brigas, roubos e assassinatos.

Havia muitos barracões que serviam como moradias provisórias, tendas e vendedores de tudo o que se podia imaginar, de comidas a corpos. O céu limpo e estrelado ajudava e, apesar do vento frio, a cidade não dormiria tão cedo.

O cheiro de comidas diversas se misturava ao de suor e mijo. E, de vez, em quando, algum aroma de perfume dava um alento às narinas.

Stella esbarrou numa cigana, que segurou a sua mão com a força e a habilidade de quem estava acostumada a esse tipo de abordagem. Fazia parte de um povo que era muito malvisto e mesmo banido em alguns lugares, mas que sempre encontrava interessados nas suas artes. De velhas ricas entediadas a homens famintos que esperavam conquistar uma migalha de boa sorte.

– Eu vejo um grande futuro pela sua frente, minha menina. – A velhota coberta de panos coloridos e com o rosto sulcado pela idade sorriu, delineando com o dedo as linhas da mão de Stella.

– É... Eu acredito que a minha estrada será bem longa.

– Se você tiver uma moeda, podemos ir à minha tenda e eu lhe contarei mais. Sempre há muito o que ser revelado.

Stella tirou um *angel*, uma moeda de ouro, de um saco de couro que levava dentro do vestido. A cigana arregalou os olhos. Nem em um mês de trabalho árduo ganharia tamanha quantia.

Ela guiou Stella pela mão, enquanto ela despertava olhares cobiçosos dos homens que gastavam todo o seu suado dinheiro com cerveja ruim e prostitutas bexiguentas. Mas nenhum deles ousaria algo descortês, pois temiam as pragas da velha cigana. Mesmo com a Igreja em pleno domínio, as superstições persistiam fortes.

Temiam-na mais do que as ameaças dos padres durante as missas.

Foram até um acampamento de onde dava para ver, ao longe, as águas calmas do rio Westbourne. Lá um grupo cantarolava, tocava e assava carne numa grande fogueira, a gordura chiando ao cair sobre as brasas. Crianças riam e corriam seguidas por cãezinhos pulguentos, observados por uma cachorra de tetas inchadas de tanto leite. Todos fizeram mesuras quando a velha cigana passou por eles.

Ignoraram Stella, pois era comum a anciã trazer clientes aos seus domínios.

Stella foi levada à barraca da velha, a mais afastada de todas, e se sentou sobre um baú forrado com peles ao lado de uma poltrona, onde a cigana se esparramou. O local era decorado por muitos panos, colares e guirlandas feitas com flores secas e penas. Duas grandes lamparinas deixavam tudo bem iluminado. Ao lado de uma delas, um pássaro dormitava aquecido pelo confortável calor do fogo.

A cigana ofereceu uma beberagem, refutada educadamente por Stella. Ela deu de ombros, abriu um pote de estanho, meteu os dedos numa massa escura e os levou à boca, lambendo os beiços e sorrindo com os dentes pintados.

O pássaro deu um pio agudo, esticou as asas e voltou a dormir.

A cigana fechou os olhos e fez orações entoadas em melodia numa língua desconhecida. Depois de uma sequência de tremores e imobilidade, abriu-os. As pupilas dilatadas e a respiração entrecortada, quase ofegante.

Ela espalmou as mãos sobre os ouvidos de Stella, tais como duas prensas fortes, e a encarou sem piscar, os olhos argutos delineados por tinta preta, o hálito azedo ofendendo as narinas, o som da festança lá fora abafado. Um gato miou sobre as almofadas, lambeu uma das patas e esfregou-a no focinho. Correu para fora da tenda.

Então a cigana guinchou e soltou Stella. Levou a mão trêmula ao peito, um pouco de espuma se formando nos cantos da boca contorcida e enrugada.

– *Femeie afurisită... Femeie afurisită.* – Começou a balançar a cabeça, a máscara de pavor sobre o rosto outrora sereno. – Que Deus me proteja...

A cigana se levantou da poltrona com agilidade incompatível com a sua idade, tentou correr para fora, os joelhos estalando. Contudo, foi segura pelos cabelos e puxada de volta para a poltrona. E, antes que pudesse gritar, teve a voz silenciada pelo pavor de ver presas surgindo da boca de Stella.

.
.
.

O seu coração batia em arritmia e logo se cansaria. O ar não entrava nos pulmões, e o sangue se esvaía das suas veias pelos dois furos feitos no seu pulso por uma mordida precisa e indolor, sugado por lábios carnudos e gentis.

A cigana estava imóvel, como um esquilo que já aceitou o

seu destino entre as garras do falcão. Antes de ir se encontrar com os seus antepassados, ela murmurou com voz rouca:

Assim como eu sangrei, alma escura, você também sangrará. E assim como eu sofro a partida, você também sofrerá. A Morte já me pega em seus braços, mas logo será você que ela virá buscar.

A velha gemeu, seu coração disparou, e, depois, nada mais bateu em seu peito. Ao contrário de tantas outras vidas que ceifara, essa pesou na alma de Stella, como se o espírito da cigana se debruçasse sobre o dela.

Sentiu uma vertigem estranha e teve de se sentar. Levou a mão à testa enquanto a sua visão se embaralhava. Inspirou fundo para retomar o controle. Pegou uma faca que estava sobre a mesa repleta de bugigangas e foi até o fundo da tenda. Rasgou a lona e saiu. Não poderia fugir pela entrada, temia que os outros desconfiassem.

Correu em direção ao rio, protegida pela penumbra, mas não conseguiu escapar da ave branca que voou e pousou sobre o seu ombro, passando o bico curvo na sua orelha, talvez como uma forma de afago.

– Me perdoe se você a amava. – Acariciou delicadamente o pescoço da ave, que gorjeou baixinho. – Gostaria que você pudesse me entender, assim como os animais compreendem Liádan.

Margeou o rio, afundando as botas no solo encharcado. Havia se alimentado bem, mas um cansaço estranho dominou o seu corpo. Voltou para casa e se retirou para o seu aposento subterrâneo mesmo antes do amanhecer. O pássaro não a acompanhou, preferiu empoleirar-se no encosto da poltrona.

Stella fechou os olhos e, pela primeira vez desde a separação, sentiu falta dos conselhos de Liádan e até mesmo das falas jocosas de Harold.

Era uma imortal antiga e cada vez mais forte, mas as palavras da cigana à beira da morte a impactaram.

E uma sombra começou a se formar no seu coração.

Capítulo VII – Mártir

– Se eu quero conhecer a Inglaterra? Quero muito! O meu pai era inglês, pelo menos é o que a minha mãe dizia, e por isso ela me colocou esse nome estranho, que era o mesmo que o dele. Quem sabe não encontro algum tio meu por lá. – Leonard esfregou as mãos sobre o fogo da pequena fogueira e retomou o fôlego depois de ter falado tão rapidamente.

– Você me chama de tio...

– Ah, mas agora eu posso *conhecê* os de verdade!

– Sei.

– Para com esse ciúme besta, tio!

Eu ri. Divertia-me com o garoto, que até engordara um pouco depois que passou a me fazer companhia, como ele mesmo dizia.

– E como vamos para a Inglaterra se você não tem um puto no bolso?

– Depois de tanto tempo você ainda não confia nas minhas habilidades, moleque?

– Mais ou menos... – Ele jogou um galho verde no fogo, que logo começou a estalar, as fagulhas flutuando rumo ao céu. – Nunca se esqueça de que eu vivo te salvando.

– Não vou negar. – Levantei-me. – Agora vamos tentar arranjar umas roupas melhores. Maltrapilhos como estamos, conseguiremos apenas chutes no rabo.

– Estou cansado de levar chutes no rabo. – Leonard apagou o fogo jogando montes de terra úmida sobre as brasas. – E também com fome.

– Como sempre...

.
.
.

– Você me espera aqui, tudo bem?

Leonard se recostou na parede de pedras da pequena igreja e deu de ombros. Pegou uma lagartixa e começou a brincar com ela, que, em contrapartida, tentava a todo custo escapar daquele predador estranho.

O moleque sabia que não adiantava reclamar e querer me seguir. Não adiantava sequer perguntar para onde eu iria. Era assim que eu o mantinha seguro.

Contornei a construção, que parecia não ser muito antiga, assim como a torre logo adiante, morada de algum nobre do lugar que se chamava Baile Hac, pelo que nos contou um homem que encontramos guiando uma carroça cheia de fardos. Nos fundos, escalei a parede com facilidade e entrei na torre do sino. A porta da frente estava trancada, e um arrombamento chamaria muita atenção.

Não que eu me importasse, mas poderia trazer algum risco para Leonard.

Desci a escada estreita, e a madeira rangeu sob os meus pés. Uns pombos que dormitavam nas vigas voaram assustados. Não deviam estar acostumados com pessoas passando por lá. As teias de aranha, os montículos de bosta esbranquiçada e o excesso de pó eram testemunhas.

Logo abaixo vi a luz do fogo tremulando em vários castiçais. E, atrás de uma porta fechada, ouvi um suave cantarolar. Uma voz grossa e doce ao mesmo tempo, irrompida de tempos em tempos por uma tosse seca, dolorida.

O vento assoviava lá fora e o arrulhar dos pombos ecoava, juntamente com a canção, em uma sintonia não proposital, mas harmoniosa.

Abri a porta. Um velho que escrevia com as vistas coladas no papel se virou assustado, a respiração chiando pelos pulmões cheios de catarro. Os pés da cadeira arranharam o assoalho enquanto ele se levantava, ainda confuso.

Encostei a porta calmamente e sorri. A máscara pálida da morte estampada no meu rosto.

E no dele.

O velho tossiu, levando um pano todo manchado de sangue à boca. Perdeu o fôlego e se arqueou, voltando a se sentar, as veias das têmporas saltadas e a mão trêmula.

– A sua voz é bela. – Puxei um pequeno banco de madeira e me sentei. – Eu ouvi o senhor cantar.

O velho puxou o ar de forma dolorosa mais três ou quatro

vezes até recuperar o fôlego, depois de pintar ainda mais de vermelho o pano. Limpou o canto da boca, e a serenidade voltou aos seus olhos azuis, envoltos em profundas olheiras e rugas. A barba amarelada sobre um hábito marrom encobria parcialmente a cruz de ferro pendente no pescoço, tão gasta quanto ele.

– Eu gosto de cantar, ajuda a passar o tempo. – O velho se aprumou na cadeira. Apesar do corpo franzino, tinha uma presença forte.

– Desculpe a intromissão e a invasão da sua igreja...

– Essa igreja é de Deus. Eu sou apenas um servo que difunde a Palavra.

– Certo. – Cruzei as mãos sobre as pernas. – Permita que eu me apresente: sou Harold Stonecross. Eu não sirvo a ninguém e serei a última pessoa que você verá nessa vida.

O padre abriu a boca. Seu rosto demonstrou medo por um instante, mas logo retomou a serenidade. Pegou um copo e bebeu alguns goles.

– Eu sou o padre Aengus. E percebo que você não é da nossa abençoada ilha.

– Não sou.

– E veio até aqui só para me ver? – Esboçou algo parecido com um sorriso.

– Confesso que sequer sabia da sua existência, padre. Confesso que foi apenas o acaso que me trouxe até essa cidade e até essa igreja.

– Então, filho, o que quer de mim? – Uma nova sequência de tosses, dessa vez mais branda, o acometeu.

– O seu sangue. E um pouco de dinheiro, se tiver.

– Ah. – Agora ele sorria. – Harold Stonecross é um ladrãozinho barato.

– Um ladrão? Talvez. Barato? Nem tanto. – Estalei os dedos. – Mas se quer franqueza, caro padre, eu sou um imortal. E acredito que eu seja o mais próximo da divindade que você viu durante toda a sua vida.

Ele arregalou os olhos, as chamas das velas se refletindo neles. O espanto durou apenas um instante.

– Acho que você é apenas uma alma perturbada, senhor Harold. – Aengus esfregou as mãos para aquecê-las. – Se quiser, podemos conversar e...

Permiti que as minhas presas crescessem envoltas por um sorriso.

– Um belo truque que qualquer saltimbanco saberia fazer. Ainda mais quando se tem como plateia um velho de vistas fracas.

Gargalhei.

Ele se manteve austero, como se à sua frente estivesse apenas um homem qualquer tentando confessar uma fornicação fora do casamento.

Pouquíssimas vezes durante meus séculos de vida vi um ser com tamanha calma e confiança. Quase desisti de matá-lo, mas a sede já incomodava, e eu prometera roupas novas para o menino Leonard.

– Senhor Harold, o que acha de irmos até a capela, nos ajoelharmos e rezarmos juntos?

– Vamos alcançar nossa redenção, padre Aengus. Cada um de um jeito.

Não esperei uma resposta, avancei e mordi seu pescoço. A pele fina se rompeu como papel velho, e o sangue escorreu. Ele tossiu e murmurou suas orações. Bebi devagar, o mais devagar que pude, aguardando que ele terminasse o seu rito de partida.

Não senti qualquer medo emanando dele.

Não houve qualquer reação indigna.

Ele apenas pediu que seu deus olhasse pela sua comunidade e ajudasse as pessoas.

Parei de beber antes do fim.

O padre ficou prostrado na cadeira, tal como um boneco feito de palha, torto, uma baba sanguinolenta escorrendo pelo canto da boca. Peguei-o no colo e o deitei sobre a cama simples. Ele tocou a cruz no peito.

– Obrigado, se-senhor Harold – murmurou. – Você me deu mesmo a redenção.

Expeliu o ar pela boca, e seus olhos pararam de se mover. Fechei-os.

Procurei entre os seus pertences e não achei nada de valor, apenas umas poucas moedas e uma pequena cruz de prata.

Saí e fechei a porta. Subi as escadas cantarolando a canção que Aengus cantava antes de me encontrar.

.

.

.

– Puta merda tio! Que demora... – Leonard atirou um graveto em mim assim que confirmou que a sombra que surgia atrás da igreja era eu.

– Ai meu olho, ai meu olho!

– Meu santo Cristo! – Ele correu na minha direção e puxou da minha mão o graveto que eu apenas fingira estar fincado no meu rosto. – Você é um bosta de bode, tio!

– Eu sabia que você me amava.

– Eu não gosto de machucar nem um cão. – Ele me deu um chute na bunda. – Espero que você tenha conseguido algum dinheiro.

Cocei a cabeça.

– Eu não acredito nisso! Todo esse tempo e nada?

Mostrei as moedas e a pequena cruz de prata. Não era uma fortuna, mas serviria bem aos nossos propósitos.

– Você roubou o padre? Não tem medo do inferno não, tio?

– Eu acho que o inferno já está tão cheio que o Diabo sequer vai notar a minha presença quando eu morrer.

– Minha Nossa Senhora! – Ele fez o sinal da cruz.

Conversamos enquanto caminhávamos a procura de alguém que pudesse nos arranjar roupas melhores.

.

.

.

– Estamos combinados, senhor Harold. – O alfaiate anotara as nossas medidas num papel e prometera até mesmo botas em troca da cruz de prata. – O senhor pode vir pegar daqui a quatro dias, tudo bem?

– Estarei aqui.

Leonard tinha os olhos fixos num cavalinho de madeira.

– Só mais uma coisa: esse cavalinho está à venda?

– Bem... Ele é do meu filho...

Coloquei sobre a mesa o punhado de moedas que pegara na igreja e ele fez sinal para que eu levasse o cavalinho.

Leonard agarrou seu novo companheiro e saiu da loja relinchando e imitando um galope. Fiz uma mesura e me despedi. Observei o moleque correr e brincar com o cavalinho na mureta do poço, empinando, lutando batalhas imaginárias.

Ele acenou e levou o amigo para pastar numa touceira que nascera entre as pedras do calçamento. Pegou um galhinho bifurcado e transformou em um intrépido cavaleiro. Entrei na brincadeira e transformei uma pedra num monstro, que logo foi valentemente combatido e vencido.

Os que cruzavam conosco não continham um sorriso, mesmo os mais sisudos, pois a nossa felicidade era verdadeira. Logo se juntaram a nós dois irmãos que viram a diversão pelas portas entreabertas e decidiram se unir à jornada com seus brinquedos simples, mas magníficos.

Um touro de barro se transformou num gigante com chifres e uma pombinha sem uma das asas se tornou uma grande águia comedora de gente. E até as mães preocupadas com os estranhos baderneiros que haviam chegado ao seu monótono vilarejo agora acendiam as lamparinas para iluminar o festejo improvisado, batiam palmas e se divertiam com o mundo imaginado pelos seus filhos e por um adulto que não se preocupava com quaisquer regras de comportamento.

E eu apenas desejava que o tempo demorasse a passar.

– Será que tivemos tanta sorte assim, meu caro August? – O Earl de Surrey não conteve o sorriso. Sorveu o restante do vinho com um só gole, que ajudou a empurrar pela garganta o peixe frito. – Ah! Que lindo se isso aconteceu mesmo!

Em contrapartida, o padre mantinha o semblante tenso, pois não compartilhava da mesma visão de Lord Thomas. Sempre sentia um remexer nas entranhas quando pensava na possibilidade de ficar cara a cara com um desses imortais.

– Não posso afirmar com definitiva certeza. Contudo, após ver as pinturas que ela fez, depois de conhecer a sua história, de saber que só trabalha de noite e some durante o dia, acredito que temos fortíssimos indícios. – O padre apertava os joelhos, que balançavam freneticamente.

– Stele, o nome dela? Da imortal...

– Stella – corrigiu o padre. – Parece-me um nome italiano, apesar do seu irmão ser inglês. E o mais estranho: fiz várias pesquisas sobre ela nos livros de registro e nada encontrei.

– Então, de fato, ela é o que procuramos! – O Earl deu um tapa na mesa, eufórico.

Lord Thomas se levantou.

– E vamos até ela agora! – Tocou uma sineta e pediu ao criado que veio atendê-lo para selar dois cavalos.

– Agora?

– Sim. É noite e ela deve estar no auge das suas atividades. E eu não quero perder a chance de vê-la em ação, August!

O padre se benzeu instintivamente, sob o olhar divertido do Earl.

.
.
.

– Não está segurando as tripas, August? – Lord Thomas fez uma careta enquanto batia na aldrava. O fedor semelhante a ovos podres e repolhos ofendendo as narinas.

– Desculpe-me... É que algo não caiu bem no meu estômago e não pude segurar o peido.

– Confesse que está se cagando de medo, rapaz!

– Er... As...

A porta se abriu.

– Boa noite, senhores, o que desejam? – Meredith sorriu, o que não amenizou a sua feiura. Logo levou a mão ao nariz: a pancada intestinal também a atingira. – Pelo amor de Cristo!

– Viemos falar com a senhora Stella – Thomas Howard se adiantou. – Ela se encontra?

– Vou ver se ela pode atendê-lo, senhor...? – Não hesitou em abanar o rosto, fazendo o padre corar e se virar de costas.

– Thomas Howard, Earl de Surrey.

Meredith trancou a porta, mostrando a sua inabilidade no trato com nobres. Isso seria uma afronta em outros casos, mas foi relevada pelo Lord devido aos seus interesses além do comercial.

Ele e o padre trocaram umas palavras, August suando, a boca seca e as mãos irrequietas, uma vontade de sair correndo e se arriar atrás de alguma construção.

A porta se abriu e a governanta os convidou para entrar.

– Por favor, não empesteie o lugar – sussurrou no ouvido do padre, que agora tinha as bochechas e orelhas em brasa.

A sala principal estava bem iluminada e totalmente arrumada, sem nada da baderna do morador anterior. Um cheiro gostoso de torta de frutas aguçou o apetite, apesar de terem jantado fartamente.

Sentaram-se num confortável sofá estofado em vermelho, ornado por três almofadas douradas. Sob seus pés, um belo tapete bege, decorado com florais de um vermelho tão vivo quanto o do sofá. Numa pequena mesa, taças de cristal, que logo foram preenchidas com vinho.

– A senhora Stella já vem. – Meredith trouxe pedaços da torta de frutas. – Sirvam-se à vontade.

Eles comeram e beberam, e, quando o rubor já lhes preenchia a face, ela apareceu. Linda, alva, perfeita.

O Earl se levantou e cumprimentou-a, beijando-lhe a mão fria, aspirando um perfume gostoso exalado pela pele, admirando os cabelos brilhantes que usava soltos, ao contrário das outras mulheres. Seu coração disparara, suas mãos tremeram, mesmo sendo um homem calejado e treinado para esconder suas emoções. Anos e anos de leituras, de pesquisas, nunca o preparariam para tal esplendor. E esse simples instante teve mais valor que todos os tomos que se avolumavam na sua biblioteca. Enfim, encontrara aquilo que mais almejava.

Apresentaram-se, apesar do padre permanecer mudo, controlando-se para não pegar a cruz no peito em uma vã tentativa de proteção.

– Lord Thomas, a que devo a sua visita?

– Mistress Stella, gostaria muito de adquirir um dos seus quadros. – O velho observou aqueles que estavam pendurados nas paredes. – Mas queria lhe fazer um pedido especial.

O Earl refletiu, e seus instintos lhe ordenaram manter-se distante, tal como seria esperado de um nobre. Ele ansiava abrir-se como uma criança afoita. Conteve-se.

– Se o ouro abundar, qualquer pedido será realizado. – Stella sorriu, os dentes brancos e perfeitos, os lábios levemente corados de quem bebera o pouco, mas forte, sangue de um bebê deixado à porta do Mosteiro da Santa Trindade em Aldgate.

– O seu pagamento não será problema, o preço que estipular será aceito. Agora vamos falar sobre a arte?

Stella assentiu e olhou para o padre meio encolhido sobre o sofá. Ele estava admirado pela sua beleza, mas sabia que era apenas uma tentação de Satanás.

– *Como um ser infernal pode ser tão belo? A não ser que...*

– O que disse, August? Não entendi direito – mentiu Stella.

De fato, o Earl não havia ouvido o murmúrio, apesar de estar ao lado do padre. Contudo, aos ouvidos de Stella tudo soou claro. Olhou para o padre, que emudeceu.

– Não esquente, Stella, o pobre August está sofrendo das tripas, por isso está estranho essa noite.

– Se quiser peço para trazerem um balde.

– Ha, ha, ha, isso seria muito proveitoso para ele! – O Earl bateu as mãos nos joelhos, enquanto seu acompanhante olhava para baixo, acanhado, observando contra a vontade cada desenho no tapete. – Bom, apesar de estar adorando rir um pouco, voltemos aos negócios.

Thomas Howard deu mais um gole no vinho e estalou os beiços.

– Eu tenho uma ideia que gostaria que representasse num belo quadro.

– Não sei se terei essa capacidade...

– Ah, Stella! – o Earl se levantou e foi até a parede onde várias pinturas repousavam. – É como se eu olhasse por uma janela.

Um campo florido de lavandas se apresentava à sua frente.

– Nunca vi algo assim, não é nada parecido com as pinturas dos monges ou mesmo de artistas como John Thornton, Jean Fouquet ou Robert Campin, que são excelentes, mas parecem meros aprendizes aos seus pés. Mesmo os grandes mestres italianos como Sandro Botticelli, Pietro Perugino ou Leonardo da Vinci não têm a sua grandeza! Suas cores são tão vivas como se fossem tiradas da própria natureza!

– Me-mesmo o irmão dela – o padre resolveu falar, a voz saindo tal como um ganido –, ele era me-medíocre, apesar de estar construindo reputação junto aos ricos e nobres.

– Sim, ele era esforçado, mas não tinha o meu dom. Não era um abençoado.

– Aliás, Stella, se puder me contar essa história da visão da Santa... Eu só ouvi por alto.

Ela revirou os olhos e nem fez questão de disfarçar. Perdera a conta de tantas vezes precisara repetir a sua mentira. Entretanto, preferia manter a paz ocultando sua verdadeira identidade.

– Vou lhes contar então. Exatamente como aconteceu.

Meredith apareceu correndo, a boca cheia e os olhos curiosos.

– Eu adoro essa história!

Farelos voaram sobre August enquanto ela se sentava sem qualquer receio entre os dois homens.

– Ô, tio! Já está acordado? – Pandeiros pareciam ser tocados dentro dos meus ouvidos. Mais umas pancadas acompanharam a voz abafada do moleque. – Sei que você é todo doente, mas dormir num caixão é demais. Que aflição!

Abri a tampa, e o ar fresco substituiu o ar viciado do meu pequeno refúgio, que ainda cheirava a madeira recém-cortada. Eu havia me escondido nos fundos de uma carpintaria e tomara emprestada por um dia a morada definitiva de algum moribundo da cidade.

Fora o que conseguira arranjar depois de prolongar demais a caçada da noite anterior. Ainda bem que isso me rendera algumas joias e uma boa adaga. Mulheres ricas e entediadas na ausência dos maridos e dos amantes sempre são as vítimas perfeitas, sempre sucumbem aos meus encantos sem que eu precise me esforçar. E, depois de algumas palavras melosas e de beijos frios, garanti dois prazeres: uma bela trepada antes de me nutrir com o sangue pulsando na virilha, misturado ao suor, enquanto a dama bailava em movimentos ritmados, as mãos pressionando a minha nuca para baixo, as coxas roçando nos meus ouvidos enquanto eu sorvia a vida ainda em seu auge.

Os gritos não cessavam, com o Sol já ameaçando irromper no horizonte e com as velhotas insones loucas para saber o que se passava dentro da casa. Se pudessem subiriam no telhado e arrancariam as telhas de madeiras, só para espiar lá dentro.

A dama, cujo nome não recordo – ou sequer importa – saciou-me e ainda me garantiu um ótimo butim, certamente comprado pelo marido traído.

O Sol sorriu pela janela. Novamente eu me via frente a frente com o meu mortal adversário. Ele, afoito por torrar minhas carnes; eu, aflito para que isso não acontecesse.

Arreganhei a porta, cerrei os olhos ofendidos pela claridade, corri como um cão enxotado aos chutes e me enfiei no primeiro lugar escuro que encontrei. E, claro, não pude escapar do astuto moleque. Ele parecia me farejar.

Por sorte, não fui percebido durante o dia de trabalho em que serrotes, martelos e formões criaram uma música constante e rude. Se aquela tampa fosse aberta, eu teria um fim nem um pouco digno.

Contudo, os deuses ainda devem se divertir comigo.

– Como você conseguiu respirar dentro disso? – Leonard fez uma careta ao entrar e deitar-se no caixão.

– Com o nariz.

Pulamos o muro da oficina e demos de cara com um bêbado que franziu o cenho, mas logo voltou a entornar a sua bebida, cambaleando, seguindo um cão velho que, pelo visto, era o único que se lembrava do caminho de casa.

– Espero que dessa vez você tenha conseguido algum dinheiro. *Tô* cansado de ter que roubar para comer.

– Por que você não busca alimentos na igreja?

– Nem morto, tio! Eles vão querer me pegar para ficar lá dentro estudando, trabalhando e todas essas merdas. E você sabe que eu gosto da minha liberdade.

– Você gosta é de vagabundear.

– E você não?

.

.

.

– Eu acho que o senhor não está sendo justo nessa avaliação. – Cruzei as mãos sobre o balcão enquanto o ourives olhava as joias que eu havia adquirido. – Creio que o dobro do que ofereceu é algo de bom tamanho.

O baixinho de cabelos totalmente brancos grunhiu e empurrou para mim um punhado de moedas de ouro e algumas outras de pouco valor.

– Se quiser é isso, senão, boa noite.

– Tenho uma ideia melhor: você me dá uma quantia justa ou eu pego essas joias, enfio no seu cu e levo quantas moedas eu quiser. O que me diz?

Ele ficou sem reação. Estalei os dedos e sorri, os dentes levemente pontiagudos que não hesitariam em perfurar a pele do salafrário.

O velhote pensou, olhou novamente as joias e colocou sobre o balcão mais duas moedas de prata. Peguei-as todas e ainda um dos anéis que roubara. Enfiei-os numa bolsinha de couro, também surrupiada da linda dama, e virei de costas. Ele ameaçou protestar, mas desistiu. Sabia que lucrara bastante nessa negociação.

Leonard me esperava, emburrado pela fome. Joguei-lhe umas moedas de menor valor, mas suficientes para uma refeição digna. Ele sorriu e correu por entre as ruelas estreitas. O moleque era sabido e já bem calejado.

E eu fui buscar as nossas roupas, encomendadas havia quatro dias.

.

.

.

– Ficaram ótimas, senhor Harold. – O alfaiate fez questão de mostrar peça por peça, as cores vivas dos panos novos, os botões ainda brilhosos. – Um primor!

– Realmente foi um bom trabalho – sorri. – Gostaria de um favor, se não for pedir muito.

– Diga, diga...

– Há como me preparar um banho? Quando vinha para cá, uma carroça fez espirrar uma água fedida em mim. Mijo puro – menti. – E eu não gostaria de usar roupas tão belas com o corpo tão sujo.

– Sim, claro – o alfaiate andou apressado para os fundos e pediu a uma criada que já estava indo dormir que preparasse um banho. – Confesso que é um pedido bem incomum, mas, como é um bom cliente...

Agradeci, conversamos um pouco sobre política, sobre mulheres, e logo pude desfrutar de uma tina cheia de água quente. Fiquei submerso por um tempo, quase até sufocar. Emergi retomando o fôlego e limpei todas as imundícies da pele com a escova e o sabão que ali foram deixados.

Pela porta entreaberta a criada me espiava, tocando-se sob o camisolão, contendo o gemido. Não estava acostumada a ver a beleza.

Ainda mais como a minha.

Levantei-me e saí da tina, a água delineando meu corpo, escorrendo sinuosa. E, como se não soubesse da presença da mulher, andei despreocupadamente até a janela, a rua já deserta lá embaixo, apenas alguns pontos de luz mais adiante.

A fumaça ainda subia do meu corpo, os pelos se eriçando por causa do ar frio. Cada pisada fazendo o assoalho ranger, e atrás da porta os gemidos cada vez mais agudos que antecediam o gozo.

Quase um choro de prazer.

Quase não me contive e fui ajudá-la a se satisfazer.

Respirei fundo.

Esperei pacientemente o deleite, enxugando-me devagar com a toalha macia, evitando cobrir aquilo que a excitava. Assim que ouvi os passos apressados pelo corredor, vesti-me. Realmente, as roupas tinham ficado ótimas.

Desci as escadas, o solado de couro da bota agarrando na madeira. A criada me observava tímida, da cozinha, a mancha da umidade na frente do camisolão, o rosto corado pelo exercício, apesar da expressão leve de quem se aliviara depois de muito tempo de secura.

– Ah, senhor Harold, as novas roupas caíram como uma luva! – O alfaiate aplaudiu o próprio trabalho.

Dei-lhe mais umas merecidas moedas e ele agradeceu repetidamente. Fui até a criada, que arregalou os olhos ao perceber que eu me dirigia diretamente a ela.

– O prazer também foi meu – sussurrei no seu ouvido. Discretamente, levei a sua mão ao pequeno Harold, confinado nas calças justas. Agora ela teria muito que imaginar e se divertir nos próximos dias. – Obrigado pelo banho quente.

Saí assoviando, faminto e agora trajado dignamente. Sob o meu braço, o embrulho com as roupas de Leonard. Um presente merecido e necessário para a nossa viagem à Inglaterra.

– Padre August. – O Earl de Surrey bebericou o restante do seu vinho, a quinta ou sexta taça, sem tirar os olhos de Stella. – Você já conheceu, ou conhece alguém que conheceu uma pessoa abençoada? – A fala mole denunciava que já passara dos limites com a bebida.

– Bem... – Ele coçou a cabeça tonsurada. – Frei Matthew...

– Nem continue, tenho certeza de que é uma mentira em troca de poder, renome ou qualquer porra que o valha. Esses padres e freis precisam berrar esses milagres, senão os fiéis simplesmente fecham seus bolsos. Fé é dinheiro e somente isso. – Lord Thomas soluçou e se levantou, meio zonzo. – Agora, à nossa frente temos Stella. – Pronunciou cada letra, os olhos avermelhados e semicerrados – Essa, sim, é uma verdadeira bênção. Mas não vamos ser inoportunos. Creio que tem muito trabalho, não é?

Ela assentiu.

– Voltaremos amanhã ou depois para encomendar a nossa pintura. Mesmo porque agora já – soluçou – não tenho condições para conversar de uma maneira digna.

– Como preferir, Lord Thomas. – Stella sorriu, os dentes perfeitos, emoldurados pelos lábios carnudos e bem formados.

Sem qualquer timidez, ele deu um beijo na sua bochecha e se virou.

.
.
.

– Se ela não for uma imortal, corto meu saco fora – disse o Earl, apoiando-se em August, com dificuldade para montar no seu cavalo. – Uma perfeita súcubo bem perto de nós, meu amigo. E linda!

– Ainda não temos certeza...

– Uma porra que não temos. – Vomitou de cima da cela, sujando os pés do padre. – Merda...

– Vou te levar até em casa. – August tirou a sandália e a esfregou numa touceira que nascia entre as pedras do pavimento. – Lá vou preparar uma infusão de camomila. Vi uma planta nascendo no fundo da casa em que você se hospeda. Vai ajudar a dormir melhor.

Os dois cavalgaram pelas ruas escuras de Londres, o fedor

do Tâmisa ardendo nas narinas, soprado pelo vento úmido da madrugada. O barulho de cascos e rodas, passos e vozes de uma cidade movimentada e insone. Thomas Howard teve um acesso de riso depois de fazer algum gracejo incompreensível para uma prostituta que se engraçou com eles.

– Se quiser, posso fazer um precinho especial para vocês dois juntos – a mulher provocou, levantando a saia e mostrando as coxas roliças.

– Por mim, minha dama, eu passaria a noite no meio – soluçou Thomas –, no meio dos seus seios. Mas o padre aqui tem o pau santo, consagrado para Cristo.

– Então deixe *ele* ir rezar e vamos pecar – gargalhou ela. – E reze pelas nossas almas, padre!

– Meu caro padre, não posso recusar o convite de uma dama. – O Earl desceu da sela e quase caiu no chão depois de tropeçar nas pedras irregulares do calçamento. – Leve o meu cavalo, que esta noite eu vou comemorar cavalgando essa potranca.

– Lord Thomas, o senhor não está em condições...

– Não me encha o saco, August! – Cuspiu, a espuma esbranquiçada se formando nos cantos da boca. – Meu pau já está em riste e preciso ajudá-lo a se acalmar.

– Depois que eu cuidar dele, Lord Thomas, ele vai ficar calminho. – A puta envolveu a cintura dele com o braço e o levou para dentro de uma pocilga.

O padre pensou em protestar, mas sabia que seria impossível fazê-lo mudar de ideia. A porta se trancou com um baque seco.

O cavalo relinchou e soltou um monte de bosta no chão.

O padre olhou para a merda. Ela representava muito bem o seu ânimo. Bufou e seguiu um rumo diferente. Não voltaria para a casa onde o Earl de Surrey se hospedava, tampouco para a Catedral. Resolveu ir até a Abadia de Barking para conversar com a abadessa Elizabeth Grene, uma mentora em quem confiava muito.

.

.

.

– Perdoe-me a inesperada chegada tão tarde da noite, Reverendíssima Madre. – August se ajoelhou e beijou a mão da senhora que ainda rezava na capela austera de paredes de pedra, como se uma intuição não lhe tivesse permitido ir para os seus aposentos. – É que algo muito importante tem me perturbado.

Por um instante o padre desviou o olhar e viu as imagens

de santos e santas que ficavam em pedestais de madeira. Todas pareciam olhar para ele. Todas pareciam se compadecer da sua angústia.

– Eu sei que nunca faria uma extravagância, jovem August. Se veio me procurar, o motivo urge na sua mente ou no seu coração. – A abadessa fê-lo voltar à conversa.

– Sim, madre. – August se levantou e sentou-se no degrau em que se elevava o altar onde repousava uma grande bíblia aberta. – Algo que suplanta a minha fé.

A abadessa arregalou os olhos, o cinza refletindo a alma do padre. Inspirou fundo. Sabia da fé pura dele. Conhecia a sua devoção, não tanto à Igreja, mas sim ao verdadeiro Deus.

– Se puder compartilhar comigo...

August olhou de soslaio para as freiras que também rezavam no fundo da pequena capela. A abadessa entendeu o recado e pediu que elas se retirassem e trancassem a porta. Não poderia evitar que elas bisbilhotassem tentando ouvir algo pelos vãos, mas era o melhor que podia fazer naquele momento.

– Acho que agora teremos um pouco de paz – Elizabeth falou, mais baixo que o normal. – Pode me contar.

– Por favor, madre, não pense que eu sou algum tipo de insano, que enlouqueci – o padre quase sussurrou, um pouco pelo sigilo, outro tanto pela vergonha, todas as imagens de santos o observando. – Tudo o que eu acreditava está ruindo depois que eu encontrei...

Hesitou.

– Quem você encontrou, August? – A madre tamborilava os dedos sobre os joelhos.

– Uma imortal.

Silêncio.

O vento assoviou lá fora. O padre esfregava seu crucifixo como se quisesse espantar o mal. Um corvo grasnou.

– Pelo seu rosto, pela sua apreensão, nem cogitarei a hipótese de essa imortal ser uma santa, um anjo ou algo assim. Então, peço que seja o mais direto possível: o que lhe aflige não é algo vindo do Nosso Senhor, certo?

– Infelizmente é o oposto, minha senhora... Um demônio.

A velha madre empalideceu e as rugas pareceram vincar ainda mais o seu rosto. Os cabelos grisalhos escapando sob o véu, as chamas das velas bruxuleando.

– Eu não estou entendendo direito, filho, então, se puder começar do início...

– Mas é uma longa história, madre Elizabeth.
– Bem, pelo visto não conseguirei dormir tão cedo.
A madre esboçou um sorriso. Relaxou um pouco e se sentou de maneira mais confortável, as costas reclamando.
August inspirou fundo, fez uma prece acompanhado pela abadessa e começou o seu relato, desde seus estudos prévios até o encontro com Stella um pouco antes. Enquanto isso a madre praticamente não piscava, se nutrindo de cada palavra, assim como uma árvore aproveita cada gota de chuva depois da estiagem.

– Fazia tempo que eu não comia tão bem. – Leonard me encontrou, a cara suja de molho, o hálito cheirando a peixe frito e a barriga estufada debaixo da camisa cheia de remendos. E no rosto um sorriso que não tinha preço.
– Que bom, moleque. E tenho outra boa notícia. – Atirei para ele o pacote com as roupas.
– Agora sim, tio! – Ele jogou para o lado o saco que continha as vestes e sorriu ao ver cada peça, que eram praticamente cópias menores das minhas. – Vou vestir.
– Não mesmo. Você está mais sujo que um porco que passou o dia chafurdando na lama.
– E daí? Você dorme comigo por acaso?
Dei um tapa na cabeça dele e ele resmungou.
– Não pense que vou entrar num rio nesse frio – ele já ameaçava correr.
– Não. Hoje temos dinheiro para te pagar um quarto, água quente e uma cama macia.
– A dona lá foi caridosa!
– Foi mesmo... E muito saborosa...
– O quê?
– Nada, nada.

.

.

.

As noites se passaram monótonas enquanto rumamos até uma pequena vila de pescadores chamada pelos locais de Cé na Cille Móire. O cheiro de sal trazido pela brisa se misturava ao de peixe, impregnado nas madeiras dos barcos.
E um deles nos levaria até Gales, e de lá viajaríamos até a Inglaterra.
– Tio, acho que *tá* todo mundo dormindo. – Leonard espremeu os olhos na noite escura. – Não tem uma lamparina acesa!

– Nada que um chacoalhar de moedas não faça acordar...

Leonard desceu correndo pelo barranco coberto por grama e heras e foi olhar de perto os barcos. Havia desde pequenas balsas que repousavam sobre a areia até embarcações maiores, presas por cordas em estacas fincadas no chão, as quais bailavam, contidas, ao ritmo das ondas.

Observei-o de longe, mas logo me perdi na lembrança do meu pesadelo recorrente, que parecia se clarear a cada dia, como uma bandeja de prata após ser polida várias e várias vezes.

Queria conseguir me lembrar de todos os detalhes, mas apenas lampejos surgiam e desapareciam na minha mente, como se relutassem em se revelar por completo. Cavalos, cavaleiros e a grande cruz estacada no chão. Dor, desespero e muitas lágrimas.

– Meu querido Harold, nem sempre os deuses permitem que os nossos sonhos se revelem claros e límpidos. – Liádan juntou as mãos em concha e pegou a água cristalina de uma nascente. – Seja para nos proteger ou para apenas lembrarmos no momento certo.

Abriu as mãos e permitiu que a água retornasse à terra.

– Sonhos são poderosos. Se bem entendidos podem nos salvar, se incompreendidos podem endurecer o nosso espírito.

Liádan...

Tão linda...

Tão sábia e segura.

Leonard me chamou com a mão, o que me fez voltar ao presente. Fui até ele, que estava ao lado de um barco recém-calafetado e ainda cheirando a alcatrão. Como se entendesse algo de navegação, ele desandou a falar sobre as melhores madeiras para o casco, para o mastro e para os remos. Sobre a importância de usar os pregos de um tipo certo, que não enferruja, e ter um bom lastro.

– Tio, acho que este aguenta a travessia! – Ele estava radiante. – Veja, tem velas novas e...

De repente, um ruído fez com que nos voltássemos. Logo acima do morro, seis cavaleiros surgiram portando espadas, vapor se exalando pelas grandes narinas dos cavalos usados para a guerra. Quem quer que fossem, pretendiam causar impacto.

Aos poucos, as portas dos casebres começaram a se abrir. Os moradores surgiram, ainda tontos de sono, curiosos com os relinchos que destoavam do suave ruído das ondas que quebravam na praia.

Um cão ladrou num dos casebres mais distantes. Foi silenciado por uma palavra rude do dono, que queria ouvir o que se passava.

A brisa balançava as redes de pesca penduradas nos caibros e as crinas dos cavalos que começavam a descer as encostas, arrancando terra e grama a cada pisada. Lembrei-me dos *conroi* de batalhas antigas, presenciadas enquanto esperava o desfecho da matança para sugar o sangue dos moribundos, competindo com os corvos. Os possantes animais lado a lado, numa simetria mortal, os cascos castigando o chão, as armas sedentas.

Meu coração se acelerou e uma sensação ruim tomou conta da minha cabeça. Algo me dizia para fugir, mas vi que atrás das touceiras, sobre o barranco três arqueiros espreitavam, preparados para disparar.

Rosnei.

E me lembrei do meu pesadelo. Parte dele, na verdade, em que cavalos sem olhos avançavam sobre mim.

– Harold Stonecross! – Um homem grisalho, com uma cicatriz que lhe fendia a bochecha, se aproximou. A barba castanha era bem aparada e as roupas indicavam uma boa posição na sociedade. A cruz de ouro presa a um grosso cordão brilhou no seu peito quando seus parceiros acenderam tochas depois do faiscar das pederneiras. – Pelo assassinato da Senhora Breda, na abadia de Tintern, eu o levarei preso para ser julgado.

Leonard arregalou os olhos. Ouvi seu coraçãozinho disparar. Estava assustado, confuso e, instintivamente, escondeu-se atrás de mim, segurando a minha camisa, a respiração ofegante.

– Como me encontraram?

– Não subestime a lei! Não subestime a minha capacidade. Uma *pessoa* como você não é muito comum. – Permitiu-se um sorriso retorcido pela cicatriz. – Deu um pouco de trabalho achar a sua trilha no começo, mas perguntando aqui e ali descobrimos para onde estava indo, e ontem, em Duncormick, descobrimos que viria até aqui.

– Não é possível ter sigilo e discrição nesses tempos. – Permaneci imóvel, controlando o impulso de avançar e quebrar o pescoço do bastardo.

– Se tentar resistir vai ser pior. – O homem desmontou e avançou, segurando o punho da espada. – Prometo não lhe fazer mal se vier em paz.

– Quem é você?

– Sou o xerife que cuida das terras onde está a Abadia de Tintern e também muito amigo do enfermeiro, irmão da morta. É só o que lhe interessa saber. Virá até mim ou terei que pegá-lo à força?

Eu conseguiria matar todos aqueles cães facilmente, mas

com Leonard ali o risco era grande demais. Eu podia aguentar o tranco. Ele era somente uma criança.

Hesitei por um tempo. O mar cantarolava sua melodia. Os homens começavam a se inquietar sobre os cavalos, que relinchavam e soltavam vapor pelas narinas, sentindo a ansiedade dos seus amos.

Os arqueiros, que deviam acreditar estar invisíveis, colocaram as flechas nas cordas de cânhamo. Menos de cem passos nos separavam das pontas de aço, uma distância ínfima, mesmo com a parca claridade das tochas.

Mostrei as palmas das mãos, num claro sinal de que não reagiria. Leonard permanecia mudo, apertando cada vez mais a minha camisa. Afastei-o depois de uma piscadela e dei dois passos à frente.

Sem aviso, levei um soco no nariz, que estalou, envergando-se para o lado direito.

– Mentiroso desgraçado, seu bosta filho de uma cadela manca! – Pus o osso no lugar e o sangramento cessou imediatamente.

– Não negocio com assassinos! – Ele me deu um soco forte na boca do estômago, fazendo-me desabar de joelhos no chão.

A pancadaria continuou, com a ajuda de dois lacaios que desmontaram e vieram se divertir. A raiva crescia dentro de mim, assim como os dentes e as garras.

Estava cada vez mais difícil me controlar.

Leonard veio correndo e se pôs à minha frente, chorando, tentando impedir a tortura. Levou um tapa no rosto que o fez bambear. E logo em seguida outro, na outra bochecha, fazendo um dente voar e o sangue escorrer.

Então o animal não pôde mais ser contido.

Cravei as unhas no pescoço do homem que batera em Leonard, arrancando a sua garganta com um puxão. Ele gorgolejou, revirou os olhos e caiu no chão, estrebuchando, sem conseguir respirar.

O xerife que liderava o bando sacou a espada e me atacou. Desviei com facilidade e com um chute quebrei o seu joelho. Ele guinchou como um porco e tombou.

– Corre, Leonard! – gritei para o moleque, ainda tonto.

Ele não correu. Pôs-se à minha frente, os braços abertos tais como os do Cristo na cruz. Os outros sacaram as armas.

– Foge, moleque tonto!

Ele não fugiu.

Primeiro ele bambeou para trás, depois caiu de costas no

chão, uma haste fincada no seu peito, as penas brancas, agourentas, tal como um estandarte da morte.

Duas, três, quatro flechas espetaram a minha carne, fazendo as minhas vistas se escurecerem por um instante.

Então o maldito pesadelo, a premonição, tornou-se lúcido: o vulto era um santo-menino crucificado, o peito aberto, sangrando, uma flecha cravada no seu coração.

Ajoelhei-me ao lado de Leonard, o rostinho sujo de areia úmida pelas lágrimas, a boca tremendo, o sangue tingindo a camisa nova.

– Ti-tio, *tá* doendo muito. Eu não que-quero morrer. – Ele me encarou, os olhos assustados. Tentou esticar a mãozinha para pegar a minha. Suspirou, e seu espírito partiu, enquanto um filete de sangue escorria do canto da boca entreaberta, o corpo amolecido.

Leonard ainda me olhava. Era ele que já estava em meus sonhos antes mesmo de conhecê-lo. O mesmo rosto, outrora alegre, agora sem vida. Tal como as imagens dos santos mortos nas igrejas.

Eu prometera levá-lo a Inglaterra.

E apenas o entreguei nos braços cadavéricos da morte.

Prematura e injusta.

Falhei com o moleque.

Falhei com aquele que confiava em mim.

Mais uma flecha se cravou no meu ombro.

Eu não sentia qualquer dor.

Eu não sentia mais nada.

O xerife berrava de dor enquanto tentava ordenar algo aos seus homens. Contudo, era como se estivesse dentro de uma caixa de ferro, a voz abafada, distorcida.

Fechei os olhinhos do meu amigo, do meu companheiro, do meu Leonard, e dos meus escorreram gotas de sangue frio e escurecido. Na boca o gosto amargo e no peito um vazio estranho que eu sentira pouquíssimas vezes.

Espeto.

Edred.

Leonard...

Levantei-me, o braço direito dormente pela flecha cravada logo acima do cotovelo.

Eu havia perdido tudo: Liádan, Stella e agora o menino...

Restava-me o ódio puro, verdadeiro, negro como a noite profunda. Virei-me e encarei os algozes do menino, cujos semblantes agora transbordavam de medo.

O pavor – tal como quando, na aurora da minha imortalidade, encontrei o deus Pã.

– Ele era só uma criança... – Minha voz saiu sem vida, como se minha alma já estivesse nos braços de Hel.

– Ele era um ajudante, um cúmplice! – o homem grisalho tremia: estava de pé, apoiado no seu cavalo, o joelho quebrado, a dor gritando no seu rosto. – Na-não era para ter mo-morrido.

– Mas está morto – rosnei. – Assim como todos vocês.

Lá adiante os arqueiros já não mais se escondiam, exceto pelo que matou Leonard, prostrado de joelhos, desolado pela sua precipitação inconsequente.

Certamente era pai, tio ou irmão de alguém tão novo quanto...

Leonard.

– Ele era só uma criança!

Avancei, a sede dominando meu corpo com uma violência que havia séculos eu não sentia, meu corpo querendo curar os ferimentos, embora as flechas continuassem entranhadas na carne.

Os aldeões espiavam boquiabertos. Uma mulher chorava enquanto ninava o seu bebê. Outros fechavam as portas, não desejando testemunhar mais mortes.

Os vivos sacaram suas espadas.

Eu lhes ofereci o meu peito.

Contudo, nenhum deles teria competência para acabar com a dor que me assolava, como se todo o sofrimento desde o meu renascimento tivesse ressurgido de uma vez.

– Por que não conseguem me matar? – gritei.

Um cortou a minha barriga, arranquei-lhe o coração.

Outro talhou o meu pescoço, explodi seu crânio espremendo-o com as mãos, o sangue vazando pelos cantos dos olhos e pelo nariz, o cérebro cinza emplastrando os dedos.

Os cortes cicatrizaram enquanto mais duas flechas se fincaram no meu peito.

Percebi somente os impactos. Não havia dor; apenas a imagem de Leonard crucificado, piscando na minha mente.

Eu podia ouvir preces daqueles que ainda nos espiavam. E agora meus perseguidores, os assassinos de uma criança, sabiam que eu era um demônio.

Os três que permaneciam montados esporearam seus cavalos e fugiram em disparada. Berrariam aos quatro ventos que Satanás caminhava entre os homens. Talvez alguém ficasse louco e fosse internado em um asilo ou na cela fria de algum mosteiro distante. Talvez alguém virasse um santo por sobreviver ao demônio.

Talvez alguém fosse passar o resto da sua vida bêbado, temendo a noite e a vingança pálida. Morreria velho, afogado no próprio vômito.

Mais flechas voaram, dessa vez passando próximas ao meu rosto, morrendo na areia. O pânico os fazia errar. Os dois arqueiros que ainda estavam em combate resolveram fugir também, o outro permanecia de joelhos, blasfemando pelo seu erro.

Eu caminhei até o xerife, que tentava em vão montar no seu cavalo, berrando de dor a cada balançar da perna pendente do joelho para baixo. Ele apontou a cruz na minha direção.

Eu permaneci impassível, os olhos vazios, o sangue escorrendo deles.

Leonard crucificado no pesadelo, que agora estava vivo.

Mártir...

Ele tentou estocar com a espada, caiu e urrou quando o joelho estalou, o osso rasgando a calça de linho. Chutei a arma para longe. Ele, em desespero, começou a chorar.

Novamente apontou a cruz na minha direção, murmurando alguma prece, o medo açoitando sua alma.

– Seu deus nunca teve poder nessa terra amaldiçoada – sussurrei no seu ouvido. – Seu deus é apenas uma historieta sem qualquer verdade.

Ele vomitou.

Usei o cordão grosso de ouro onde a cruz se pendurava para enforcá-lo, o rosto cada vez mais vermelho e depois arroxeado enquanto ele sufocava, o cheiro azedo do vômito misturado com o de merda que saiu durante o descontrole.

Demorou a morrer.

Mereceu cada instante de sofrimento.

Que, certamente, foi muito mais suave que o meu. Que a dor injusta infligida ao menino-santo...

Levantei-me e puxei a cruz do pescoço dele, arrebentando o fecho do cordão grosso de ouro. Fui até o arqueiro, que sequer me viu, os olhos fixos no pequeno corpo de Leonard estendido na praia, os braços abertos, a flecha no peito.

Mordi seu pescoço e drenei a sua vida sem que ele desse um gemido sequer. E, pela primeira vez, torci para existir um céu. Se assim fosse, também existiria um inferno, onde sua alma poderia sofrer pela eternidade por ter matado um inocente.

Capítulo VIII – As teias do destino foram trançadas

– Que dor de cabeça! – Thomas Howard colocou o travesseiro sobre o rosto quando a criada abriu as cortinas das janelas compridas, o Sol alto mostrando que já passava do meio-dia, a claridade ofendendo seus olhos. – Como cheguei aqui?

– Padre August pediu para irem te buscar na casa da puta. – a criada olhou para o senhor com desdém. – Vejo que a noitada foi boa. Trepava bem a cadela?

– Não me lembro de nada. Só desse gosto de merda na boca e essa dor de cabeça dos infernos...

– Então não trepou gostoso? – A criada empertigou-se. – Comigo nem uma bebedeira te faz esquecer.

– Se trepei ou não, não te interessa, porra! – O Earl atirou o travesseiro na mulher, arrependeu-se: o movimento brusco fez agulhas espetarem seu cérebro. – Agora vá e me traga uma cerveja para ver se melhoro.

Levantou-se, cambaleou e vomitou sobre o tapete do seu anfitrião. Se seus cães estivessem lá, ajudariam na limpeza.

.

.

.

– Lord Thomas, não encontrei o padre, ele não estava na Catedral. – O capataz meio zarolho e de cabelo ensebado penteado para trás surgiu apressado.

– Obrigado, John. – Enfiou um pedaço de pão com geleia de maçã na boca. – Ele deve estar enfurnado em alguma igreja.

O capataz fez uma mesura e saiu.

– Só espero que ele não suma. – Mastigou sem vontade, os tambores em suas têmporas o irritando. – Não agora.

*

August não pregara os olhos. Suas pálpebras pareciam cheias de fuligem, a cabeça pesada como se estivesse coberta por um elmo – sensação que nunca experimentara de fato. Permanecera em vigília, rezando, pensando, temendo, imaginando, lembrando-se das imagens dos santos na capela.

Reprendeu-se várias vezes quando divagou, quando permitiu que seus pensamentos se dispersassem.

Após a longa conversa que tivera com a abadessa, fora acolhido numa cela na própria Abadia de Barking, embora isso não fosse muito bem-visto. O aposento pequeno tinha uma cama, uma cadeira e um armarinho onde um jarro de barro continha água fresca. Era tudo de que precisava.

Trancou-se para evitar os olhares das noviças. Não era belo, tampouco instigava desejos nas mulheres, mas sabia que a clausura deixava a carne fraca. E um pinto qualquer podia gerar sensações diferentes das provocadas pelos corriqueiros dedos e línguas.

Estava em jejum.

Lembrou-se disso quando passava do meio-dia, o que pôde perceber pelo Sol entrando na janelinha.

Seu estômago roncou.

Bocejou e deitou-se um pouco apenas para relaxar os músculos tensos das costas e pescoço.

.

.

.

– Já anoiteceu? – August olhou para a pequena janela e viu tudo escuro. Levantou-se rápido demais e tonteou. A fome agora doía.

Bebeu um pouco de água para enganar o estômago e saiu, a porta rangendo ao ser aberta, as internas cruzando por ele apressadas e cheias de risinhos.

– Obrigado pela hospitalidade, Madre. – Fez uma reverência ao se despedir. – E pelos bons conselhos.

– Apenas conversamos e buscamos, juntos, as respostas... – A abadessa deu dois tapinhas carinhosos no rosto do padre. – Aliás, depois que nos despedimos, muito pensei.

– Eu também.

– E uma luz me veio à mente. Creio que uma inspiração advinda do céu. – O semblante de quem havia dormido mal, apesar de sereno como sempre. – Se puder me acompanhar até a biblioteca, prometo não me demorar.

.
.
.

August acenou do alto do cavalo.

Mastigava com gosto um pão de frutas dado pela abadessa. O outro cavalo, amarrado à cela, seguia tranquilo, o rabo balançando. E, embrulhada em seda vinda do Oriente, numa bolsa de couro dentro do hábito do padre, uma preciosa relíquia dada por Madre Elizabeth, em sigilo e em total confiança na história contada pelo seu pupilo.

.
.
.

– Onde você esteve, August? – A ressaca de Lord Thomas havia passado depois de tomar uma bela sopa de galinha. – Procurei você o dia todo.

– Eu estava rezando.

– Não sei como pode rezar numa hora dessas. – Irritou-se, mas logo se recompôs. – Bem, se gosta de ficar de joelhos chupando o pau de Deus, problema seu. Eu estou mais interessado na nossa bela Stella.

– Eu também, Lord Thomas.

– Você está é se borrando de medo, isso sim – gargalhou o Earl. – Esquece. Pode ir rezar, padre, essa noite não voltarei lá, mas amanhã vamos sem falta. Entendeu?

– Sim, claro.

August se sentiu feliz. Teria tempo para os preparativos.

Depois de muitas noites, Liádan de repente abriu os olhos. Estava escuro dentro da caverna úmida, mas não teve qualquer dificuldade para enxergar. As duas esmeraldas pareciam fulgurar em sua face pálida, envoltas pelos cabelos ruivos escorridos, tais como as plantas que formavam uma cortina tremulante na entrada estreita.

A água gotejava pela rocha, e raízes desciam do teto, servindo de morada para aranhas e lacraias. Morcegos já se preparavam para mais uma caçada noturna. Lá fora as mariposas e mosquitos permaneciam alheios à morte iminente.

Liádan sentiu imensa dor no coração, como se ele estivesse sendo espremido por uma mão invisível, como se garras furassem a carne, impedindo-o de bater livremente.

Chorou.

Chorou como havia muitos anos não fazia.

Chorou até tombar de lado e abraçar os joelhos com as mãos.

Sentiu frio e um vazio estranho, como se estivesse completamente sozinha nesse mundo. Como se nada mais importasse.

Sentiu o desespero de Harold pela morte do menino.

Sentiu o espírito dele se esfacelar e pôde ver pelos olhos do seu amado, do seu criador.

– Tanta agonia, tanta decepção... – murmurou. – Tanta maldade.

O ar fugiu do peito enquanto o ódio crescia nele, tão intenso que a envolvia numa mortalha sufocante.

Enquanto ele matava os algozes de Leonard, Liádan crispava os dentes, as unhas cravadas no chão, os olhos se revirando nas órbitas.

Inspirou fundo.

Recompôs-se e conseguiu retomar o controle.

Enxugou as lágrimas e se levantou.

Estava muito mais magra do que de costume, apesar de sua força crescer a cada dia.

Contudo, essa noite ela se alimentaria. E, não sairia para caçar a esmo. Aqueles que causaram tamanha dor sentiriam a fúria fria da vingança.

De uma linda deusa de cabelos vermelhos.

.

.

.

O medo é barulhento mesmo quando não é transformado em palavras.

Ou gritos.

A dama ruiva achou facilmente os homens que bebiam numa taverna. Nenhum deles falava sobre o ocorrido na vila dos pescadores, mas todos pensavam sobre o assunto. Somente sobre isso e nada mais.

E o medo atraiu Liádan tal como a abelha era atraída pelo néctar das flores.

Eles bebiam para tentar se esquecer do assassinato do menino e de tudo aquilo que não podiam compreender. Contudo, isso nunca aconteceria. As imagens estavam gravadas em suas almas. E o gosto da morte em cada gole do uísque barato que descia queimando a garganta.

E os demônios sempre reinavam com majestade nos cérebros entorpecidos.

A taverna estava quase vazia. O dono bocejava atrás do balcão de madeira escurecida pelas bebidas derrubadas e pelos vômitos dos clientes ao longo dos anos. Comia azeitonas para espantar o sono e esfregava as mãos para aquecê-las. Não gastaria mais lenha numa lareira que já deveria estar apagada.

Bufou, porém não podia expulsar os fregueses como costumava fazer com os bêbados inoportunos, apesar de sua bota estar afoita por um traseiro.

Aqueles homens sempre tinham sido bons pagadores, apesar de parecerem soturnos nesta madrugada, sem risos, sem bravatas, sem putas sentadas nos colos. Mas a vida deles não era da sua conta. O importante era o tilintar das moedas sobre o balcão.

Levou-lhes mais uma porção de enguias defumadas, as últimas que restavam, e um pão grande que já começava a endurecer, assim como os joelhos daqueles que estavam sentados, mas que não tinham qualquer ânimo para se levantar, passar pela porta e encarar a vida.

Não depois daquela noite.

Comiam sem gosto.

Trocavam olhares, mas na maior parte do tempo ficavam cabisbaixos ou observando a janela sem nada enxergar lá fora. Já haviam decorado cada veio da madeira da mesa à sua frente.

Vez por outra um dizia algo que era respondido com um rosnado ou apenas com o balançar das cabeças.

Um arroto ressoou, seguido por um baque seco vindo da porta quando esta se fechou. Todos se viraram.

Todos ficaram boquiabertos.

Uma mulher nua, linda, adentrara a taverna iluminada à meia-luz das chamas quase mortas. O taverneiro franziu o cenho, mas logo sorriu. Os demais controlaram as tripas: haviam encarado a morte branca um pouco antes.

E ela retornara, travestida de mulher.

– Meu santo Deus – um deles fez o sinal da cruz. – Meu São Patrício!

Um segundo homem desmaiou, tamanho o medo. Os outros três se acuaram no canto. Se pudessem, arrebentariam a parede e correriam até os pés sangrarem.

– O que deseja, senhora? – o taverneiro saiu detrás do balcão. – Quer comida ou uma roupa?

– Vá embora, homem, meu assunto não é com você.

– Mas esse estabelecimento é meu, então...

Liádan o encarou, os olhos verdes lampejando, a face inexpressiva e fria como a de uma estátua de mármore. Ele sentiu pânico, um medo irracional que o fez correr para os fundos, tropeçando, e trancar a porta. Sentia-se tão mal como se houvesse contemplado a face do Diabo, que, apesar de bela, drenara toda a sua vontade.

Ouviu as súplicas e os berros dos homens vindos do salão. Desabou de joelhos e se pôs a rezar. Era como se os portões do inferno fossem abertos e as almas estivessem sendo sugadas para lá.

A agonia não durou muito, e logo veio o silêncio sepulcral.

O taverneiro permaneceu de joelhos, as pernas formigando, as tripas em revolução.

Depois de um tempo, pediu forças a Santo Abran e se levantou com dificuldade, a acidez do estômago queimando a garganta.

Destrancou a porta, a mão trêmula como se não quisesse obedecer a mente, e espiou o salão.

Presenciou um massacre que nunca vira antes. Todos mortos, cabeças separadas dos corpos, vísceras sobre o balcão, olhos sobre a mesa, ao lado do crucifixo quebrado. E na parede, escrito com sangue:

A deusa da Irlanda nunca aceitará a injustiça.

– Meu Pai eterno – murmurou. E vomitou logo em seguida.

Uma semana se passou desde que eu enterrara meu querido Leonard naquela maldita praia, desde que cavara o solo endurecido com as minhas próprias mãos, fazendo a terra se misturar com o meu sangue. Desde que eu o pusera naquele buraco raso que logo se encheria de vermes.

Seu corpo pareceu leve demais.

Pequenino demais.

Era apenas carne e ossos...

Agora seu espírito havia partido para junto dos antepassados que nunca conhecera.

O meu permanecia preso nesse mundo, por tempo demais...

Foi duro cobri-lo com a terra escura, misturada a areia, algas apodrecidas e conchas partidas. Foi duro colocar um simples pedregulho para ser a sua lápide. E saber que logo ele seria esquecido, que não deixaria um legado, uma história.

Doeu ainda mais saber que ele morrera por minha causa.

Eu merecia a solidão.

Então entrei num barco e zarpei. Nenhum dos pescadores ousou me impedir, ao contrário, agradeciam aos seus santos por fazer o demônio partir. Agradeciam ao vento por soprar forte naquela madrugada. E rezavam para eu me despedaçar num rochedo ou naufragar longe da costa.

.

.

.

Eu ainda podia ouvir a sua risada.

.

.

.

Bebi o sangue forte de um caçador galês que vivia isolado em sua cabana na floresta. Depois de tantos dias de jejum, num luto forçado, aquilo me fez bem. Desabei sobre o banco entalhado em um tronco e observei o corpo inerte.

É engraçado pensar como a vida é efêmera. De manhã você caça, de tarde você corta lenha para a fogueira, de noite você come um ensopado e antes de dormir você... morre!

O que faríamos diferente se tivéssemos certeza de que este seria o nosso último dia na terra? O que deixamos para trás pelo medo, pela rotina, pelas desculpas?

Meio milênio...

E mesmo assim eu pensava na finitude da vida.

– Alessio nunca imaginaria que morreria aquela noite... – Peguei uma boa faca de caça que jazia sobre a mesa ao lado de cortes de carne e cebolas. – Nem meu Leonard...

Coloquei a cabeça entre as mãos, a lâmina fria da faca roçando a testa. Baixei-a até o pescoço e permiti que o aço bebesse do meu sangue.

Dor.

Passageira...

Recompus-me, guardei a faca no cinto e segui meu caminho rumo à Inglaterra, pois ainda me restava Stella.

– Stella? Senhora Stella? – Meredith veio correndo. – Onde a senhora vai?

Pensou em dar uma resposta grosseira, controlou-se.

– Dar uma volta. Posso?

– Só tome cuidado. – Entregou-lhe um xale tricotado por ela mesma. – Essa friagem pode *te dar* tosse.

A ave, que se tornara sua companheira após a morte da cigana, berrou, mas logo começou a comer os grãos de aveia do seu pote, separando a casca da polpa com habilidade.

Stella beijou a testa da governanta e saiu. Meredith fez uma prece silenciosa para Deus guardar a sua senhora.

A imortal tinha sede.

E nessa noite ela não pintaria nada, exceto os próprios lábios de vermelho vivo. Resolveu ir até a Ponte de Londres e conseguiu uma carona com um guarda montado que foi facilmente seduzido, sob os olhares cobiçosos dos seus companheiros de turno.

– O filho de uma vaca sempre tem sorte – o mais queimado de Sol bufou.

– Verdade... E isso porque a dona dele é uma belezinha – o outro respondeu. Depois puxou o catarro da garganta e cuspiu.

– Se é! Eu cavalgaria nela todas as noites se pudesse.

– Sortudo.

O guarda fez questão de que seu cavalo andasse vagarosamente, as ferraduras tamborilando no pavimento. Queria aproveitar a companhia. Com beijos sutis no pescoço dele, Stella sugou bons goles de sangue, um aperitivo antes do jantar, enquanto ele tinha uma ereção de quase rasgar as costuras da calça.

Despediu-se com um beijo de gosto ferroso, ele mole depois de se melar todo – e de doar, sem perceber, seu precioso sangue. Desceu do cavalo com imensa graça, atraindo o olhar guloso de marinheiros, ladrões e todos os tipos de predadores noturnos que vadeavam por ali.

Sorriu: conquistaria facilmente o seu jantar.

Bastava estalar os dedos.

Lambeu os lábios sorvendo as últimas gotas, o que atiçou ainda mais a sua vontade de fartar-se.

Caminhou sinuosa pela ponte margeada de construções, o cheiro de fritura, fumaça e merda impregnando as narinas, os gemidos de prazer e de dor vindo das janelas, o bater frenético e desordenado de panelas e coxas.

Dois garotos roubaram linguiças que já estavam sendo guardadas, depois de um dia de vendas fracas. Uma velhota atirou uma colher de pau na direção deles e acertou a nuca de uma freira, que vociferou palavras doces, respondidas com a mesma cordialidade cuspida pela boca sem dentes da outra.

Os garotos sumiram, e a velhota precisaria arcar com o prejuízo. Agachou-se, o filete de mijo escorreu, empoçando-se entre suas botas. Pegou as linguiças restantes e entrou numa casa onde deviam morar dezenas de pessoas.

Gatos descansavam nos parapeitos, olhando com superioridade os humanos decadentes. Abaixo deles as pombas lutavam pelas migalhas. Adiante, Stella procurava o prato principal do seu jantar.

Um anão que fazia malabarismos sobre um barril assoviou e ela retribuiu com uma piscadela, que quase o fez se desequilibrar, causando risadas gostosas em quatro crianças que assistiam às peripécias do baixinho habilidoso.

Stella cruzou com mascates, mendigos e frades, mas nenhum deles lhe apeteceu logo de cara. Ela resolveu andar um pouco mais, quase atravessando a ponte por completo. E foi a dona gorda de um bordel que ficava do outro lado do Tâmisa que a instigou. Uma iguaria diferente das saboreadas nas últimas noites. Um sangue gorduroso que a saciaria por completo.

– Então você quer trabalhar, menina? – Olhou Stella dos pés à cabeça. – Você aguenta o tranco? Se aguenta, vem comigo.

Stella se fez de tímida enquanto subia as escadas até o quarto da cafetina, sob os olhares das mulheres que a viam como uma ameaça aos seus lucros.

Não ter marcas de doença na pele, cabelos sebosos ou tetas caídas era um grande diferencial nesse concorrido mundo do prazer.

– Se quer trabalhar para mim, menina, precisa passar pelo meu teste, pelo meu crivo. – Fechou a porta e baixou a saia. O cheiro de boceta que havia muito tempo não via água e sabão ofendeu as narinas sensíveis de Stella. – Espero que saiba chupar bem.

– Se sei chupar? – Stella sorriu. – Vou te chupar com ninguém te chupou antes.

.

.

.

– Sabia que a dondoca não era de nada – uma puta velha falou e tossiu. As olheiras emoldurando os olhos opacos.

– Essa daí mal deve conseguir enfiar um pinto pequeno *pra* dentro – outra, cujas pelancas ondulavam sob o vestido barato, fungou. – Já meteu um dedinho na sua flor, princesinha?

– Volta *pro* colinho da mamãe, vagabunda!

Stella seguiu seu caminho e saiu sem dizer nada.

Estava quente, saciada e, como prometera, chupara a cafetina de maneira única.

E fatal.

Decidiu não retornar para o seu lar, queria sentir novamente a liberdade, a vida sem compromissos, sem quaisquer rotas ou caminhos definidos. Seguiu em frente, correndo, deixando as sandálias saírem dos pés. Queria sentir o chão frio, a terra fofa e úmida.

Correu como o vento, e quem a viu deve ter imaginado a passagem de um anjo ou de uma fada de cabelos negros. Alguns sorriram pelo bom presságio, outros se benzeram pelo costume do ato. Venceu a cidade e entrou na floresta, e, aos poucos, casas, pessoas e barulhos ficaram para trás.

Relembrou a deliciosa paz da solidão.

E sua alma se acendeu.

Continuou correndo, passando pelas árvores, pulando troncos caídos, molhando-se em pequenos riachos. Arranhou-se em espinhos, pendurou-se nos galhos das árvores e gargalhou. Brincou como uma criança.

Precisava de ar puro.

Precisava se perder.

E assim viveria enquanto tivesse vontade. Afinal, o tempo não era uma preocupação.

– Então ela ainda não retornou? – Lord Thomas limpava as unhas com uma pequena faca. – E não sabem o paradeiro da nossa brilhante artista?

– Não, senhor. – Padre August se dividia entre o alívio e a frustração. – Faz mais de vinte dias que ela desapareceu. Muitos dizem que morreu. A senhora Meredith acredita que ela está em algo como um retiro espiritual.

– E eu acho que a nossa bela imortal foi provar sangue de outras paragens.

August assentiu. Era também o que acreditava.

– Contudo, meu jovem, algo dentro de mim diz que ela vai retornar. – O Earl havia passado uma semana na sua propriedade, demandando com o filho, matando a saudade dos cães, mas logo arrumou as malas e retornou para Londres. Odiava as interrupções na sua caçada à imortal; contudo, não podia deixar completamente de lado os seus afazeres. Quanto maior o poder, maiores as responsabilidades. – Só espero não demorar muito. Afinal, não somos eternos, não é, meu amigo?

Gargalhou, acompanhado por um risinho contido.

– Bem, resta-nos esperar. – August inspirou profundamente.

– Sim, mas fique em alerta. Quando ela voltar, vamos ter a derradeira conversa, nem que isso custe as nossas jugulares!

O padre se benzeu, despediu-se e partiu. Sabia que seria inevitável ela provar o sangue na presença deles, e isso lhe causava calafrios.

Suas veias estavam inundadas de sangue fresco. A pele antes extremamente pálida ganhou tons rosas e seu corpo retornou à forma original. Estava aquecida, apesar de a tristeza ainda congelar sua alma.

Os algozes estavam mortos.

Leonard também. E ela podia sentir que com ele se fora parte do espírito do seu amado Harold.

As fiandeiras eram inexoráveis, ele diria.

Contudo, era em nome da tal cruz que vinham os martírios.

Voou até a floresta, até a sua caverna.

E lá jejuaria novamente.

Um mês.

Um ano.

Um século.

Liádan não sabia. Apenas se sentou e fechou os olhos, o som das goteiras entorpecendo a sua mente. A letargia enraizando em cada músculo, as imagens se nublando na sua mente.

Até o completo vazio.

O vento frio gelava os ossos, assoviando suas lamúrias incessantes. A chuva fina impregnava as roupas e a pele, encharcava os cabelos. As minhas mãos formigavam enquanto eu caminhava pelas ruelas estreitas de uma cidadezinha sem graça chamada Bracknell.

Eu estava em casa, no meio do cu da Inglaterra.

Por que escolhi esse caminho?

Não sei, mas algo me dizia que encontraria Stella em Londres. Havia muitos rumores de uma mulher que só pintava seus quadros à noite, que era branca como a Lua e que fora abençoada por uma santa. Boatos voam junto ao vento e se espalham como labaredas no mato seco.

Stella havia aprendido a lição. E encontrá-la me traria um pouco de paz.

Eu sentia falta das suas rabugices e respostas ácidas. Sentia saudades do seu beijo envolvente e mãos hábeis.

Um bando de pombas se abrigava debaixo de um telhado,

todas juntas e encolhidas. Um rato espiou, com olhos brilhantes, de um vão entre os tijolos. Dentro das casas todos dormiam sem sequer imaginar que um imortal afundava as botas no barro das ruas da sua cidade.

A ingenuidade pode ser uma bênção.

Umas trinta e cinco milhas me separavam de Londres. Todavia, eu não tinha pressa de chegar. Preferia arranjar um lugar para passar o dia, para secar as roupas.

Por sorte eu era imune à tosse ou quaisquer outras doenças.

Menos as da alma.

Leonard...

Deixei a cidadezinha para trás, vi ao longe uma fazenda, as vacas e ovelhas abrigadas da chuva num estábulo precário. Um pouco mais à frente, uma casa ainda soltava fumaça pela chaminé. Um raio azulou a noite. Não veio o trovão, o estrondo, apenas um som grave, como se Thor arrotasse baixinho.

Uma coruja me acompanhou com os olhos amarelos enquanto eu caminhava ao lado do azevinho onde ela destrinchava uma cobra. Outro raio cortou o céu, dessa vez mais próximo, refletindo-se nos grandes olhos. Thor bateu, enfim, o seu martelo, e a chuva apertou.

Parei debaixo do abrigo do estábulo. Um cão branco veio, farejou as minhas pernas e logo se desinteressou, voltando ao calor das ovelhas amontoadas sobre a palha. Aninhou-se ao lado de dois carneirinhos e voltou aos seus sonhos com ossos e cadelas.

Ouvi um bebê chorando.

E uma mulher cantando uma canção de ninar.

A sede incomodou. Engoli em seco e me contive.

Não haveria mortes esta noite. A mãe e o bebê sobreviveriam mais um tempo, até que a doença, a fome ou a guerra os levasse.

Segui pela trilha lamacenta. E no sopé de um pequeno morro um celeiro se agigantou, e nele fui procurar abrigo, entre teias de aranha, madeiras cortadas e fardos de feno. Seria mais um dia de sono desconfortável, arriscado.

Bocejei. O Sol não surgiria, mas mesmo a claridade diáfana através das nuvens podia me agredir.

Fiz uma cabana improvisada com as tábuas, com o feno e com um pedaço de lona que encontrei enrolado, já bem degustado pelas traças. Por sorte o telhado era bem-feito, não havia goteiras.

Deitei-me.

Uma ratazana gorda veio espiar quem invadia seus

domínios. Peguei-a num movimento rápido e suguei o parco sangue enquanto ela guinchava. Não saciou a sede. Longe disso, os pelos ásperos pinicando a língua.

Dormi sonhando com pescoços lisos e damas de seios fartos.

– Minha Santa Artemísia, por favor interceda pela sua filha. – Meredith estava de joelhos na igreja de Santa Helen, em Bishopgate. Resolvera atravessar a cidade, pois acreditava que, estando na casa de uma santa ela falaria mais fácil com a outra no céu. Afinal, mulheres sempre eram mais cordiais uma com as outras. – Há dias não a vejo e começo a me preocupar.

– Então não se preocupe mais.

A governanta se levantou, assustada pela voz que ecoou pela nave vazia. Olhou para o altar e para as imagens nas paredes.

– Minha santa...

Gargalhadas.

Stella saiu de trás de uma pilastra.

– Senhora Stella – Meredith correu em direção à imortal. – Como me encontrou?

– Pelo seu cheiro – sorriu.

A governanta cheirou os sovacos e se encabulou.

– Brincadeira, sua tonta. Eu estava voltando para casa e ouvi as suas preces.

A governanta suspirou aliviada e beijou as bochechas dela.

– Para com essa *melação*, mulher – Stella limpou a baba do rosto. – Não exagere. Não fiquei tanto tempo fora.

– Vinte e três dias, não é pouco tempo... – Agora os olhos da mulher estavam tensos.

– Tudo isso?

– Sim. Onde você estava?

– Por aí, mas já voltei e gostaria de um banho quente.

As roupas dela estavam em farrapos, sujas de terra, assim como o seu rosto e cabelos. Estava descalça e seus pés estavam escurecidos como couro cru.

– A senhora está parecendo uma mendiga, vai ser difícil limpar todo esse cascão.

– Então você me ajuda a me esfregar. – Deu uma piscadela.

Meredith corou. Adorava vê-la nua, admirava a sua beleza perfeita, o corpo bem-feito, a bunda redondinha e os seios fartos. Nunca havia se excitado com mulheres antes. Nem com homens, para falar a verdade. Até conhecer Stella.

.
.
.

– Bem melhor assim. – A água da banheira estava marrom e começava a esfriar. Meredith suava pelo esforço de ajudar a esfregar a sua senhora, tarefa que realizou com gosto. – Agora estou apresentável novamente. E pronta para retornar ao trabalho.

– E por falar em trabalho, o tal padre August veio várias vezes aqui na sua ausência, a mando do tal Earl Thomas. Ele sempre aparecia ansioso, espiando aqui dentro, desconfiando quando eu falava que você estava sumida.

– Imagino o quão afoito o velho deve estar por exibir as minhas artes nos seus salões. – Sorriu, levantou-se e enrolou-se numa toalha. – Esses nobres adoram ostentar. E hoje eu sou o que há de mais precioso no reino. Sou um prêmio que cobiçam.

– Acho que um dia você vai conhecer o rei pessoalmente, Stella.

– Prefiro dizer que ele é quem vai me conhecer. Quem sabe até não beije a minha mão? Reis vêm e vão. Eu sou única.

As duas riram enquanto Stella vestia um belo vestido verde com detalhes dourados e vermelhos, objeto de uma troca feita com um rico alfaiate que só costurava para as princesas e nobres entojadas da Inglaterra.

– Essa pintura da minha mãe ficou magnífica. – O alfaiate tinha os olhos úmidos. – Cada ruga, cada pelinho da sua sobrancelha... Muito obrigado por isso.

– É a minha forma de retribuir pelo belo vestido, senhor Alfred.

Stella colocou um belo colar e dois anéis pesados cravejados de safiras e rubis. Desceu as escadas. Hoje não pintaria, mas receberia os clientes afoitos que tinham feito uma pequena fila do lado de fora assim que souberam do seu retorno. Uns nem mandavam os criados: vinham pessoalmente esperando um atendimento diferenciado pelo seu cargo, poder ou riqueza.

Stella não fazia distinções. Não se curvava a títulos, brasões ou coroas. Não se curvava a ninguém.

Essas coisas estritamente humanas não interessavam a ela. Ao contrário: adorava a rebeldia de quebrar todas as regras e protocolos.

Antes seria presa, açoitada ou punida de forma severa. Desse passado ela não sentia qualquer saudade.

Os homens não tinham mais poder sobre ela, apesar de muitos acharem o contrário em sua ignorância prepotente.

E eles continham a raiva e o orgulho, temendo ficar sem uma pintura da artista mais famosa de Londres. Eram todos sorrisos, apesar de em suas mentes amaldiçoarem a artista excêntrica.

Todos os resmungos e ódios se desfaziam quando olhavam a beleza imortal.

Stella os tinha nas mãos.

Pela beleza da sua arte única, do seu rosto mediterrâneo, apesar de pálido. E pelo volume dos seus seios, claro!

– Está pronta, Meredith? – Stella se sentou no belo sofá vermelho.

– Agora estou. – A governanta arrumou os cabelos, desamassou o vestido e foi até a porta, que, ao se abrir, gerou burburinhos de "até que enfim", "já era sem tempo", "vou conhecer a filha da santa".

Dois garotos correram, tentando vender uma cesta com pães e frutas secas. Meredith a pegou e pagou-a com duas moedas de prata, muito mais do que valia. Já sabia da generosidade da sua senhora, portanto sequer perguntou.

Os meninos saíram comemorando o pagamento muito maior do que haviam conseguido durante toda a semana, mesmo contando a feira de domingo.

A governanta convidou o primeiro da fila para entrar, um senhor de cabelos completamente brancos, que se apresentou como John Argentine, médico e reitor do King's College de Cambridge. A fama da artista abençoada ultrapassava as barreiras da cidade, cujos antigos moradores romanos já tinham sido considerados gigantes e deuses.

– Perdoe a minha petulância, Mistress Stella. – O médico se sentou na confortável poltrona. – Mas a senhora está pálida demais.

– Como o doutor deve saber, não posso ser tocada pela claridade do dia, senão perderei o meu dom.

– E quanto vale a sua vida? Sei que isso não é assunto meu, mas como alguém que há décadas cuida da saúde das pessoas, tenho a obrigação moral de alertá-la, minha querida.

– E eu agradeço. Sei que estou branca demais, mas posso afirmar que nunca estive tão bem.

– Melhor assim – o médico se serviu de vinho. – Que tal mudarmos de assunto e falarmos das suas artes?

E eles riram, debateram, e pela primeira vez Stella permitiu que um estranho a visse pintar. Isso gerou suspiros a cada pincelada e aplausos efusivos quando um anjo de mármore começou a surgir na tela, com olhos tão vivos, tão reais, que pareciam desnudar a alma de John Argentine.

– Já era sem tempo! – Thomas Howard esfregou as mãos salpicadas de tinta, as vistas cansadas pelo tempo passado no escritório pequeno, com pouca mobília e apenas alguns livros nas estantes, o que demonstrava o pouco afeto do cavaleiro dono da casa pelas coisas mais intelectuais.

Padre August sentiu um filete de suor escorrer pelas costas, morrendo na reentrância do seu rego. Assim que um noviço lhe avisara sobre o retorno de Stella, ele viera correndo ter com o Earl. Todas as noites uma fila se formava na frente da casa dela. Todos tinham esperança do seu retorno. Voltavam frustrados para seus lares; contudo, nessa noite a porta se abriu, e o primeiro cliente foi convidado a entrar. E a comemoração foi tão grande como quando alguma batalha era vencida ou as taxas de impostos caiam.

– Iremos lá essa noite?

– Não, meu jovem. – Lord Thomas terminou de escrever a carta, lacrou-a com seu selo de cera e guardou-a numa gaveta, jogando em seguida a pena no pote de tinta. – Ela sequer nos olharia, de tão ocupada. Amanhã seremos os primeiros da fila. Pague algum moleque para guardar o nosso lugar – piscou. – Amanhã mando buscá-lo na Catedral.

– Se não for um problema, gostaria de saber se posso ficar com um dos cavalos...

– Claro que pode, meu amigo. – O Earl deu dois tapinhas nas suas costas. – Vai procurar algum rabo de saia fora da cidade? Onde ninguém desconfia?

– Nã-não senhor...

– Não precisa se encabular. Sei que sua porra deve estar tão dura dentro das suas bolas que já deve ter virado um queijo – riu. – Tudo em nome de Deus, claro!

O padre se despediu envergonhado, pegou um dos cavalos com o capataz e partiu. Logo cedo iria buscar sua encomenda na fazenda de um amigo. Ela já estava pronta, mas, para o seu plano funcionar, ele teria que ser preciso em cada detalhe.

Rezou a oração criada por Santo Anselmo enquanto cavalgava:

Angele Dei,
qui custos es mei,
Me tibi commissum pietate superna;
(Hodie, Hac nocte) illumina, custodi, rege, et guberna.
Amen.

Contudo, não teve paz na sua alma. Sentia-se observado e fez sua boca começar a tremer de forma estranha. O trote virou galope, e ele só respirou aliviado quando se trancou no seu aposento, colocando uma cadeira como trava para a maçaneta de ferro fundido da porta.

– O que acha de irmos a Londres?

– Já enjoei desses morros pedregosos, desse chão de turfa e desse frio daqui da Escócia – ela sorriu. – E estou com saudades dela.

– Deve ser uma boa mulher. – A outra, mais alta, forte e sisuda, encarou-a.

– Claro que é! Que outra imortal se passaria por abençoada por uma santa? – A jovem gargalhou.

– *Não é preciso ver para enxergar. Não é preciso saber quem você é para te sentir. Só ao seu lado nada mais importa...* – Ouvi uma voz doce cantarolar, o que me despertou da minha letargia. Era como se um sonho se tornasse real. – *Onde você está? Para sempre quero estar...* – A voz foi se distanciando até ficar baixa demais para ser percebida.

Levantei num pulo e limpei os restos de feno das roupas e dos cabelos desgrenhados. Minhas juntas estalaram, assim como as madeiras da antiga construção, quando a névoa começou a umedecê-las.

Lá fora ainda faltavam uns instantes para o dia morrer, mas, com o céu totalmente nublado por densas nuvens, eu conseguiria sair. Um pouco de dor não importava.

Até me fazia sentir vivo.

Abri a porta, as dobradiças meio emperradas. A pele ardeu levemente; fechei os olhos até me acostumar com a claridade. Mas a voz bela aplacou a dor. E eu me embriaguei com ela, tal como uma abelha com o cheiro da flor. Deixei-me guiar pelo cantarolar e pelo balido das ovelhas que se preparavam para dormir.

O lobo espreitava...

Sorri ao ver a linda jovem que guardava os animais no

estábulo. Os cabelos dourados como cevada na primavera caindo nas costas na forma de uma grossa trança.

O cão branco ladrou ao me ver, mas logo se aproximou abanando o rabo, ganhando um afago na orelha enquanto me lambia. Ela se virou e seus olhos azuis, frios, aqueceram o meu coração cheio de cicatrizes.

– Está perdido, senhor?

– Agora ainda mais. – Sorri e me aproximei. – Sou Harold Stonecross.

– Victoria. – Trancou o estábulo depois que a última ovelha entrou. – Está precisando de ajuda?

– Acho que sim. – Pisquei, ela virou o rosto, encabulada.

– Vamos entrar, então. Está frio aqui fora. – Caminhou até a casa, segui-a junto com o cão. – Acho que esta noite vai cair um temporal.

Era uma construção simples, mas sólida, o térreo feito de paredes de tijolos bem assentados. O segundo andar de madeiras montadas por um carpinteiro caprichoso, as juntas calafetadas para evitar o vento. Lá em cima, na chaminé, a fumaça logo era dissipada pelo vento.

Lá dentro, um homem e uma mulher jantavam, e franziram o cenho quando me viram. Confesso que o cheiro da ave cozida com legumes e da manteiga fresca eram deliciosos.

– Pai, este é o senhor Harold Stonecross. E ele está precisando de ajuda.

– Boa noite, senhor. – O homem se levantou, ainda desconfiado. – Eu sou Patrick. Em que posso ajudá-lo?

– Desculpe se cheguei num momento pouco oportuno e atrapalhei o seu jantar. É que fui roubado assim que saí de Bracknell. Uns vagabundos levaram o meu cavalo e me deixaram apenas com a roupa do corpo.

– A cada dia piora. – O homem voltou a se sentar e me apontou a cadeira vazia na outra ponta da mesa retangular. – Antes, aqui era um lugar pacato, sabe? Um lugar de trabalhadores e bons cristãos. Mas agora alguns bandidinhos espreitam nas vias e se aproveitam de todas as oportunidades. Um homem viajando sozinho sempre é presa fácil.

– Sim, fui presa fácil. – Balancei a cabeça.

– Se me permite a curiosidade, o senhor estava indo para onde?

A mulher dele colocou mais um prato na mesa e me deu uma faca meio torta, o rosto fechado indicando a má vontade, contrastando com a filha, que mal continha o sorriso.

– Londres. Vou encontrar uma velha amiga. Aliás, está muito longe daqui? Dá para ir andando?

O homem riu.

– Não, senhor Harold. Daria mais um dia de caminhada. – Enfiou uma colherada do cozido na boca.

– Merda – esbravejei.

– E ainda mais que já escureceu – Patrick olhou para a janela, que ainda não havia sido fechada. – Se quiser, pode dormir aqui.

– Não quero abusar da hospitalidade...

– O senhor acabou de ser assaltado, senhor Harold – Victoria interveio. – Não é prudente se arriscar nesse escuro.

– É verdade, o escuro pode ser perigoso demais. – Fingi bebericar a cerveja clara que a jovem me servira. – Na noite reinam seres que parecem ter saído dos nossos sonhos. Ou pesadelos.

.

.

.

– Isso, forte, Harold, fode, Harold. Forte! – Victoria me envolvia com suas pernas tal como uma cobra que esmaga a sua presa. – Delícia, sim, ai, Deus!

Eu lambia seu pescoço com a experiência adquirida em séculos, depois de provar centenas de mulheres – milhares talvez –, cada qual única com suas particularidades, aromas e sabores. Controlava a vontade de furar sua pele, sua veia, e sugar o precioso elixir vermelho. Contentei-me com os arrepios e a respiração entrecortada.

Essa noite eu apenas brincaria e seria o seu amante imortal.

Victoria não continha os gemidos. Sabia muito bem o que estava fazendo, e eu a deixei controlar completamente a situação, como uma cavaleira que amansa um garanhão arisco.

Adorava isso.

E ela também: ria e estocava forte o seu quadril contra o meu, os seios pequenos roçando o meu peito enquanto me beijava, mordiscava meus lábios e língua. No outro quarto os pais roncavam, cansados pelo dia de labuta dura na fazenda e tonteados pelos copos a mais de cerveja.

Trovejou, e começou o aguaceiro.

Dentro dela eu sentia uma gostosa compressão, cada vez mais intensa e úmida, cada vez mais rápida, como se quisesse me sugar até o fundo.

– Está vindo, Harold. Não para. Forte. Fode. Forte! *Ahhhhh* – Ela me espremeu num abraço suado, e eu também encontrei meu êxtase. Os lampejos de divindade piscando nas nossas mentes, jorrando de nossos corpos. O prazer da tensão e do relaxamento, seguido por sorrisos e corações acelerados.

Ela tombou para o lado, ofegante, a pele avermelhada salpicada de suor. Eu permaneci sentado, as costas recostadas nas almofadas macias.

Victoria permaneceu deitada, nua, largada sobre os lençóis banhados de suor, os mamilos cor de rosa ainda intumescidos. Levantei-me e enchi um copo com a cerveja que sobrou do jantar.

Ela, sedenta pelo esforço, bebeu tudo com três longos goles. Virou-se para o lado e logo pegou no sono. Cobri-a e dei um beijo no canto da sua boca, que ficaria com o gosto da minha saliva, da minha pele.

Talvez Victoria sonhasse comigo. Talvez já estivesse saciada e tivesse um sono vazio.

Eu sabia que deixaria boas lembranças.

Tirei um anel do dedo e deixei sobre a mesinha como presente.

Dei meia-volta e tornei a pegá-lo. Pensei melhor: ela já tivera a sua recompensa.

Fechei a porta com cuidado.

E assim parti.

Debaixo de chuva, mas feliz, assoviando, deixando a água lavar todas as impurezas do meu corpo e do meu espírito.

– Obrigado, moleque. – Lord Thomas deu um punhado de moedas para o garoto que guardava o primeiro lugar da fila na frente da casa de Stella, sob protesto dos demais, que resmungavam contra a atitude que julgavam errada. O nobre sequer se importou. Continuou de braços cruzados e olhar displicente, quando por dentro ele queimava com a vontade incontrolável de revê-la.

Enquanto isso, o padre August sentia as orelhas esquentarem debaixo do capuz. Não gostava daquilo, mas não havia como repreender o Earl. Manteve-se de cabeça baixa, o coração acelerado e a respiração meio ofegante. Estava prestes a cometer a maior insanidade da sua vida.

– Está tenso, padre? – Lord Thomas chacoalhou o braço do amigo. – Ou morreu de pé?

– Na-não, senhor... – tossiu – apenas fico nervoso perto dela e...

– Fale a verdade, ela te desperta desejo – piscou. – E isso pode ser um problema. Eu quando fico muito nervoso gozo rápido demais. Você também?

– O quê?

O Earl gargalhou. E a porta se abriu.

– Eu confesso que essa nova Inglaterra me enoja, Tita – Buddug cuspiu. – Pessoas afrescalhadas, cheias de costumes patéticos e medos extremos. Cheias de pudores e de falsa moral. O sangue guerreiro do nosso povo se perdeu. A Britannia desapareceu, tornou-se pó, farelos soprados pelo vento do tempo.

– Ah, Bu... – Raposa andava fazendo malabarismos com cinco pedras. – Você ainda não se acostumou com isso? Tudo muda, tudo se transforma e, se não entrarmos nesse jogo, sofremos. E acho que sofrimento não combina com séculos e séculos de vida, não é? Bem, foda-se, cada um segue o seu caminho. Eu prefiro me divertir.

A rainha rosnou e fez um movimento instintivo para tocar o punho da espada que já não mais podia portar. Uma mulher dessa sociedade tinha que se comportar como uma dama, recatada. Apanhar quieta dos maridos, aceitar os pintos sujos dos nobres e padres e ainda sorrir sempre.

Fechou as mãos com força, as unhas quase rompendo a pele, os dentes cerrados, quando um casal cruzou por elas. Ele velho e já corcunda, a boca murcha e os cabelos ralos, fedendo a mijo e suor secos. Ela praticamente uma criança de olhos tristes, um troféu para ser ostentado. Sua alma panteava por socorro. Que nunca viria.

Buddug olhou para Torre de Londres, magnífica. Sentiu saudades dos tempos de guerra e de batalhas, de lutar sorrindo enquanto os inimigos eram trespassados pelo aço, pelas garras e dentes. Enquanto morriam com a certeza de reencontrar os ancestrais e festejar no outro mundo.

– Homens, lutem com fúria e seus nomes serão cantados nas lendas! – A rainha levantou a espada e ouviu urros atrás de si. – Tirem tudo desses cães e vivam para sempre!

Fechou os olhos e sentiu-se correndo colina abaixo, a grama fofa envolvendo as botas, seguida pelos guerreiros que chamava de irmãos. Ouviu o som do metal rompendo a carne e esmigalhando os ossos enquanto os berros de dor ecoavam na planície. Ouviu risos daqueles que matavam pelas suas terras, famílias e deuses.

Daqueles que lutavam por ela.

Inspirou fundo.

Arrependia-se de não ter conseguido cumprir a promessa de manter o domínio do seu povo sobre a ilha. Saxões, dinamarqueses, normandos, estrangeiros de toda a Europa haviam diluído o sangue dos seus antepassados, daqueles que não foram escorraçados de suas terras ou morreram tentando defendê-las.

E a nova fé havia massacrado os antigos deuses, que nunca mais surgiram junto ao povo. Deuses agora ocultos, ou mesmo mortos, virando barro em tronos em ruínas. Lembrou-se das histórias que o sábio Zotikos, o grego, contara sobre quando deuses e homens andavam lado a lado, numa tal Era de Ouro.

– Acho que você está precisando de uns bons goles para melhorar essa cara de bunda, minha rainha. – Tita jogou as pedras para uns meninos que tentaram, sem sucesso, imitar os malabarismos. – Você vive muito o passado. Eu prefiro desfrutar o agora. Lembranças são importantes, mas momentos vêm e vão. O futuro? Não sei merda nenhuma sobre ele. E nem quero saber. Então, *mia bela*, vou aproveitar o quanto posso!

Saiu correndo e se perdeu na multidão que já se preparava para voltar à segurança dos seus lares, deixando as ruas semidesertas para as pessoas tidas como de pouco valor.

E para as antigas imortais.

.

.

.

– Pelas tetas inchadas da loba que amamentou Rômulo! – Tita arrotou, o rosto manchado de vermelho como o de uma criança que se lambuza com amoras maduras. – Bebi igual a uma porca prenha. Estou estufada.

– Três homens, uma velha e um aleijado – Buddug estava corada. – Essa noite você se superou.

– Se não houver amanhã, minha rainha, pelo menos partirei de pança cheia. Mas você não ficou atrás não. Bebeu da gorda, seu bebê e esse aí.

Buddug não conteve o riso, permitiu-se gargalhar enquanto sorvia as últimas gotas que escorriam do pulso do estalajadeiro semiconsciente, o último vivo – não por muito tempo – depois do banquete noturno.

A rainha agora se sentia melhor, aquecida. Seus dilemas e sofrimentos tinham sido amenizados, parecendo até mesmo sem importância. Depois de mais de um milênio viva, mesmo as cordas mais fortes não resistiam.

Tita sempre tinha razão, apesar de muitas vezes agir com petulância irritante.

No salão onde antes havia cantoria, xingamentos e música, somente o silêncio. Tita virou um dos mortos no chão, tirou a flauta de madeira da mão que começava a enrijecer e iniciou uma música alegre. Logo Buddug pegou um pandeiro e improvisou junto com ela:

Linda mulher, por que está triste?
Hoje as lágrimas não devem cair
Alegre-se, cante e comece a sorrir.
Tire a roupa: meu pau já está em riste!

Sou pura, meu belo guerreiro
As minhas tetas eu deixo lamber
Mas a minha boceta não pode foder
Apesar do seu pau ser bem faceiro

Não se acanhe, moça formosa
Para tudo há uma primeira vez
Lambo suas tetas e sua tez
E se meu pau entrar, você goza

Ah, nobre guerreiro, excitada me sinto
Vamos agora para a floresta verdejante
Vou te montar como num cavalo galopante
Quero comprovar a magia desse seu pinto.

– Adorei essa música, Bu! – Tita agora batia palmas.

– Aprendi com um velho amigo. Ele nos alegrava com as suas cantorias e bravatas antes das batalhas. Tinha a língua tão afiada quanto a espada.

– E o pinto?

– Não era afiado não – lambeu os beiços. – Era grosso como um galho de carvalho.

– Quem diria! – Tita pulou em cima da mesa. – A grande rainha celta é uma safada!

Gargalhou e continuou a tocar a flauta, acompanhada pela amiga, que agora dançava, pulando os corpos como se fossem apenas pedras no seu caminho.

– Bosta! – A chuva apertou e o aguaceiro transformou a estrada num lodaçal. Eu chafurdava como um porco sem quase sair do lugar, os pés afundando até quase os joelhos. – Por que eu não consigo voar como Liádan?

Na verdade, eu não conseguia fazer muitas coisas que para ela eram naturais.

Trovejou.

Entendi a zombaria do deus de Asgard. Chacoalhei os bagos para desafiá-lo.

Subi numa árvore e, tal como um esquilo, pulei de galho em galho até avistar uma merda de vilarejo em que já estivera antes, séculos atrás. Egham.

O lugar crescera um pouco, mas continuava um vilarejo comum, cheio de casas comuns e pessoas comuns. O que importava era encontrar um lugar escuro para dormir e, se possível, um pescoço macio.

.

.

.

– Bosta! Nenhuma casa do centro de Egham parecia oferecer um abrigo seguro. Todas pequenas demais, cheias de janelas ou vãos e telhados malfeitos. E eu não pretendia me enfiar dentro de um baú e dormir todo torto.

Caminhei pelos arredores e encontrei uma entrada daquilo que um dia devia ter sido uma mina de carvão.

– Earl Harold, a toupeira noturna! – Abaixei-me e entrei no buraco escuro. Pelo menos lá dentro não chovia e, quanto mais eu seguia em frente, menos lama encontrava. A temperatura ficava cada vez mais agradável. – E ainda há aqueles que acreditaram que ser imortal só proporciona as maravilhas mais deliciosas e deslumbrantes.

Leonard e Edred surgiram na minha mente, como se os dois tivessem convivido e fossem parceiros de travessuras.

– Ei, Leonard – Edred fungou. – Ele parece um verme tendo que voltar para a bunda do cachorro.

– De que adianta ser o grande Stonecross, se precisa dormir igual a uma minhoca? – Leonard balançou a cabeça.

– Ei, Leonard – Edred sorriu, a boca banguela. – Você sabia que o meu pinto é muito maior que o dele?

– Meu bom Jesus! – Leonard deu um tapa na cabeça. – Branco igual a uma lombriga e ainda com o pinto pequeno? Está bem, hein, tio!

Os dois gargalharam de se curvar, com as mãos na barriga.

Ri sozinho.

Nenhum deles andava mais por essas terras, mas eles seriam eternos nas minhas lembranças, no meu coração.

O breu total me deixou quase às cegas, ouvindo os estalidos dos morcegos, sentindo o fedor do guano fresco. Tateei as rochas, tropecei nos escombros até encontrar uma alcova relativamente confortável e aparentemente segura. Tinha quase certeza de que nenhum minerador pisava ali havia muito tempo.

– Acho que aqui está bom.

Sentei-me e, quando me encostei no que parecia ser uma parede de sustentação feita de caibros, algo me acertou bem em cheio na cabeça.

Apaguei.

Capítulo IX – Morte santa

– E como foi o seu retiro, senhora Stella? – Thomas Howard sorvia a cerveja com gosto, pensando como seria bom sorver a jovem também. – Espero que esse merecido descanso ajude-a a se inspirar cada vez mais.

– Ah, sim, Lord Thomas, eu precisava mesmo. As mãos já custavam a reproduzir as imagens que surgiam na mente.

– Vejo que está até mais corada. Mais saudável.

Stella sorriu.

Havia bebido de um casal de gêmeos que encontrara num orfanato. Dormiam como anjos, abraçados, puros, deliciosos na inocência da sua tenra idade, os cabelos louros encaracolados e as bochechas sujinhas tão coradas quanto pêssegos! Ela os pegara pelas mãozinhas e os guiara, tais como sonâmbulos, pela noite escura, descalços, vestidos apenas com camisolinhas de trapos remendados. E, na proteção de um beco vazio, drenara-os totalmente, jogando as carcaças no Tâmisa.

– O ar fresco da floresta me fez bem, mas o que acha de falarmos de negócios, agora?

– Claro, claro. – O Lord estalou os dedos. – Durante a sua ausência eu muito pensei e já tenho claro o que desejo que você crie.

Stella se aprumou na poltrona estofada e fez sinal com a cabeça para ele prosseguir.

Thomas Howard sorveu vagorosamente o restante da bebida, enquanto padre August segurava os joelhos que teimavam em tremer.

– Eu pensei em um ser místico. – Encarou a imortal, as sobrancelhas grossas emoldurando os olhos argutos. – Algo de beleza ímpar e poder divino.

O padre engoliu em seco enquanto bolhas estouravam dentro das suas tripas, o suor brotando da fronte e das palmas das mãos geladas, a acidez do estômago subindo à garganta, prenunciando um vômito que precisaria ser contido.

– Um anjo, um santo, algum personagem mitológico? – Stella tinha o enfado no rosto, pois esse pedido era rotineiro.

– Pensei numa imortal... – Um sorriso se desenhou nos lábios finos e enrugados. – Como você.

Stella apertou os braços da poltrona com tanta força que a madeira estalou. Seu rosto era uma máscara mortuária, os olhos arregalados e a boca entreaberta, expirando. O padre não se conteve e soltou uma bufa, que, pela glória do bom Deus, não foi úmida demais, apesar de o fedor fazer Lord Thomas olhar para ele com repreensão.

– Perdoe-me, Lord Thomas – Stella recuperou a postura. – Não compreendi.

– Sei que sua inteligência é proporcional à sua beleza. – Ele se levantou, parou ao lado dela e sussurrou no seu ouvido: – Não se preocupe, não desejo seu mal. Ao contrário, só desejo aprender, e, se quiser discrição, sugiro irmos para um lugar mais isolado.

Olhou para o lado e viu que Meredith espiava tudo pelo canto de olho, atrás da porta.

– Você tem cavalos? – Stella sorriu, como se nada tivesse ouvido de diferente.

– Claro.

– Creio que podemos ir até o bosque. Afinal, as árvores não têm ouvidos.

.

.

.

– Acho que é um ótimo lugar – Lord Thomas olhou ao redor para ter certeza de que não haviam sido seguidos, apesar de terem saído em sigilo pelos fundos.

O padre tentava acender a tocha, mas as mãos suadas e trêmulas dificultavam a tarefa. Stella resolveu a demanda com uma só batida precisa das pedras.

– O-obrigado.

– Não precisa ficar tão nervoso, padre, eu não mordo – piscou, enquanto ele agarrou instintivamente o crucifixo.

– Maravilhosa! – O Earl de Surrey bateu palmas. – Esse humor está escasso hoje em dia.

– Vejo que descobriu o meu segredo, Tom. Posso te chamar assim?

– Claro, como preferir.

– Você foi muito astuto, achei que a minha história de ser uma abençoada por uma santa tinha sido bem pensada.

– E foi. – Thomas estalou os dedos. – Foi perfeita, aliás. Contudo, eu e o nosso bom padre, que correu para trás da moita para se aliviar, somos ávidos pesquisadores. E já lemos sobre vocês antes.

– Ah, a Igreja e a maldita mania de registrar cada peido!

– Confesso que sou grato por eles terem feito isso. – Thomas Howard decidira fazer uma fogueira para ficarem mais confortáveis. – Se não fossem esses registros, eu não teria a oportunidade de estar frente a frente com você.

– E valeu o esforço? – Stella olhou para a moita ao ouvir a descarga de peidos e jatos de merda.

– Tem valido, mas, como um estudioso ávido, ainda não estou plenamente satisfeito.

O Earl de Surrey jogou mais galhos na fogueira e se sentou num tronco caído. Os cavalos pastavam tranquilamente, alheios e felizes pela folhagem fresca e macia.

– Entendo. – Stella arrancou uma flor violeta e cheirou-a. – Eu também não me contento com pouco. Mas saiba que está jogando um jogo muito arriscado. Afinal, o que me impede de matá-los agora mesmo e deixar suas carcaças para os animais?

– Nada poderia impedi-la, mas, sem riscos, a satisfação é morna. – O Earl havia sucumbido completamente aos encantos dela.

A bela imortal permaneceu em silêncio, admirando as estrelas do céu que acabara de ficar limpo, o vento fraco dispersando as nuvens. A pequena clareira já não estava tão escura, nem o coração dela. Não sabia o porquê, mas confiava no velho Lord.

Padre August retornou, amarelo, cansado pelo esforço, ofegando pela ansiedade. Sentou-se ao lado do nobre, que lhe deu dois tapinhas no ombro. Em silêncio, fazia suas orações, pedindo que sua fé não fraquejasse. Pedia para não sucumbir à lábia da mulher-demônio.

– Meu caro Tom... – Stella colocou a flor nos cabelos. – Sei o que deseja me ver fazer. Contudo, isso pode, digamos, perturbá-lo irremediavelmente. Uns dizem que é uma linda visão, outros têm pesadelos pelo restante das suas vidas medíocres.

– Ah, doce Stella. – O nobre se levantou. – Já vivi muito. E, nestes meus longos anos, presenciei e mesmo cometi muitas atrocidades: na guerra, em traições, contra a vida miserável da gente sem posses. A maldade humana não tem limites.

– Concordo. E nada mudou com a passagem dos séculos. Hoje temos roupas pomposas, palavras rebuscadas e instituições suntuosas, mas a corrupção da alma continua grande, como sempre.

– Até mais! – O Earl colocou as mãos para trás e começou a andar em círculos, como se discursasse num salão. – Os homens aprenderam como requintar o poder e a tirania com disfarces de benfeitorias. Tanto na nobreza quanto no clero, certo, August?

O padre se assustou, como se despertado de súbito dos seus pensamentos. Assentiu com a cabeça.

– Enfim, você estaria disposta a nos dar o privilégio de ver o seu verdadeiro dom?

– Sim, mas será que estará vivo ao final dessa experiência?

Thomas Howard arregalou os olhos. Mas logo riu junto com Stella. Admirava-a mesmo sem a conhecer intimamente, exceto pelo que havia absorvido dos livros e pergaminhos. Amava-a, com certeza.

– E-eu me voluntario! – O padre quebrou o jejum de palavras.

Ambos olharam para August, sem entender as suas intenções.

– Eu me ofereço para ela beber de mim. – Inspirou fundo para ganhar alguma coragem. – Não é esse o objetivo da nossa vinda até aqui?

– Você tem certeza, August? – Lord Thomas aproximou-se.

– Nenhuma, mas vamos fazer.

.

.

.

– Prometo que não vai doer, lindinho. – As presas de Stella já estavam salientes e pontiagudas, mas nem mesmo isso a deixava demoníaca. Ao contrário, o Earl de Surrey suspirava numa admiração crescente.

– Posso pedir algo? – O padre tinha o rosto completamente molhado pelo seu suor.

– Não me diga que vai desistir, August – Thomas se irritou.

– Cla-claro que não, Lord Thomas. – Chacoalhou as mãos em negação. – É só um pedido para mudarmos o método.

– Como assim?

– Sou um homem de Deus, da Igreja e de fé. – Engoliu em seco. – E, apesar de tudo, perdoe-me a sinceridade, para mim ela ainda é uma amaldiçoada. Então, não gostaria de corromper o meu corpo com ela me tocando diretamente.

– Corromper seu corpo? Pelos cus dos meus cães! – Agora Thomas Howard estava nervoso de fato. – Você acha que essa carcaça cheia de sangue, tripas e merda é pura? Acha que a carne é um templo sagrado, seu idiota?

O padre se afastou e por pouco não saiu correndo, contido pelas mãos delicadas de Stella.

– Tom, acalme-se! Vamos ouvir a ideia dele. E se for algo muito idiota, mato ele sem dó e você me ajuda a enterrar o corpo, o que me diz?

– Concordo.

– Não me nego a ser o fornecedor do sangue. – Os joelhos mal sustentavam seu peso. – Porém, se puder, eu mesmo me corto e coloco o sangue numa caneca. Po-podemos fazer isso?

– Se prefere sentir dor. Se prefere se privar do prazer do meu beijo, de ter a minha língua bailando no seu pescoço enquanto o abraço, enquanto você sente o meu corpo roçar no seu, que assim seja!

O padre teve uma ereção. As palavras sinuosas dela o deixaram completamente excitado; contudo, ele não podia fraquejar. Tinha uma sagrada missão, apesar de o seu espírito berrar: foda-se, dê seu pescoço, vire amante dela, tenha prazer, largue essa vida cinza e chata.

– *Nam et si ambulavero in valle umbrae mortis, non timebo mala, quoniam tu mecum es. Virga tua et baculus tuus, ipsa me consolata sunt* – murmurou, a voz fraquejando enquanto caminhava até os cavalos que bebiam água numa poça a uns trinta passos da clareira.

Stella e Thomas conversavam, distraídos, ele realizado por ter encontrado a sua maior obsessão dos últimos anos, os olhos vidrados como se estivesse diante de uma divindade de outrora. E se espantaram quando a grande ave branca que pertencera à cigana apareceu voando e pousou numa aveleira que ainda era jovem e cujo galho fino se envergou com seu peso. A ave berrava em sua costumeira algazarra enquanto Stella acariciava sua cabeça.

August agradeceu aos céus: tinha certeza de que o pássaro fora um sinal de Deus. Com rapidez, pegou uma pequena faca na bolsa que trouxera presa à sela. Pegou uma caneca de cerâmica cheia de altos-relevos de cruzes. E, depois de mais uma oração, o aço rompeu a pele fina e o sangue vazou para o recipiente.

*

Tita e Buddug haviam se retirado para a cripta de uma das igrejas de São Benedito, que ficava numa rua chamada Gracechurch, onde puderam dormir em segurança. O cheiro de mofo e bolor não as incomodava, tampouco a companhia de ossadas e crânios amarelados.

As baratas e os percevejos eram estapeados para longe.

Estavam felizes. Haviam festejado, bebido e rido como havia muito não faziam. Até mesmo brigado com os guardas que tinham vindo verificar a algazarra que atrapalhava a paz noturna.

– Se as damas puderem cantar mais baixo, eu agradeceria – dissera um deles, um homem de olhos verdes e cabelos prateados, após soprar o seu apito. – Aliás, não é auspicioso as duas andarem nestas ruas isoladas e escuras.

– Se os cavalheiros fizessem a gentileza de não torrar minha paciência, eu prometo não chutar os seus sacos. – Tita fez uma mesura.

Os quatro homens montados se entreolharam. O mais rechonchudo segurava o riso, a boca contorcida e os olhos semicerrados.

– Sua vaquinha insolente! – O homem grisalho esporeou o cavalo. – Espero que seja louca!

– Sim. Sou tão louca quanto a sua mãe, que trepou com o merda do seu pai e deu origem a você! – Tita arrancou um talo de relva que crescia entre as pedras do calçamento e colocou na boca.

Buddug gargalhou alto. Tão escandalosamente que teve que desviar, no último instante, de um balde de mijo atirado pela janela por uma velha ranzinza que fora despertada antes da hora.

– Ri baixo, porra!

O gorducho também não se conteve, mas logo levou um tabefe do grisalho, que já desmontava segurando um porrete.

– Olha, eu não costumo bater em mulheres, mas acho que abrirei uma exceção.

– Olha, eu adoro bater em guardas, e isso seria ótimo antes de eu ir dormir, sabe? – Tita se manteve parada, as mãos para trás e o rosto sardento transbordando alegria.

Buddug correu e pulou sobre um dos cavaleiros, derrubando-o.

– Quanto falatório! – A rainha sorria ao socar o rosto dele, contendo a força para não esmigalhar os ossos, enquanto ele, em vão, tentava enforcá-la.

O grisalho rosnou e investiu contra a Raposa, que se manteve parada. Logo ele estava no chão, a mão no estômago, sem sequer tê-la visto se mexer.

– Como me acertou?

– Com a mão. – Balançou os dedos finos.

Buddug cantarolava enquanto batia nos homens. Só o gorducho permanecia ileso, ajoelhado no chão, pedindo clemência, o rosto fazendo caretas engraçadas, as bochechas vermelhas e lustrosas.

– Qual é o seu nome, balofo? – Tita se agachou, encarando-o.

– Christian, senhora.

– Só não vou te encher de sopapos porque você me dá vontade de rir. – Deu um tapa na pança dele, e a gordura ondulou debaixo da roupa. – Me lembra um porco capado.

– Obrigado, senhora! – Sorriu. – Posso me levantar? Essa posição está me dando câimbras, e eu acho que rasguei os fundilhos da minha calça.

Tita gargalhou e o ajudou a se levantar, fazendo questão de ver o rego branco exposto.

– Vá para casa, Bolota, senão vai se resfriar pegando vento no rabo.

– Vou, sim senhora, obrigado. – Correu trôpego até o cavalo e montou com dificuldade. O bicho arriou com o peso do cavaleiro.

– Coitado desse bicho... – Tita balançou a cabeça. – Já terminou, Bu?

– Só mais um pouquinho. – Ela estapeava um dos homens. O outro já desmaiara. – Pronto, estou satisfeita.

– Gostei de vocês! – a velhota que acabara de jogar o mijo falou da janela. – Esses daí eram uns bostas de pombos. Mereceram apanhar. Ah, e desculpa pelo mijo.

– Não foi nada – Buddug acenou.

As duas partiram, felizes.

– Ah me esqueci! – Tita voltou correndo e chutou o saco do grisalho, que já se levantava. – Promessa é promessa!

Ele caiu novamente, segurando os bagos, sem ar, o rosto vermelho de dor, vergonha e ódio.

As duas já estavam adormecidas quando Buddug se levantou de súbito, num pulo, o semblante tenso e a mão no peito.

– O que foi, Bu? – Tita arregalou os olhos.

– Não sei... Uma sensação ruim. Parece um pressentimento. – A rainha ofegava, o ar relutando em preencher seus pulmões.

– Deve ter sido só um pesadelo.

– Pode ser...

Buddug tornou a se deitar e só conseguiu dormir um sono irrequieto quando a letargia causada pelo dia entorpeceu a sua mente.

– Foi tudo o que consegui. – August veio com a caneca meio cheia e um pano de linho branco, agora tingido de vermelho, enrolado no pulso.

Stella pegou a caneca e sorriu ao observar as cruzes.

– Padre, assim você me subestima de forma quase ofensiva! Tem sorte de eu estar com o humor bom essa noite. Se pensa que colocar o seu sangue numa caneca sagrada, abençoada ou o caralho que o valha pode me ferir ou me matar, sinto frustrar os seus planos. Eu até aprecio esse tipo de arte, delicada e bela – Stella encarou-o. – Sofreu sem precisar, tolinho.

– Então foi para essa idiotice que não deixou a linda dama te morder, padre? – Lord Thomas expressava nojo. – Nunca vi tamanha estupidez.

– De-desculpe, eu...

– Cale a boca! – O Earl estendeu a mão. – Não quero ouvir suas desculpas, quero ver Stella em seu esplendor! E, pela sua falha, irei oferecer o meu próprio pescoço.

– Será uma honra. – Ela lambeu os lábios, roçando a língua nas presas. – Mas seria indelicadeza minha desprezar o sangue tirado com tanto custo. Já, já terá a sua vez, Tom.

Ela bebeu tudo com dois goles longos.

– Está frio, mas ainda assim é saboroso. – Os lábios se tingiram de vermelho.

O padre mantinha os olhos fechados e rezava com um fervor que nunca tivera antes.

– Viu, padre, a sua caneca não serviu de nada e... – Ela cambaleou para trás. – Nossa, estou tonta. Tonta... como se tivesse bebido litros e litros de vinho.

Derrubou a caneca, que se estilhaçou no chão. Levou as mãos ao rosto e sentiu o estômago revirar.

– Das trevas veio e para as trevas retornará, demônio! – O padre apontou o dedo para ela. – Esta noite você morrerá e deixará de existir, impura, nas terras do nosso Senhor!

– Que merda você pôs nesse sangue, seu titica de galinha?

– Stella desabou no chão e começou a se contorcer de dor, como se tivesse bebido água fervente. Começou a ofegar, o ar rasgando os pulmões a cada inspiração.

– Suas blasfêmias chegaram ao fim, amante de Satã! – Agora o padre exalava uma força que espantou até o Earl, acostumado com sua timidez e postura passiva. – Sua presença imunda não mais maculará o povo de Deus! Voltará ao antro de Satanás e lá esperará o julgamento final!

– O que você fez, August? – Lord Thomas segurou os ombros do amigo.

– Dei-lhe o sangue vivo de Santa Arilda de Oldbury, que foi confiado a mim por Elizabeth Grene, abadessa de Barking. Uma relíquia sagrada guardada por séculos! – Ele tinha no olhar a loucura da fé. – Um sangue que, por milagre, nunca se coagulou!

– Você me deu o sangue de uma morta, seu miserável? – Stella se ajoelhou, as mãos prostradas na terra. Vomitou um jato escurecido.

– Não, eu lhe dei o sangue de uma *santa*! A caneca nada significava, mas eu precisava de um pretexto, precisava fingir para você acreditar. – Sorriu, o rosto banhado de suor. – E, pela graça da santa e pelo poder de Deus, você está acabada. Onde o ferro, o fogo ou quaisquer outros recursos humanos falharam, a santidade mostrou sua força.

– Sangue de uma cadela morta...

Stella começou a chorar. A dor insuportável afligia cada palmo do seu corpo, como se suas carnes estivessem sendo consumidas por chamas. Desejava levantar e matar o desgraçado, mas não conseguiria, estava exaurida. O ar não entrava nos pulmões, sua cabeça latejava.

Depois de muitíssimo tempo, teve medo.

Lembrou-se do seu amado Harold dizendo que nunca deveria beber sangue morto. Fora enganada, e agora sua vida se esvaía.

A imortal tentou falar algo, mas agora sua boca mal se mexia. Seus olhos começaram a se nublar, enchendo-se de lágrimas vermelhas. Via somente vultos e os espíritos daqueles cuja vida ceifara. Esticou o braço como se implorasse a ajuda do Earl, que se ajoelhou ao seu lado e segurou sua mão fria, sem qualquer força.

Ele chorava, pois, ao invés de contemplar a maravilha desse ser único, fora, de certa forma, responsável pela sua ruína.

Stella começou a tremer e a ter espasmos, tossindo, a

respiração chiando, a pele perdendo todo o viço: começou a se encarquilhar como um papel velho e amassado.

O padre tinha as mãos erguidas aos céus, em júbilo. E o rosto expressava a loucura daqueles que acreditavam encarnar o Espírito Santo.

– Perdoe-me, eu não sabia. – O velho senhor tomou-a em seus braços. – Eu não sabia...

– *Tudo tem um fim* – sussurrou Stella, a voz quase inaudível. Uma última lágrima escorreu do seu olho esquerdo, desenhando um rio vermelho na sua bochecha.

Soltou o ar devagarinho pela boca e seu corpo amoleceu.

Thomas berrou e a abraçou tal como se fosse uma filha. Sua dor era sincera: todos os anos de pesquisa e de admiração tornaram-se pó à frente dos seus olhos. Perdera uma amiga íntima. Perdera um amor.

– Deus venceu! Nosso Senhor sempre vence! – August se regozijava. – *Deus fortitudo mea tu es: de luce consurgam ad te. Sitivit te anima mea, desideravit te caro mea.*

Thomas Howard deitou a cabeça de Stella com delicadeza sobre a relva úmida e fechou seus olhos. Levantou-se e enxugou as lágrimas com as mãos sujas de terra e sangue. E, tal como um lobo que acaba de perder uma companheira de matilha, avançou contra o padre.

Toda a dor e tristeza se transformou em ódio puro. Uma fúria incontida de mãos nuas e enrugadas tornando-se mais duras que martelos e aríetes.

E o sangue que devia ter nutrido Stella foi engolido pela terra.

Liádan abriu os olhos e o verde intenso se tornou vermelho.

Capítulo X – Pó do tempo

Rastejei para fora da mina. O ar fresco me fez bem, o cheiro aprazível de flores noturnas e mato molhado preenchendo as narinas, expulsando toda a poeira dos pulmões. Demorei a entender o que acontecera: ao encostar na parede de arrimo, uma pedra solta me acertou bem na cabeça e me fez apagar.

Por quanto tempo eu não sei.

Eu estava fraco, meio nauseado, as juntas do corpo doloridas. Perdera bastante sangue. Precisava caçar logo e continuar a minha jornada até Londres.

Até Stella.

Encontrei um riacho no meu caminho e me lavei para tirar a terra e o sangue seco emplastrados no corpo. Uma lontra saiu da toca e me observou. Como não sentiu qualquer ameaça, voltou ao seu descanso.

Eu adorava a sensação de estar limpo, de ver a água cristalina e fria levar embora as imundícies do meu corpo.

– Bem, agora ao desjejum! – Vesti-me e corri para a estrada, que continuava com o chão barrento, embora fosse possível caminhar. Logo cheguei a Twickenham e nem precisei procurar muito. Dois homens trepavam dentro de um silo de grãos. Eu teria o meu jantar e a sobremesa.

Um deles era forte e peludo como um urso – e cheirava como tal. O outro, bem mais novo, parecia uma mulherzinha feia. Magricelo e ossudo, ele gemia satisfeito enquanto o outro rosnava, estocando com força, o suor pingando sobre a cevada espalhada pelo chão, as mãos avermelhando os ombros do amante, como duas prensas amassando carne.

Diodoros adoraria ver isso. Talvez pedisse para participar, ou melhor, se jogaria no meio dos dois, tal como um Dionísio que se entrega completamente à orgia. Talvez nem os matasse, talvez os mordesse e tomasse um ou dois goles somente para ter seu prazer aumentado, já que não podia mais se embriagar dos deliciosos vinhos da sua terra natal.

Eu apenas queria sugá-los com força. O sangue deles, que fique bem claro.

Pouco antes de o gozo se iniciar, quando os rosnados, grunhidos e os movimentos se intensificaram, interrompi-os. A moçoila se assustou e, aos gritinhos, correu e se escondeu atrás de um barril. O outro se virou, o caibro grosso apontado na minha direção, como um ciclope vermelho de raiva por ter sido privado do seu êxtase.

– Não tem nada aqui que te interesse, seu rato pelado, some! – A voz fina não condizia com o seu porte.

– Claro que tem, senhor Pintudo. – Sorri e avancei, mordendo o pescoço suado e sugando o delicioso sangue quente. O único inconveniente foi o pau melado e duro como madeira de cedro roçando em mim. O jovenzinho escondido lá atrás era, definitivamente, muito macho para aguentar tamanho instrumento.

O grandalhão me socava as costas com violência. Doeu bastante, mas nada que atrapalhasse a minha refeição. Não demorou a perder a força e desmaiar quase exangue.

Eu queria mais.

E avancei até o jovem, que chorava tal como uma menina por ver seu amante morrer. Os cabelos cacheados empapados de suor, o rosto nu e sem pelos me lembrou as estátuas de pedra criadas pelos romanos.

Não importava: por baixo da pele fina estava a única coisa que me interessava.

– Por favor, não me mate, senhor! – Ele juntou as mãos. – Eu deixo você me foder.

Eu ri.

Gargalhei.

Não tinha certeza se essa era uma súplica pela vida ou uma explosão de lascívia devido ao coito interrompido.

– Agradeço a oferta, meu querido. Contudo, não tenho fome. Quero apenas beber de você, mas prometo que será bem agradável.

Ele se levantou e olhou para o corpo inerte que havia pouco estava dentro dele. Inspirou e abriu os braços.

– Sou seu. Faça o que quiser, já não me importo. Ele era a

minha vida, e você, diabo, tirou-o de mim. Virou-se e praticamente se atirou em meus braços, tal como uma dama que desfalece nos braços do seu salvador.

Segurei-o delicadamente, vi os pelos da sua nuca se arrepiarem enquanto as minhas mãos frias tocavam a pele suave e nada castigada pela labuta. Ele resmungou quando eu mordi o seu pescoço e gemeu quando comecei a sugar, devagar, sem pressa, saboreando cada gole.

Começou a esfregar o rabo guloso em mim e afagar os meus cabelos com as mãos acostumadas aos anéis, não à espada ou à enxada. Sua ereção retornou, um pau de tamanho normal, ao contrário do de seu homem. Eu apenas sorvia a sua vida gota a gota.

Ele começou a gemer forte, quase como o miado de uma gata no cio, enquanto apalpava meu pequeno Harry, que não despertaria tão cedo.

Eu podia ter batido nele, afastando-o, causado dor, mas o deixei aproveitar cada instante antes de morrer e ir para o céu abocanhar o pau dos anjos. Soltei o seu corpo, que desabou, mole, o coração acelerado e a respiração quase inaudível. No rosto, um sorriso emblemático e os olhos que me devoraram e que, em breve, seriam devorados por vermes sem quaisquer emoções.

As mãos de Thomas Howard estavam inchadas, com os dedos quebrados. O rosto de August era uma massa disforme e roxa, os olhos fechados e a boca sem alguns dentes.

O Earl de Surrey ofegava, tamanho o esforço que fizera ao espancar o padre com as mãos nuas, numa fúria que nunca tivera antes, nem no campo de batalha.

August gemia de dor, a mão nas costelas, o sangue vertendo da boca e do nariz, quebrado com um chute certeiro. Mesmo assim sua alma estava leve. Uma das profanas filhas do Diabo jazia naquela clareira. Sua missão estava cumprida.

Reprimiu-se quando seus pensamentos viajaram e ele se comparou aos grandes mártires da Igreja, imaginando templos edificados em sua homenagem e pinturas retratando a sua vitória contra o demônio, tal como um anjo brandindo sua espada flamejante.

Arrastou-se até conseguir se recostar numa árvore, as costelas agulhando o peito, dificultando a respiração. Orou em agradecimento. Não sabia que possuía essa coragem, talvez tivesse recebido o Espírito Santo naquele momento.

– Eu vou te denunciar por assassinato, seu maldito! – O Earl se ajoelhou ao lado de Stella e beijou a testa fria. Está mesmo morta. Perdoe-me...

O padre não respondeu, não se importava com o seu destino julgado por homens, pois tinha realizado os desígnios de Deus. Sentia uma paz como nunca sentira antes. Um rouxinol cantou e o padre sorriu, a fenda no lábio ardendo. Era um bom presságio.

– Não deixarei o corpo dela para ser comido pelos bichos! – Thomas Howard pegou-a no colo, mesmo com as mãos latejando.

– Também não vai levá-la. – Uma jovem sardenta surgiu da mata, o rosto sério, pálido como a Lua.

Logo ele arregalou os olhos. Sabia do que se tratava. Sabia que era uma imortal, assim como a mulher de porte majestoso que surgiu logo em seguida, veio até ele e tomou-lhe Stella dos braços.

– Vocês não aprendem. Vocês se acham tão superiores que não aceitam conviver conosco, não é? – Tita se aproximou, os braços para trás, quase professoral. – Por que não podemos viver em harmonia? A gente mata só um punhado de vocês, menos que quaisquer batalhas, doenças ou brigas por poder. Mas a inveja e o medo são foda, não é? Eles suplantam até a admiração que vocês têm quando nos conhecem. Lembro-me vagamente de como é se sentir impotente e frágil como uma minhoca prestes a ser esmagada por uma bota.

Tita avançou em August e bebeu dele, até que o padre perdesse os sentidos.

– Eu vejo o seu espírito e conheço seus pensamentos – Buddug rosnou, encarando Thomas Howard. – Sei que não queria o mal de Stella. Então suma daqui antes que eu me arrependa.

O Earl não hesitou e correu até o seu cavalo, fugindo em disparada.

– E o que faremos com esse merda? – Tita apontou para o padre inconsciente.

Buddug foi até ele e, com dois pisões violentos, esmigalhou seus joelhos. Por sorte, ainda permanecia desmaiado.

– A floresta vai cuidar dele. E, antes de morrer, vai rezar pedindo ajuda ao seu deus, mas nenhuma virá. Só o silêncio maculado pelos gritos de dor. E vai definhar e sofrer como um cão vadio antes de ter o alívio!

A rainha sumiu na escuridão, com Stella nos braços. Tita a seguiu, em silêncio, como num cortejo fúnebre onde sequer os pássaros ousavam cantar.

O padre despertou e, ao tentar se mexer, soltou um berro de dor. E tudo escureceu novamente.

Os corvos grasnavam ao seu redor, esperando pacientemente o último suspiro.

Thomas Howard cavalgou noite adentro, como se o próprio Diabo estivesse no seu encalço. Não voltou para Londres, mas sim para a sua propriedade, fazendo somente uma parada numa estalagem vagabunda, pois seu cavalo estava exausto.

Permitiu-se dormir um pouco num colchão vagabundo e cheio de percevejos. Teve muitos pesadelos e acordou suando, as roupas coladas ao corpo. Pagou a hospedagem e os cuidados com o cavalo e cavalgou até a sua casa.

Não cumprimentou ninguém, nem mesmo seu próprio filho.

Trancou-se no seu aposento e permaneceu escondido debaixo das cobertas, como uma criança que teme assombrações.

Só que ele sabia que elas eram reais.

Inspirei fundo e o cheiro de mijo e merda, misturado com perfumes baratos e suor, ofendeu as minhas narinas. Havia chegado em Londres, com seus vendedores de rua, saltimbancos, padres loucos e putas famintas.

Os trajes, cabelos e jeito de falar mudaram um pouco desde que eu renascera para as sombras; o restante permanecia do mesmo modo. Os interesses, os medos, as dores e as esperanças, aqui, na Irlanda, na França, não importa onde, as pessoas eram absolutamente iguais.

E previsíveis.

Assim que comecei a andar pelas vias londrinas, fui abordado por um sem-número de prostitutas, mascates e videntes que tentavam garantir uns trocados a mais antes de voltar para casa. Principalmente por eu estar tão bem vestido.

Eu havia roubado as roupas do veadinho que encontrara no celeiro. Ficaram apertadas, mas eram muito melhores que as minhas. Achei até mesmo uma boa quantidade de prata nos bolsos costurados por dentro do colete.

Um ladrãozinho tentou me ameaçar com uma faca de estripar peixe, enferrujada e torta. Sem que ele conseguisse perceber meus movimentos, dei um tapa na sua mão, fazendo-a voar longe. Logo em seguida, permiti que minhas presas crescessem, o que lhe causou pânico. Ele saiu correndo, gritando e sumiu.

Isso ainda me divertia.

Eu prossegui assoviando, procurando quaisquer indícios e pistas da minha amada Stella. Não conseguia sentir a sua presença, mas tinha certeza de que logo meus olhos cruzariam com os dela.

Depois de vagar algumas noites por tavernas, bordéis, igrejas e, claro, pelas camas de certas damas ricas e nobres, descobri o paradeiro de Stella, e estava ansioso por encontrá-la.

Mas o Destino tem um senso de humor muito sarcástico.

.

.

.

– Então você não a vê por mais de cinco dias? É isso? – A governanta me olhava com desconfiança, certamente me comparando à sua patroa. Parecíamos humanos, claro, mas as nossas *peculiaridades* não passavam desapercebidas, ainda mais quando nos observavam de perto.

– Sim, senhor – Ela tentou fechar a porta. Travei-a com o pé. – Não sei, de verdade, onde ela está. Eu juro!

Os olhos dela eram sinceros, até receosos. Devia gostar mesmo de Stella.

Permiti que ela trancasse a porta, a frustração corroendo as minhas entranhas, uma sensação estranha turvando os pensamentos.

Caminhei a esmo pelas ruas e ruelas da cidade antiga. Alimentei-me de um mendigo só para desentorpecer um pouco a mente.

Parei bem em frente da abadia de Westminster, na rua Abingdon, o vento frio soprando do Sul, as folhas secas bailando.

Senti-me observado.

Virei-me e nada vi. Nenhuma viva alma.

Até uma mão tocar o meu ombro, sem que eu ouvisse alguém se aproximar.

– Tita! – Abracei a jovem Raposa, mas não senti a alegria sempre presente nos nossos reencontros, e seu semblante estava sério e tristonho. – O que aconteceu?

– Venha comigo.

Ela se virou e seguiu em frente, enquanto o gelo percorria a minha espinha.

– Ei, Peter! Tem um defunto ali! – Um jovem que levava um fardo de lenha nas costas apontou. – *Tá* todo arregaçado!

– Puta merda, é um padre! – Peter correu e se agachou para

observar de perto. – Deve ter morrido há pouco tempo. Ainda não está fedendo, nem tem moscas rodeando o corpo.

August gemeu, e os dois jovens se afastaram instintivamente.

– Caralho, o defunto resmungou! – Fez o sinal da cruz e levou um tapa na nuca.

– Que defunto nada, *tá* vivo, só *tá* todo fodido! – Peter colocou o dedo sob o nariz do padre. – *Tá* respirando bem mal, logo vai morrer. Corre lá em casa e volta com o burrico.

O outro deixou no chão o saco que carregava e saiu em disparada.

.

.

.

– Santa Gertrudes nos ajude! – A mãe limpava os ferimentos com um pano embebido num preparado de ervas e álcool que ela aprendera a fazer com a sua avó. – Peter, veja se o caldo já ferveu.

O garoto tirou o caldeirãozinho do fogo e trouxe para a mãe, que logo misturou o alho macerado, folhas de alfavaca, banha de carneiro e mais um bocado de ingredientes, fazendo um emplastro grosso, que colocou sobre as feridas do rosto e sobre os joelhos, fazendo um curativo com talas para mantê-los imóveis.

– Esse não anda nunca mais! – Fez o sinal da cruz e rezou. – Que maldade fizeram com o padre! Tem até dois furos no pescoço.

– Se a gente não acha ele, ele morria, *né,* Paul?

O irmão assentiu e acabou de carregar o burrico com a lenha encomendada pelo padeiro. O animal zurrou para reclamar, em vão, do peso no seu lombo.

Duas batidas na porta libertaram o Earl de Surrey dos seus pesadelos despertos. Ele abraçava a almofada, os olhos assustados e a boca ressecada pronunciando coisas incompreensíveis, os pés tamborilando freneticamente no chão. Lá fora, seus cães choramingavam e raspavam a madeira com as patas.

– Pai, abra, por favor. – o jovem Thomas Howard mexeu na maçaneta, e a porta se destrancou em seguida.

– Entre e tranque a porta, filho, rápido!

O velho em nada se parecia com o imponente senhor daquelas terras: estava descabelado, sujo e fedendo como um soldado que acabara de voltar da batalha. Suas mãos estavam inchadas e cobertas de sangue seco. E andava curvado, como jamais fizera antes.

Os cães lamberam seu dono, mas nem isso o fez mudar de expressão. Parecia meio perdido, a boca sempre entreaberta.

Ele deu uns socos nas têmporas, como se quisesse reajustar o cérebro, enquanto o ranho escorria do seu nariz.

A loucura o dominava.

– O que aconteceu, meu pai?

– Eles são reais. – Arregalou os olhos emoldurados pelas olheiras e rugas. – Eu as vi, lindas, perfeitas... uma delas morreu, esse é o fim. Ela nunca deveria ter morrido. Não, não, não!

Mordeu as costas da mão, inchada como se tivesse sido enfiada num vespeiro.

– Quem morreu? – O jovem puxou o pai, que já havia tirado sangue da própria carne.

– A imortal que se fingia de abençoada, que se passava por uma agraciada pela santa! – O velho segurou a camisa do filho. – Stella. Eu ajudei a matá-la! O maldito padre nos enganou. Ele me traiu depois de tudo o que fiz por ele. Aquele filhote de doninha. Ele vai arder no inferno.

O pai começou a chorar, e os cães uivaram e se aninharam para aquecer os pés descalços dele. Demorou para ele se recompor: acalmou-se depois de beber dois copos de cerveja meio azeda, ajudado pelo filho, já que não conseguia segurar nada direito.

– Respire fundo. – O rapaz segurava os ombros do pai, que parecia muito mais velho do que ele se lembrava. – Acalme-se, e me conte o que aconteceu. Quer ir antes ao enfermeiro ver essas mãos?

Lord Thomas negou. A dor ajudaria a deixar a mente vívida, a se lembrar de cada detalhe, de cada sentimento. Fechou os olhos, inspirou fundo e soltou o ar vagarosamente pela boca. E, quando os reabriu, seu rosto retomara um pouco da normalidade.

– Meu filho, prepare-se para ouvir uma longa história...

Levantou-se e olhou pela janela. Agradeceu pelo o céu lá fora ainda estar azul.

*

Não havia mais lágrimas, ou dor, ou nada. Não havia mais sequer a vontade de viver. Liádan estava longe, de certa forma inalcançável, mas viva. Stella jazia sob a terra cruel e fria, sem caixão, sem lápide, sem esperança.

E eu sem a possibilidade de dizer, ao menos, *adeus*. Sem poder dizer obrigado.

Não conseguia enxergar o seu rosto, que tantas vezes me fez sorrir.

Não conseguia ouvir a sua voz, chamando meu nome ou ralhando comigo.

Não conseguia me lembrar de como era o perfume da sua pele, dos seus cabelos e do seu hálito.

Tampouco o toque morno das suas mãos depois de se alimentar.

Vazio...

Fechei os olhos e balancei a cabeça como se isso fizesse o tempo voltar atrás, mas ele é o mais poderoso dos Deuses.

O mais cruel.

Novamente eu a perdia, mas, dessa vez, para sempre. Isso rasgou um pedaço da minha própria alma. Dentro de mim restava um nada que nunca mais seria preenchido. Meu coração estava comprimido por espinhos.

E eu me odiava.

Talvez pudesse ter evitado tudo isso se não pensasse tanto em mim, nos meus desejos impulsivos. Mas parecia que os últimos resquícios da minha humanidade estavam se apagando a cada despertar. Restava o monstro idólatra, arrogante e prepotente.

Distante da sabedoria de Liádan, de Gauri, da velha Foca.

Eu era apenas um menino poderoso demais. Inconsistente demais. E perdido num mundo enormemente pequeno.

E tudo nessa merda de vida gera consequências. E eu não estava preparado para encará-las, mesmo tendo vivido por meio milênio.

Escolhas erradas...

Estradas erradas...

Solidão...

Arrependimento...

Agora era tarde.

Vociferei contra tudo e contra todos. Roguei pragas ao mundo.

Caí de joelhos aos pés da morada eterna da minha amada. Aquele monturo de terra revolta, mato e raízes que cobria o corpo dela me ofendeu. Eu tinha vontade de escavar com as minhas mãos e tirá-la de lá. De carregá-la para longe, para não sei onde, e implorar para Loki, Odin ou qualquer deus que ainda ouvisse para trazê-la de volta para mim.

Mas os deuses estavam mortos.

Como Stella.

Capítulo XI – Partida

– Não há mais motivo para continuar. Para que viver? Chegou o meu fim.

– Todos estamos tristes, Harry, mas chega dessa frescura – Tita me chacoalhou. – Se matar não é a solução, seu imbecil. Você acha que Stella aprovaria isso?

– Pelo menos eu não sofreria mais e...

Ela me estapeou o rosto com as costas da mão.

Permaneci em silêncio, a bochecha ardendo, a alma congelada.

Buddug, alheia ao nosso escândalo, fazia as últimas preces aos seus deuses enquanto plantava um broto de carvalho sobre o túmulo de Stella. Entoou uma canção na língua antiga e, por algum motivo, meu coração se aqueceu um pouco.

Respirei fundo e me juntei a ela nessa última homenagem. Não sei o porquê, mas rasguei o pulso com uma mordida e deixei o sangue correr farto sobre a terra. Já que eu não a acompanharia, uma parte de mim iria com ela nessa jornada, para onde quer que ela fosse. Meu sangue ajudara a lhe dar a imortalidade, meu sangue iria com ela para o outro mundo.

Desfaleci quando apenas gotas pingavam e o rasgo se fechou. A rainha me amparou. Estava tonto, entorpecido, na verdade.

– Pelo meu poder – Buddug estendeu as mãos sobre o túmulo –, Stella permanecerá incólume.

– Vou embora daqui – sussurrei, as vistas embaralhadas.

– Antes, vamos nos alimentar. – Tita passou o meu braço em volta do pescoço dela. – Nossa noite foi foda.

– Foda demais. – Beijei o rosto da minha amiga e fiz uma mesura em agradecimento a Buddug. De fato, eram todas mais fortes do que eu. As mulheres sempre são. Nós podemos até ter alguns músculos a mais, elas têm o espírito de aço.

A ave que pertencera à cigana surgiu e pousou silenciosa num galho, os olhos amarelos nos encarando sem piscar. Voou logo em seguida, fazendo círculos ascendentes, e sumiu em meio à névoa que baixava.

– Vá e guie a alma de Stella! – Buddug sorriu e ergueu as mãos para o alto. – Vá e mostre o caminho para o outro mundo. O espírito dela é forte, ela vai vencer a jornada.

– Ela sempre vence... – Tita sorriu também. – Não é como esse bundão aqui.

Olhamos uma última vez para o túmulo e desaparecemos no breu da noite.

– Ô mãe! – Peter berrou, e a mulher veio correndo com as mãos sujas de terra. – Ele *tá* acordando.

O padre abriu os olhos e murmurou: água.

Peter correu e encheu um copo com a água fresca de uma moringa de barro.

August bebeu um pouco e engasgou.

– Devagar, senhor, devagar. – A mãe pegou o copo. – Filho, vamos *ajudá* ele a se sentar.

Com cuidado eles puxaram o padre, que gemeu de dor pelos joelhos estourados. Bebeu um pouco mais de água e agradeceu.

– Onde eu estou? – A voz sibilou pelos dentes quebrados. Ele levou a mão à boca e franziu o cenho quando sentiu o inchaço do beiço.

– Em Finsbury – o garoto respondeu. – Eu e o Paul te achamos quase morto. Foi por pouco, porque você está todo arregaçado. *Tá* pior que a nossa cabra, que foi atacada pelo cachorro do John Bunda e...

A mãe lhe deu um beliscão na coxa, fazendo-o soltar um gritinho, logo contido por medo de mais represálias.

– Obrigado pelos cuidados. Eu me chamo August. – Fez uma careta ao se aprumar e sentir uma pontada no joelho. – Sinto como se tivesse sido pisoteado por um boi.

– O que aconteceu com o senhor?

– Tentaram me assaltar, meu cavalo se assustou, saiu em disparada e eu me estourei no chão. Devo ter batido os joelhos numa pedra – mentiu. – Daí desmaiei e só acordei agora.

– Esses bandidos estão cada vez mais ousados. – A mãe balançou a cabeça.

– Mas temos que perdoá-los.

– Perdoar? Se fosse comigo, assim que eu sarasse, procuraria os filhos da puta e... – Peter calou-se quando a mãe o repreendeu com o olhar. Lembrou-se do ardor do beliscão.

– Acho melhor o senhor descansar, padre. – A mãe trouxe uma infusão, que ele bebeu e tossiu pelo amargor. – Essas ervas vão ajudar a te curar. Descanse.

– É melhor mesmo. Amanhã peço para alguém da Catedral vir me buscar, se não for um estorvo eu ficar aqui. – Fechou os olhos.

– Não se preocupe, eu vou até lá e aviso alguém. – Peter sorriu.

Mas o padre sequer ouviu: já havia adormecido novamente.

.

.

.

– Seja bem-vindo, August. – O monge enfermeiro o ajudou a tirar as vestes imundas e, depois de limpá-lo com um pano úmido, vestiu-lhe um camisolão de lã.

Viu que os curativos e as talas estavam muito bem-feitos: não precisariam ser trocados agora. Não falou em voz alta, mas sabia que, se o padre não tivesse tido esses cuidados prestimosos, poderia estar muito pior, talvez mesmo morto.

Com a ajuda de três noviços, ele deitou o paciente numa cama próxima à janela, com vista para o jardim. O padre gritou de dor quando seu joelho se mexeu. O enfermeiro o deixou repousando, ao som dos cânticos que ecoavam e alegravam o espírito, que estava forte, ao contrário do corpo destruído.

Assoviou baixinho e cantarolou, até ser acometido por uma crise de tosse, que o fez mijar-se todo.

O jovem Thomas Howard permaneceu em silêncio após ouvir o relato do pai. Lá fora o Sol tímido esmorecia no horizonte e o vento fazia os galhos das árvores tremularem. Os camponeses guardavam os animais e também se preparavam para se recolher aos seus lares.

A cortina balançava com o vento que entrava pelas frestas, a madeira estalava na lareira, assim como os dedos da mão do jovem. No início ele pensara que a história não passava de fantasias e ilusões de uma mente cansada e obcecada pelos imortais. Seu pai era deslumbrado por eles. Contudo, pela vivacidade do relato, pela verdade nos olhos do Earl de Surrey, ele acabou por compreender que tudo era real. E, assim como o pai, temeu as consequências advindas do encontro com as mulheres.

Sentiu um arrepio percorrer a espinha e uma vontade imensa de mijar. Foi até a porta e encheu o penico com o líquido amarelo e espumoso. Colocou-o para fora. Logo seria recolhido pela criadagem.

Lord Thomas comia um ensopado de galinha, embebendo fatias grossas de pão de centeio no caldo gorduroso. Ele não queria se alimentar, mas o filho o obrigara. E, depois de botar para fora tudo o que tinha a contar, sua fome retornara.

– Você acha que algum imortal pode vir te procurar, meu pai?

– É possível... – O velho sorveu as últimas colheradas do ensopado, segurando a colher com dificuldade. O filho queria lhe dar comida na boca, mas o velho recusou veementemente. – Não creio que as duas que encontrei e que levaram o corpo de Stella venham. Afinal, se quisessem, poderiam acabar comigo lá mesmo. Contudo, o tal Harold Stonecross, que, pelo que li, é amante e criador dela, pode vir sim. Um mal como esse nunca ficará impune.

Comeu o último naco de pão e começou a devorar o doce de figos com creme de leite.

– O que acha de nos mudarmos, irmos passar um tempo na França? Ou em Veneza, sei lá!

– De nada adiantaria, meu filho. – O velho deu um sorriso tristonho. – Você acha que podemos nos esconder deles? Aliás, não se preocupe, você nada tem a ver com esse assunto. Se uma vida está fadada é somente a minha.

Arrotou e permitiu que os cães se fartassem com os restos.

O filho não se sentia aliviado. Não tinha a mesma convicção do pai. Acreditava que todos da família estavam em perigo, estavam amaldiçoados. Olhou pela janela, e as primeiras estrelas despontavam no céu azul-escuro.

– E o que faremos, meu pai?

– Ainda não sei, mas posso lhe fazer um pedido?

– Claro.

– Durma aqui comigo esta noite.

O filho assentiu. Podia imaginar os medos e as pressões sofridas pelo seu pai. Foi até a porta e a trancou a chave, mesmo sabendo que era um ato inócuo. Os cães já roncavam perto da lareira, as barrigas cheias depois de devorar as carcaças das galinhas que haviam sobrado do ensopado.

Thomas Howard se deitou, as juntas estalando e o peso da idade forçando os ombros como nunca, como se vestisse uma pesada armadura feita dos seus medos e remorsos. Cobriu-se com uma manta grossa e logo adormeceu, exausto.

O filho caminhou até a janela. Não havia vivalma lá fora. Uma vaca mugiu no curral. E os morcegos começaram a revoar para a caçada noturna. Thomas tocou o punho da faca de caça que sempre levava consigo. Acendeu uma lamparina, que preencheu o quarto com uma reconfortante luz alaranjada. Tomou o restante da cerveja que estava no jarro e se sentou na confortável poltrona do pai.

O vento assoviava.

Imaginou risadas vindas do inferno. Ou pior: risadas de imortais que espreitavam nas sombras.

Tremeu e fez o sinal da cruz. Preferia estar com a sua esposa – ou dentro dela – na sua própria casa, mas não podia faltar a seu pai. Não nesta noite.

Tinha certeza que não conseguiria dormir, mesmo sabendo que era totalmente impotente contra um imortal.

Presas e garras.

Sangue e dor.

Bocejou.

Fechou os olhos e fez uma prece, não por ser extremamente religioso, mas para tentar alguma proteção junto a Deus e seus santos. Adoraria ter um exército divino guardando a casa com espadas de fogo e armaduras reluzentes.

Bocejou novamente e coçou o saco.

Apagou, sentado, a cabeça pendente e um filete de baba escorrendo pelo canto da boca, criando uma mancha escura crescente na sua camisa de algodão cru.

As noites passaram monótonas. Como se fossem o mesmo dia, repetido sempre e sempre e sempre. Nem o adorado sangue me satisfazia: lembrava-me as cervejas aguadas e insípidas da minha mocidade sem dinheiro.

Eu briguei, sangrei e matei para ver se algo se reacendia no meu espírito, mas parecia que Hel havia colocado suas mãos frias no fogo que antes ardia no meu peito.

– Quer conhecer a Itália? – Tita acabara de se alimentar de um notário balofo que ainda gemia, a barriga escapando por sobre a calça apertada tal como um avental. Os anéis de ouro e prata tilintando no mármore do chão enquanto ele tentava se levantar.

– Nunca pensei nisso... – Eu brincava com a boceta da filha dele, que não ligava para o pai semimorto. Acho que ela sequer o percebia: estava no seu mundo encantado e eu era o seu príncipe salvador. Eu a seduzira mesmo sem a desejar e comecei a dedilhar cada dobra úmida dela apenas por não ter algo melhor para fazer. Eu já havia exaurido a mãe, que jazia morta na cozinha, cheirando a óleo e cebola. A gordinha gemia, o rosto vermelho, as mãos rechonchudas amassando os seios pequenos, emoldurados pelo excesso de banha. – Mas talvez seja bom mudar de ares.

– E que ares! Noites mornas, aroma de azeitonas e uvas... – Raposa se sentou sobre a pança do notário, fazendo-o soltar o ar com força pela boca envolta por um cavanhaque ralo. – E o mar sempre cristalino refletindo a Lua cheia!

– Eu acho que iria gostar, apesar do meu espírito não estar no mesmo ritmo – respondi. A gorducha envolveu meu pulso com as salsichas que chamava de dedos, forçando-me a ultrapassar a barreira da sua intimidade, que se rompeu ao toque das minhas unhas. Ela choramingou, não de dor, mas pelo prazer imenso que crescia nela.

– Pare com essa *sofferenza*, seu bosta! – A menina-imortal sardenta sorriu e ficou quicando sobre o gordo, como se estivesse se divertindo sobre uma almofada macia. – Eu sei que não é um momento apropriado, mas tenho certeza de que vai gostar das italianas.

– Stella tinha esse sangue. – A jovem começou a comprimir meus dedos dentro dela enquanto seus gemidos se transformavam em gritos.

– Estamos combinados? – Tita se levantou, cuspiu na mão e esticou-a para mim a fim de selar o nosso compromisso.

– Combinados. – Repeti o gesto enquanto o corpo da gordinha amolecia depois de repetidos espasmos. Tirei os dedos de dentro dela, deflagrando um último *ahhh* sibilado com a boca pequena, mas definitivamente voraz, entreaberta. Ela permaneceu de olhos fechados e um sorriso tolo nos lábios, ainda sob o meu domínio.

Buddug abriu a porta de supetão, o ar frio preenchendo a sala que cheirava a sexo e sangue.

– Já acabaram? Vai começar a chover e eu não pretendo me molhar essa noite. – Virou-se de costas e começou a andar rápido.

O notário já estava morto, os olhos esbugalhados, os dois furos arroxeados na sua papada. Beijei a testa da rechonchuda, que ainda se deliciava com seu primeiro orgasmo, e quebrei o seu pescoço com uma torção forte. Roubei os anéis do gordo e um colar que ornava o pescoço da filha.

E fomos procurar abrigo enquanto o temporal se formava no Leste.

Julho, 1504, ano do Nosso Senhor.

Quase um ano havia se passado desde que August dera o sangue morto da santa para Stella. Seus ferimentos haviam cicatrizado, e agora ele se arrastava pelo chão sobre um carrinho feito por um marceneiro. Estava definitivamente aleijado. A perna esquerda, inclusive, precisara ser amputada logo acima do joelho devido a uma gangrena que quase ceifara a sua vida.

Os pesadelos que o dominavam se tornavam cada vez mais escassos, apesar de vez por outra acordar berrando e assustado, precisando ser acudido pelos seus irmãos.

Mas tudo isso fizera sua fé aumentar, assim como sua barba, que agora chegava ao peito.

O padre nunca contou para ninguém sobre Stella, que os moradores de Londres e seus clientes acreditavam ter feito outro retiro espiritual, dessa vez muito mais longo. Uns diziam que ela fora para a França, outros disseram que estava na Espanha. Alguns afirmavam que a artista embarcara para Jerusalém. Todos esperavam ansiosamente a sua volta, dispostos a fazer jorrar dinheiro em troca de suas precisas pinturas.

Esse segredo morreria com ele e com Lord Thomas, que nunca mais entrou em contato, vivendo num exílio autoimposto na sua propriedade. Ele queria conversar com o homem que outrora o chamava de amigo, mas sabia que ainda não era chegado o momento. Talvez nunca chegasse.

August passava os dias lendo, escrevendo ou conversando com as crianças, que adoravam ouvir histórias sobre Cristo e os santos. Até mesmo uns cães vadios se sentavam na roda para escutar atenciosamente as parábolas, relatos de milagres e lições de boa conduta. E para, quem sabe, conseguir uns nacos do pão que era distribuído logo após o sermão.

Era uma visão engraçada para quem passava pelo local.

Ele fora dispensado de todos os seus afazeres na Catedral, não por qualquer incapacidade mental, mas por um pedido pessoal a William Warham, que agora se tornara arcebispo de Canterbury.

– Se isso for ajudar na sua recuperação, meu filho, eu aceito – respondera Warham, sem sequer levantar os olhos. Continuou preenchendo a documentação necessária para empossá-lo como único dono de umas terras em disputa.

Desde então, August zanzava por Londres a bordo do seu carrinho, pregando para quem quisesse ouvir, abençoando pessoas, aliviando as dores de doentes da alma e dos de mente insana. Era uma vida simples, de roupas rasgadas, corpo fedido, mas de paz, muita paz.

E era disso que ele precisava.

Era isso que ele queria para si.

E rezava fervorosamente para nunca mais encontrar qualquer imortal.

Eu estava em Lancashire. Selara um acordo com Tita: partiria com ela para o continente. E cumpriria a minha promessa em breve, mas antes queria vagar um pouco pela Inglaterra.

Talvez ficasse uma década longe. Ou cem anos, ou mil. Quem sabe? Sempre acreditei que nós não somos donos do nosso destino. Ele apenas nos faz pensar que temos controle e, quando menos esperamos, brinca com os nossos sentimentos, com a nossa vida.

Vidas.

Nessa noite eu ceifaria algumas. Deixaria que me vissem, gritassem que o demônio caminhava entre os homens.

Era a minha forma de me despedir da minha terra.

Que trouxe tantas alegrias e tantas dores.

Terra que engoliu Stella.

Em Lathom, no castelo da cidade, eu acabara de me alimentar de um dos guardas que vigiava os muros do castelo. O homem tentara lutar, tentara me acertar com a alabarda, mas era lento como um bode velho. Deixei-o estocar algumas vezes, exaurindo suas forças. Ele investiu com raiva; dei um passo para o lado e deixei-o tropeçar no meu pé. Ele estourou o nariz na queda, a arma voando para baixo, provocando um baque seco ao cair na terra. Ajoelhei-me sobre o guarda e suguei com força enquanto ele tentava resistir, sem sucesso. Um cão ladrou. Alguém ralhou com ele, mas ninguém veio conferir o aviso.

Tolos.

Joguei-o, ainda vivo, para fora da muralha, pois, no breu da noite, ninguém o veria. Seu corpo todo torto lembrava um boneco de palha. Só na manhã seguinte, quando outro soldado viesse rendê-lo, é que perceberiam o assassinato, mas eu já estaria longe.

Alguém começou a tossir na torre principal. E só percebi pelos meus ouvidos aguçados, pois a tosse era fraca, chiada, sufocante. E eu, claro, com a minha curiosidade felina, fui checar. Escalei o paredão de pedra com facilidade, embora tivesse preferido voar, tal como Liádan. Olhei pela janela e vi um velho deitado numa cama suntuosa, cercado de velas e imagens de santos.

O cheiro putrefato da morte que se aproximava exalava dele, tal como se o mal vazasse de todos os seus poros. Um cheiro muito sutil para os humanos perceberem.

O trinco estava aberto. Entrei.

Ele respirava com dificuldade, o peito chiando, um lenço manchado de vermelho na mão coberta de pintas que só os velhos têm, as unhas amarelas, assim como seus cabelos já desbotados e ralos.

Sentei-me no pé da cama e só então ele abriu os olhos, o semblante a princípio assustado, depois confuso.

– Quem é você?

– Um imortal.

– Imortal? Tal como o nosso bom Deus? – desdenhou.

– De certa forma sim, só que real – sorri.

O velho permaneceu em silêncio. Depois, começou a tossir, e eu lhe trouxe um pouco de água numa taça de prata. Ele sorveu o líquido, e seu peito se acalmou.

– Quem é você? De verdade.

– Sou Harold Stonecross – fiz uma mesura. – E não menti ao dizer que sou imortal. Há mais de meio milênio eu vivo.

– Eu sou o Earl de Derby, e acho que você é apenas um louco que invadiu o meu aposento. E que logo será levado para a cadeia pelos meus homens.

– Não me importo com o que você acredita ou não, velhote, mas sei que nenhum homem conseguiria invadir o seu castelo e escalar tão altas paredes.

Ele começou a tossir novamente e novamente lhe trouxe água.

– Vejo que sua saúde não está boa. – Coloquei a mão sobre a sua testa, que fervia. – Está com febre, e sinto seu coração batendo com muito esforço. E você já começa a feder como os mortos.

– Já vivi um bocado, por isso este velho corpo está cansado, Harold Stonecross, o imortal. – Notei certa zombaria na sua face enrugada. – Ao contrário de você, que goza de plena forma, mesmo sendo mais antigo que o carvalho plantado pelo meu tataravô no pátio deste castelo.

– Nunca o vi antes, tampouco me importo com você ou com as suas dores, porém algo nesta noite me faz mais misericordioso que o normal. Acho que as perdas que tive recentemente me deixaram com o coração mole, sabe? – Estalei os dedos e cruzei as pernas. – Posso aliviar a sua dor. Posso interromper o seu sofrimento. Eu tenho esse poder e posso lhe conceder essa graça, algo que lhe foi negado pelo seu bom deus. Deus misericordioso, vocês repetem como ovelhas balindo, não é?

– Por acaso você veio para me matar? Aposto que foi a vaca da minha esposa que encomendou o meu assassinato, não foi?

– Você vai morrer esta noite, isso é um fato. Mas não a mando de ninguém. Vai morrer tão somente para me dar o seu sangue. Tão somente porque tenho sede e estou nas suas terras.

– Sabia que era um louco, mas não tanto – riu.

Ri com ele.

– Acho que já conversamos o que precisávamos, *magnífico* Earl Moribundo de Derby.

Num movimento rápido demais para ser acompanhado por olhos humanos, avancei sobre ele e mordi seu pescoço. A pele fina se rompeu facilmente e o sangue fluiu devagar para a minha boca. Em menos de cinco goles ele desmaiou e morreu logo em seguida, sem nenhuma dor.

Observei seu quarto. Esplêndido. Eu não acharia ruim ser o novo senhor do castelo, mas, infelizmente, a minha *condição* era excêntrica, chamaria muita atenção e, como sempre acontece, eu seria perseguido.

Cobri o velho Earl, peguei algumas joias e moedas de ouro e parti por onde entrara, sem pressa, desfrutando a noite morna de verão.

Assim que saltei da muralha externa, ouvi os gritos.

Mais um pouco de sangue nobre inundava as minhas veias. Depois de quinhentos anos eu tinha dentro de mim atributos suficientes para reclamar o trono inglês.

– Rei Harold, o Imortal – falei em voz alta, e me vi sendo coroado na Abadia de Westminster. – Sua Alteza, o Demônio!

Ri da ideia.

E fui me encontrar com a espevitada Raposa.

Thomas Howard havia retomado a plena sanidade e a postura altiva e mesmo debochada de sempre. Deixara para trás os dias de isolamento e agora se comprometia com os seus ofícios de Alto Tesoureiro, como Earl de Surrey e um dos principais conselheiros do rei Henry VII.

Só não conseguia escrever tanto quanto gostaria: seus

dedos ainda doíam, mesmo com as fraturas curadas. Bastavam algumas frases para que começassem a latejar e o incômodo ficasse insuportável.

Acabara de voltar de uma missão diplomática em Northampton e já pedia para os criados selarem sua égua: queria ir ao bosque com seus cães. Desejava muito caçar um javali, um grande macho de presas afiadas que fora avistado por um falcoeiro. Juntou-se com seus filhos Thomas, Edmund e Edward e mais quatro criados com cães de caça, e partiram assim que a luz dourada iluminou o horizonte.

.

.

.

O javali agonizava. Lord Thomas acabou com o sofrimento do animal perfurando o seu coração com uma estocada precisa da espada. Sua mão doeu, mas mesmo assim ele sorria. Foram necessários três homens trespassando-o com lanças antes de deter a fúria que feriu dois cães de caça e um dos criados.

O desafortunado homem fora imprensado contra uma árvore enquanto o javali rasgava sua barriga com as presas. O corte foi feio, ele precisou ser costurado lá mesmo, mas sobreviveria. Foi salvo pela sua banha, que, de boa extensão, impediu seus órgãos de serem perfurados.

Não bastasse isso, precisou aguentar as zombarias dos companheiros, que o comparavam com o próprio porco, tanto no peso quanto na feiura.

O bicho era, de fato, imenso, e foi bem complicado separá-lo da matilha de cinco ou seis porcos menores, entre fêmeas e machos jovens. Eram arredios e a caçada durou quase a manhã toda. Mas a recompensa pesava como um cavalo pequeno.

O Earl de Surrey pediu uma faca para o seu cavalariço, que lhe entregou uma recém-afiada, a lâmina brilhando ao refletir os raios de Sol que venciam as copas das árvores.

Ele se ajoelhou ao lado do animal, que fedia como cem homens suados, e perfurou o couro grosso na altura do pescoço: começou a destrinchá-lo e a distribuir a carne, como de costume. Ela seria salgada e defumada e garantiria bons almoços por bastante tempo, principalmente para os criados mais comedidos.

Uma fogueira já estava acesa, o fogo ardendo forte, a madeira meio úmida estalando e cuspindo fagulhas para o alto. Um pernil estava sendo preparado para ser devorado lá mesmo. Os cães ficariam com as vísceras e brigariam pelos ossos. Dois barris de cerveja acabavam de chegar numa carrocinha puxada por um burro. Era mais que suficiente para embebedar os homens durante todo o dia.

Os filhos estavam contentes por ver o pai se divertindo depois de tempos negros. E essa caçada foi a libertação final.

As mãos, braços, rosto e roupas de Thomas Howard estavam sujos de sangue pegajoso, mas ele estava feliz, a ponto de se esquecer por um momento das dores nos dedos. Sem que ninguém olhasse, lambeu um pouco do sangue da lâmina da faca. O gosto ferroso e pungente envolvendo a língua e a boca.

Sorriu.

E imaginou-se como um dos poderosos imortais.

– Está pronto?

– Não sei, mas vamos assim mesmo. – Dei três moedas de ouro para o capitão de um barco mercante que faria a nossa travessia até a França. Com umas dez de prata ele já teria imenso lucro; contudo, há um lema que perdura pelos anos: bolso cheio, boca calada.

Estávamos no pequeno porto de Worthing, de onde saíam alguns barcos menores rumo a outros portos ingleses e ao continente. Estava bem movimentado, pois os capitães queriam aproveitar a maré e os ventos favoráveis. Os mais experientes diziam que logo viria a tempestade, o que impossibilitaria qualquer viagem, mesmo as mais curtas: as ondas, o vento e as rochas não faziam distinções entre bons e maus cristãos.

Peixes secos, panos, cerveja, armas e todos os tipos de mercadorias esperavam no cais para serem embarcados. Assim como os ladinos aguardavam as distrações para fazer o seu trabalho e aliviar o peso das moedas nas bolsinhas e bolsos.

– Você não vem mesmo, Bu? – Tita se aproximou da amiga que permanecia sentada no cais, cobiçada por marinheiros ébrios, que logo se transformariam no seu jantar.

– Não agora. Ainda tenho muito que fazer na minha ilha.

– Sua ilha! – Tita riu e abraçou-a.

– Que os deuses acompanhem a sua jornada.

– Fique bem. – Acenei e entrei na embarcação, enquanto a menina de cabelo cor de cenoura ainda trocava as últimas palavras com a rainha.

Fui até o porão escuro, úmido e cheio de ratos. A umidade sufocante e o cheiro de temperos e perfumes impregnando as narinas. Sentei-me sobre um saco, recostei-me e fechei os olhos, perdido nos meus pensamentos, o som suave do mar lá fora e a conversa dos marinheiros que se preparavam para zarpar em breve.

– Que surpresa vê-lo por aqui, Harold Stonecross.

– Já nos conhecemos?

Abri os olhos e vi que, sentado à minha frente, enrolado em trapos, um velho de barba completamente branca e cabelos imundos desgrenhados me observava, o rosto marcado por rugas e verrugas, o fedor característico daqueles que só tomaram meia dúzia de banhos durante a vida.

– Eu o conheço desde que lhe dei a vida, seu ingrato. Não a sua patética existência mortal, gerada pela porra do seu pai, mas a outra – gargalhou.

De fato, eu já ouvira esse gargalhada.

E havia encarado esses olhos argutos, que agora estavam incrustados num rosto envelhecido.

Levantei-me num pulo e tal como um gato acuado mostrei as presas e garras.

– Loki!

– Harold, Harold... Sempre tão arredio. Tão cheio de ímpeto. Sempre tão... lindo! – O deus permaneceu sentado. – Você foi a melhor coisa que fiz na minha vida. Fenrir, Jörmungandr e mesmo Hel não se comparam a... – Então eu pude perceber a sua tristeza. – É a minha obra-prima, que nada deve à de outros deuses.

Demorou até eu conseguir relaxar, apesar de não sentir qualquer ameaça emanando dele. Contudo, ele era o Pai da Mentira.

– Por favor, sente-se, não vou morder. Deixo isso para você.

Senti um misto de receio e pena ao observá-lo daquele jeito decadente, o corpo curvado, a pele amarelada com escaras cobrindo seus braços. Sentei-me sem baixar completamente a guarda, apesar de não saber se conseguiria me contrapor a um deus. Seria um truque? Uma artimanha dele?

– O que faz aqui?

– Que eu saiba, um homem ou deus é livre para andar por onde bem entender, menos os judeus – piscou.

– É...

– E vejo que você pretende viajar para o Sul, para ares mais mornos, estou certo?

– Sim, vou acompanhar uma velha amiga até a sua terra natal. Mas isso não é da sua conta.

– Cansou-se da cinza Inglaterra? O problema é o clima ou as pessoas, Harold?

– O problema sou eu.

– Entendo – tossiu e escarrou. – Acho que perder Stella e de certa forma Liádan não tem sido fácil. Até eu fiquei um pouco triste: achava aquela morena deliciosa. – Lambeu os beiços. – Mas você tem o poder de fazer outras amantes. Dezenas delas se quiser!

– Para você, miserável, tudo é prazer, tudo é diversão! Você é um traidor sujo! – Soquei o saco onde estava sentado, e o pano se rasgou. – O que entende de amor, sentimentos ou mesmo tristeza?

– Entendo o suficiente para não os levar tão a sério, criança. – Sua voz sibilava em meus ouvidos. – E não venha me pregar qualquer moral. Afinal, te escolhi porque você não é tão diferente de mim, Harold, o fodedor de donzelas.

Gargalhou.

– Loki, por que não deixamos as amenidades de lado e vamos direto à razão de estar aqui? E não me diga que foi apenas obra do destino. – Inclinei-me para a frente. – Ou que estava com saudade do meu sorriso.

– Ah, as pessoas sempre com pressa! Mesmo quando se trata de um imortal. – Fez surgir na mão uma taça, e o aroma de hidromel era delicioso. – Quer? Oh, perdoe-me! Esqueci-me que você não bebe mais.

Lambeu os beiços murchos.

Polidamente dei um meio-sorriso enquanto ele bebia da taça que nunca esvaziava.

– Que assim seja! – Estalou os lábios. – Eu estou morrendo, Harold. Nunca imaginei isso, nem nos meus mais loucos devaneios. E olha que a loucura é a minha essência! Enquanto aqueles deuses carcomidos se preocupavam somente com o tal Ragnarök previsto por uma vidente insana, um outro mal nos afligiu com força. Uma força que sequer podemos combater. Uma força praticamente inevitável e que não foi prevista nem pelos mais sábios. Nem pelo verme Odin.

– E que força é essa? O que pode ter mais poder que um deus? Que todos os deuses?

– O esquecimento. – Naquele instante, uma ponta de medo percorreu seu rosto, enquanto seu corpo se curvava ainda mais. Piscou lentamente e inspirou fundo. – Você acha que eu queria estar assim? Tal como um velho decrépito? Meu poder diminui a cada dia, Harold, a cada pessoa que vive sem sequer ouvir falar dos antigos deuses.

Tal como eu me nutria de sangue, a fé genuína mantinha os antigos deuses.

– Então, Loki, o impotente e carcomido Deus-Carpinteiro dos cristãos venceu. – Balancei a cabeça. – Quem diria.

– Venceu mesmo sem existir – Loki olhou para as mãos esqueléticas, trêmulas. – Um rei com coroa de espinhos teve mais poder do que aqueles cujas cabeças eram ornadas com diademas de ouro maciço. Um mendigo cujas histórias falavam da magia barata de multiplicar peixes e pães massacrou deuses que venceram gigantes, que batalham há Eras, quando os homens eram como macacos e só sabiam jogar merda um nos outros. Quando vocês, inúteis de carne fraca, ainda se admiravam com o fogo queimando a madeira seca!

Ele era o Pai da Mentira, mas sua tristeza e a sua indignação pareciam genuínas. Seu espírito estava destroçado.

– Asgard se esfacela como areia ao vento, suas construções esplêndidas não param de ruir, tais como seus donos que agora perecem pelas ruas outrora magníficas. A falta de fé, das súplicas e dos sacrifícios foi o prego na nossa... Cruz! As paredes de mármore se racharam. Os telhados dourados desabaram, mesmo a água que corre nos nossos rios se tornou venenosa. – Inspirou fundo e tossiu. – O esquecimento, Harold, é a força mais poderosa de todas. E não ter a fé dos homens selou o nosso destino.

– E por que eu também não tenho a mesma sina? Não sou criação sua?

– Você nasceu nessa terra e, enquanto se nutrir dos frutos dela, seu poder nunca diminuirá. Ao contrário, ele só aumenta. E nisso eu o invejo com toda a minha vontade. Se eu pudesse, trocaria a minha vida pela sua, tomaria sua força!

Loki atirou longe a taça de hidromel, que se espatifou no mastro.

– E os outros deuses? Odin, Thor? E o reino eterno vai simplesmente desaparecer?

– O *grande* Pai – não escondeu a zombaria – dorme escondido em algum confim dos nove reinos. Thor sequer tem força para segurar seu maldito martelo, passa os dias bêbado e choroso, caído nos cantos enquanto seus bodes lambem os restolhos de vômito da sua boca. Muitos deuses deixaram de existir. Restaram somente os mais fortes, ou, como disse Sif, os mais tolos.

– Que fim! Mas o que você quer de mim?

– O seu sangue! – Seus olhos pareceram se acender.

– Meu sangue?

– É, isso que você tem nas veias, essa coisa vermelha que você bebe dos outros! – Estalou os dedos. – Preciso que me transforme, tal como fez com Liádan. E quem sabe eu tenha alguma chance de sobreviver.

– Eu nunca irei ajudá-lo. – Fechei os olhos e me recordei da minha família mortal, meus filhos. – Você me criou e me abandou sozinho no escuro. Me largou sem saber o que eu havia me tornado. Sua insanidade dominou a minha alma e me fez matar Edred! Ele era meu irmão, meu único amigo verdadeiro e...

– O deformado? – Loki cofiou a barba. – Você ganhou a imortalidade, um poder que hoje eu, um deus, cobiço e ainda choraminga por ter matado um merda de bode todo torto e idiota? Harold, você é patético!

Cuspi no seu rosto. Minhas presas despontaram, e eu rosnei.

– Você acha que eu tenho medo? – Loki apontou o dedo para mim. – Você é apenas um merda que acredita ser poderoso. Você é um cãozinho que mal sabe rosnar! Você não é nada...

– Tão merda que você veio rastejando até mim – sorri. – Tão nada que está desesperado pelo meu poder.

– Verme ingrato! – Ele se levantou, mas, apesar da voz incisiva, não causava qualquer medo. – Eu salvei sua filha doente, aquela merdinha que ainda se cagava nas pernas, mas à qual você dava tanta importância. Eu lhe dei um poder que só se fortalece e agora só peço em troca um pouco da sua força, que é minha por direito.

– Suma daqui, seu doente! – Levantei-me e estapeei o seu rosto com as costas da mão. – Que você e os outros deuses inúteis sejam esquecidos para sempre e virem barro! E que você sofra tal como um velho antes da morte! Vocês perderam a fé dos homens por pura e simples incompetência.

Com uma agilidade nada condizente com a sua condição física, Loki avançou e apertou o meu pescoço com as mãos. A força imensa me impedia de respirar.

– Eu pedi com educação. Eu o manteria vivo se tivesse sido generoso. E até o convidaria para ir a Asgard e nos tornar reis de um novo reino das sombras. Até deixaria você foder com as bocetas das deusas e das valquírias! – Loki tinha as veias da testa saltadas. – Você se negou e agora vai morrer. E eu serei o único deus dessa terra.

Eu tentava abrir seus braços, que mal se moviam. Cravei as garras na sua carne. Ele guinchou, mas não afrouxou o aperto.

Minhas vistas se escureceram e eu sentia que logo iria apagar. A pressão estava se tornando insuportável, e eu já não tinha mais forças para lutar.

Deus dá a vida. Deus tira a vida. Essa frase tão repetida pelos padres ao longo dos séculos era real para mim. Vi os rostos de Edred, dos meus filhos e de Stella. Logo estaria com eles.

Então o aperto de Loki se afrouxou até ele me soltar e eu desabar no chão, ofegando, o ar com dificuldade de entrar no peito.

Aos poucos a minha vista foi clareando, e vultos surgiram. O sangue voltou a circular com um formigamento no pescoço e, quando recobrei plenamente os sentidos, vi Tita sugando o sangue do deus, que estrebuchava sem qualquer reação.

Loki tombou de joelhos, ela ainda com as presas cravadas na sua jugular, os olhos arregalados e as pupilas dilatadas como as de um gato no escuro.

Bebeu até deixá-lo no limiar da morte.

– Pelos bagos de César! – Ela o soltou e cambaleou para trás. – Não sei quem é esse velho, mas, porra, que sangue forte! É como se eu queimasse por dentro.

– Esse é Loki. – A minha voz saiu engasgada.

– Por isso! – Tita ofegava, confusa, o coração disparado ribombando como um tambor de guerra. – Achei estranho um velho conseguir te apagar. Comecei a duvidar de você, Harry. Caralho, acho que vou nadando até a França!

Loki gemia no chão, o rosto pálido, os olhos semiabertos e a boca arroxeada.

Ele me encarou, e uma lágrima negra como a mais profunda noite escorreu do canto do olho esquerdo.

Falou baixinho com a boca trêmula: *Você acaba de me matar, filho.*

Seu corpo começou a se desfazer como barro na chuva e escorrer por entre as tábuas do assoalho do navio até restar apenas uma mancha escurecida no não.

– Caralho, eu matei um deus? – Tita levou a mão à boca, mas logo o espanto se transformou num riso incontido. – Tita, a Matadora de Deuses!

Gargalhou de se contorcer enquanto o barco começava a singrar o mar.

Sorri. Ela havia salvado a minha vida.

Mas em silêncio remoí o meu egoísmo por não dar um pouco do meu sangue àquele que me deu a imortalidade.

A Inglaterra, Stella e os antigos deuses do Norte agora eram passado.

Capítulo XII – Novo velho mundo

Cada um tem a sua jornada nessa terra. Umas são mais curtas, como as que se encerram antes mesmo de se conseguir enxergar o rosto da mãe, outras mais longas, tais como as dos anciãos. Pouquíssimas são eternas. Cada um tem o seu tempo, ou melhor, a sua própria percepção do tempo.

Para uns ele voa, para outros se arrasta. Para pouquíssimos seres o tempo não faz qualquer diferença.

É como uma ampulheta cujas areias nunca se esgotam.

Padre August colocou a pena de volta no tinteiro e esfregou os olhos cansados. Passara o dia escrevendo, passando para o papel ideias e memórias que só seriam lidas no dia em que ele morresse e alguém fosse arrumar suas coisas para liberar espaço no seu dormitório.

Muitos veriam os escritos como insanidades de um padre aleijado e louco. Talvez fossem queimados ou jogados no fundo de uma biblioteca, onde acumulariam pó e serviriam de alimento para as traças.

Quem sabe alguém os levasse a sério e buscasse compreendê-los melhor. E, se assim fizesse, se esse fardo lhe coubesse, saberia como combater os imortais de maneira definitiva, como ele fizera com Stella.

Sorveu seu vinho aguado, os olhos fixos na parede, a luz de pequena janela iluminando os papéis e tintas sobre a mesa desarrumada da sua cela na Catedral de São Paulo, em Londres.

Seus pensamentos foram interrompidos por duas batidas na porta, uma pessoa fazendo sombra nas frestas das tábuas. E seu rosto se empalideceu quando viu Lord Thomas abrir, mesmo sem ser convidado, com um sorriso no rosto.

– Meu caro August. Faz tanto tempo que não nos vemos. Posso entrar?

– Cla-claro. – O padre fez um sinal convidando-o. – Por favor, sente-se.

O Earl estava envelhecido, os cabelos completamente brancos e os ombros recurvados para a frente. Usava roupas simples, comuns até, muito diferentes daquelas que ostentara outrora. Também não tinha nenhuma joia.

– O que ouve com as suas pernas? – Lord Thomas franziu o cenho assim que percebeu as deformidades.

– Não sei. – August fez um muxoxo. – Depois do nosso encontro com as imortais, despertei com elas quebradas. Tive bons cuidados, fizeram o máximo que a medicina e o nosso bom Deus permitiram. Entretanto, aconteceu uma infecção feia e precisaram amputar uma delas. E a outra ficou imprestável.

– Sinto muito. – O Earl balançou a cabeça com pesar. – Está precisando de alguma coisa?

– Não, muito obrigado. Tenho muito mais do que preciso. Agora já estou bem. Nunca estive tão bem, para falar a verdade: parece que o Espírito Santo agora também habita o meu corpo. Entendi que a carne apodrece e morre, mas o nosso espírito se ilumina quando vivemos e respiramos a Palavra.

No rosto do padre aleijado, a glória dos santos – ou dos insanos – resplandecia.

– Melhor assim. Nesse mundo precisamos de muito menos coisas, nomes e cargos do que temos, mas não é fácil nos libertarmos, não é?

– Não é fácil, Lord Thomas.

– Assim como não foi fácil vir até aqui para lhe pedir desculpas, meu amigo. Ainda posso te chamar assim?

O padre assentiu.

– Por diversas vezes eu me preparei para esse momento, mas, por medo e orgulho, desisti. Todavia, estou velho, August, e não quero partir com essa mágoa entre nós. Tive um acesso de raiva e o odiei; porém, depois de muito pensar e refletir, entendo os seus motivos. Você fez o que deveria ter feito. Você fez o que fora doutrinado a fazer. Se eu também tivesse passado a minha vida na Igreja, teria feito o mesmo.

Novamente o padre assentiu, as mãos unidas, a boca murmurando algo.

– Você me perdoa? Sei que parte da culpa de estar assim, nesse estado, é minha, mas eu nunca imaginaria um desfecho desses e...

– Os desígnios de Deus são mesmo imprevisíveis para os homens e só se revelam no momento certo e com a Sua permissão. E, se eu fui o escolhido para sofrer essas agruras, aceito a minha condição com alegria. Perdi a saúde do corpo, mas, com todas essas privações, pude me aproximar ainda mais d'Ele! Deus não está nas paredes dessa Catedral, ou em Roma, ou nas cruzes de ouro, Thomas. Deus está no caminho que escolhemos. E no momento mais difícil eu não me deixei seduzir por ela.

O olhar reprovador do padre machucou o Earl. A paixão dele, a obsessão dele eram os imortais.

O rosto de Stella surgiu e sumiu na sua mente. Lord Thomas respirou fundo.

– Concordo, meu amigo. E novamente peço perdão. Você aceita?

– Não poderia fazer diferente. – Encarou Thomas Howard. – Perdoar é um dos mandamentos do nosso Senhor, não é?

O velho Earl de Surrey, mestre nas artes da retórica e das negociações com as víboras da nobreza e do clero, entendeu o recado. Levantou-se, fez uma mesura e, sem dizer uma palavra, partiu.

E o padre se virou e continuou a escrever sem sequer olhar para trás.

A nossa viagem até a França foi tranquila. Apenas houve o mistério de dois marinheiros que sumiram no meio da jornada. Foram dados como caídos no mar, principalmente devido à fama de beberrões.

– Aqueles dois imprestáveis irresponsáveis torraram a minha bebida e ainda me farão pagar umas moedas para suas famílias! – berrou o capitão com o seu imediato. – Tripulação de merda essa que eu tenho!

De fato, o sangue deles tinha o sutil sabor do álcool.

Eu gostava da França. Havia passado bons momentos lá. Havia degustado pescoços saborosos e me divertido bastante. Tita também estava feliz. Aliás, era muito raro ver a Raposa mal-humorada ou carrancuda.

Só uma única vez a vi preocupada, cerca de dois meses depois que aportamos. Estávamos num lugarejo minúsculo e frio como Niflheim chamado Névache, quase nos limites entre o Delfinado e a Savoia. Havíamos acabado de nos alimentar de uma família de pastores de cabras e nos aquecíamos junto à lareira do casebre quando Tita se levantou num sobressalto. A cabeça se mexeu para um lado e para o outro, como se ela quisesse captar algum som no silêncio da montanha.

– Você não está sentindo? – Saía vapor da sua boca, e seu rosto ficou tenso como eu não via fazia muitos séculos. – Não sente essa presença... negra?

Eu não sentia nada, mas, se a menina estava preocupada, devia haver algum risco.

– Não consegue escutar esse sussurro vindo junto com o vento? – Ela fechou os olhos e colocou as mãos sobre a mesa. – Tanto ódio, tanta dor, tanta hostilidade.

Tita permaneceu calada por um tempo, os dentes cerrados, assim como seus punhos.

Eu me concentrei ao máximo, mas só ouvia o crepitar da madeira e as rajadas de vento lá fora, nada mais. Então uma sensação estranha percorreu o meu corpo, e um frio gelou a minha espinha.

– *Vocês mataram inocentes nos meus domínios!* – A voz aguda penetrou na mente como uma flecha rompendo o crânio e o cérebro. – *Vocês causaram o mal a quem não merecia. Vocês devem partir e nunca mais voltar.*

– Quem está falando, Tita? Outra imortal? Não se parece com nenhuma das que conheci em Stonehenge.

– E não é. Devemos ir embora agora.

– Por quê? Vai sucumbir às ameaças? Agora você tem o sangue de um deus correndo nas suas veias e...

Ela me deu um tapa na cara para me despertar da minha infantilidade, pegou-me pela mão e saímos correndo em meio à neve, que ultrapassava os joelhos. Corremos como duas lebres perseguidas por lobos. No alto de uma colina, pude ver uma jovem com um cão ao seu lado e minha alma se congelou. Era como se uma redoma negra a envolvesse, emanasse dela.

Confesso que, sem saber o motivo, senti vontade de chorar. E logo vieram à mente todas as lembranças ruins da minha existência. A perda de Espeto, de Edred, de Leonard, a solidão e as torturas que me infligiram. Ela me incutia muita dor.

A ponto de me fazer gritar em agonia.

Tropecei e fui amparado por Tita. Percorremos milhas e milhas, que sequer um cavalo bem treinado aguentaria cavalgar, antes de pararmos, exaustos.

– Quem era ela?

– Ela me disse o seu nome: Amalina – Tita respirava ruidosamente. – Não é tão velha quanto eu, mas é muitíssimo poderosa. E seu ódio era real, por isso decidi fugir. Se fôssemos humanos, ou mesmo se você, ó esplêndido Senhor das Trevas, estivesse sozinho, certamente teria morrido. Mesmo se eu a enfrentasse o resultado seria imprevisível.

– Porra...

– Pois é. – Levou a mão ao peito. – Na nossa conversa silenciosa, pedi desculpas. Ela recusou, falei que iria me encontrar com ela. Ela emanou raiva e rancor. Só escapamos porque, de certa maneira, ela permitiu.

– Porra! – Cocei a cabeça. – Ainda bem que na minha passagem anterior pela França não cruzei o caminho dessa dona, senão estaria fodido.

– Talvez tenha cruzado, Harry, mas, como você ainda era um bostinha de cabra renascido havia pouco tempo, ela deve ter ficado com dó de te matar.

– Pode ser...

– Acho que não... Eu não teria dó de te matar.

Continuamos nosso caminho e nos abrigamos numa caverna, pois, apesar de ainda ser outono, o frio fazia doer os ossos.

.

.

.

Turim, Gênova, Milão, Bolonha, Nápoles, Roma, Lecce e uma centena de outras cidades e vilarejos fizeram parte da nossa jornada. Durante cinco anos Tita foi uma ótima companhia. Durante cinco anos rimos, matamos e cantamos como se não houvesse amanhã.

Porque sabíamos que o futuro é uma ilusão, que a eternidade só perdura enquanto estamos vivos.

Deuses, nós, uma pulga, não importa: todos terão um fim.

Frequentamos os quartos da nobreza e os leitos dos enfermos. Não fazíamos distinção: todo sangue sempre era bem-vindo. Todo prazer, exageros, orgias e insanidades eram permitidos. Buscávamos sempre mais; afinal, tudo vira pó com o passar dos séculos.

Havia noites em que eu sumia, o peito ardendo de saudades das minhas amantes. Eu chorava e rasgava os pulsos, em vão.

Havia noites que eu sequer me lembrava delas enquanto me fartava entre seios perfumados e pelos encaracolados de todas as cores e tamanhos. Enquanto eu me perdia em lábios ébrios, fazendo juras de amor que nunca cumpriria.

Tão vazias.

As mais sinceras possíveis naquele instante.

Sequer lembradas enquanto eu vestia as roupas e partia,

deixando sempre um corpo inerte, quer pela exaustão, quer pela imobilidade da vida drenada.

Tita e eu éramos uma dupla interessante.

Dormimos em palácios e sob escombros. Em camas macias e em chãos enlameados. Fomos reis e mendigos. E, acima de tudo, fomos dois amigos que aproveitaram férias prolongadas.

Conheci as ruínas dos templos dos antigos deuses e a magnificência das igrejas do novo, repletas de ouro, enquanto o povo roía os ossos até lascar os dentes. O mundo era enorme, mas estava nas mãos de praticamente um único poder, que só crescia e lançava seus tentáculos para cada vez mais longe.

Assim como o pescador que observávamos atirando sua rede ao mar, a Lua iluminando a noite fresca de primavera, numa cidadezinha à beira do mar Jônico.

Estávamos em Leuca, prontos para seguir jornada até onde os nossos pés nos levassem, quando ele nos encontrou.

– Ei, Beccán, o que acha de irmos até a floresta de Cruttenclough amanhã? – O jovem amolava a sua faca. – Estou doido para comer perdiz. Podemos pôr umas armadilhas lá. Quem sabe não damos sorte e pegamos mais de uma? Ou mesmo um faisão?

– Eu não vou, Colmán. – O outro continuava pesando e ensacando o precioso lúpulo seco que seria vendido na próxima feira.

– Por quê? – Passou a lâmina nos pelos do braço e ainda não se deu por satisfeito. – Amanhã é domingo, podemos escapar da missa, ninguém vai perceber. Ou você prefere ficar ouvindo o sermão chato do padre Séan? Eu não aguento a voz fanhosa daquele velho.

– Não é por causa da missa...

– Então é por quê? Por acaso combinou de ir trepar com alguém? Se for isso eu até entendo e fico...

– Não é nada disso. É por causa do espírito de cabelo vermelho. – Fez o sinal da cruz. – Aquela floresta é mal-assombrada. O meu pai disse que devo evitar passar por aquelas bandas.

– Espírito do cabelo vermelho? Juro que não estou entendendo nada.

– Estão falando que há um espírito que guarda aquelas matas. Algo muito poderoso e mau. Uma linda mulher ruiva, que aparece sempre nua, com flores brancas nos cabelos, tais como uma coroa. Dizem que é antiga como as próprias árvores, e que vários animais a seguem, como se ela tivesse controle sobre eles, sabe? Ela seduz os homens que entram nos seus domínios e depois os mata. Dizem que ela bebe o sangue das suas vítimas. – Esfregou as mãos nos braços. – Dá arrepio só de pensar.

– Você já não está grandinho para acreditar nessas merdas, Beccán?

– Bem... Vai saber!

– Ô meus bagos! – Colmán terminou de afiar a sua faca e colocou-a na bainha de couro. – Nunca pensei que você fosse tão cagão. Se não quiser ir, problema seu. Só não quero que depois venha almoçar lá em casa quando sentir o delicioso cheiro de perdiz assada com cebolas, aipo, cogumelos e muitas ervas. Perdiz é para machos. Entendeu?

Beccán deu de ombros, enquanto o outro partiu batendo os pés.

Foi a última vez que se falaram antes que Colmán desaparecesse sem deixar qualquer rastro.

– Vocês dois não sabiam que é perigoso vadiar pela madrugada? – alguém perguntou, cantarolando. – Vocês podem ser mortos, estuprados até. Ou, pior: podem cair nas mãos da Igreja e ter que ficar ouvindo aqueles sermões intermináveis de velhos cujos paus não se erguem mais.

– Diodoros! – Tita sorriu ao ver o grego vestido numa túnica de seda vermelha que chamava mais atenção que o necessário. – Cansou de devorar os rabos da sua terra?

– Senti que dois safados estavam se aproximando e, como eu havia prometido, vim encontrá-los. – Ele se sentou entre nós, afastando Tita com o corpo, e colocou a mão na minha coxa. – Cada vez mais delicioso!

– É bom vê-lo também. – Ele era um dos pouquíssimos que conseguia me deixar encabulado.

– Estava com saudade de estar com imortais mais divertidos! – Passou o braço em volta dos nossos pescoços. – Que tal uma bela orgia para comemorar o nosso reencontro? Se preferir, Harold, eu não mexo no seu rabinho virgem, prometo! Mas só dessa vez.

Gargalhou.

E, se eu ainda fosse humano, teria corado.

– E Zotikos? – Raposa mostrou a língua para um homem bêbado que nos encarava; ele nos xingou e seguiu seu caminho sinuoso.

– O nosso filósofo foi para o Japão passar um tempo com aquele velho maluco e o seu Africano, Tita. Vai ser uma reunião cheirando a mofo – riu. – Não o vejo há umas duas décadas.

Mas foi bom. Ele é um bocado ranzinza, sabe? Então aproveitei a solidão para *putanhar* um pouco.

– Sempre é bom, *putanhar*. – Pisquei e achei graça desse termo que combinava perfeitamente com ele.

– Então, vamos à orgia? – O grego levantou num pulo. – Vamos ficar nus e permitir o prazer um do outro sem quaisquer limites?

– Melhor não – Tita adiantou-se.

– Ah, seus meninos pudicos! – Diodoros balançou a cabeça. – Mas uma boa caçada vocês não recusam, certo?

– Seria total descortesia. – Levantei-me também.

– Perfeito! – Bateu palmas. – Conheço um lugar maravilhoso aqui perto. Fica para lá.

Segui em frente, ele me deu um tapa bem dado na bunda e, quando me virei, começou a assoviar, disfarçando.

– É, Harry – Tita tocou no meu ombro. – Acho melhor você andar com o rabo sempre colado nas paredes.

– Se ele fizer isso, não tem importância: ele tem na frente algo que também me interessa muito. – O ateniense gargalhou e fomos em busca das nossas presas.

.

.

.

– Pelo grelo de Atena! – Diodoros estava jogado sobre o sofá – Havia muito tempo eu não me empanturrava assim.

– Valeu mesmo ter vindo aqui – Tita arrotou. – Não conhecia esse bordel.

– Eu devo conhecer todos os bordéis da Europa, minha cenourinha. – Diodoros estava nu, o corpo salpicado de sangue. – Dos mais luxuosos aos mais vagabundos!

– O bom é que na nossa condição já não precisamos mais nos preocupar em pegar doenças, porque esse aqui é um belo pardieiro.

– Para falar a verdade, nem quando era humano eu me preocupava com isso, Harold, mas concordo com você.

O lugar tinha um cheiro azedo, originário de vários fluidos impregnados nos tecidos. Porra, álcool e perfumes vagabundos eram os principais. Nós três acrescentamos sangue à composição. Uma boa quantidade, aliás. Quando há fartura, tende-se ao desperdício.

O lugar se tornara tal como um matadouro.

Dez pessoas jaziam no bordel.

Putas velhas, putas novas, marinheiros e até mesmo um cego que se divertia dedilhando tetas caídas e xoxotas que haviam passado – havia muito – dos áureos tempos.

– Minha Nossa Senhora! Um pinto? – O cego se afastou assim que tateou o corpo nu de Diodoros e sentiu o pau semirrígido.

– Você quer me dar o seu buraquinho? – O ateniense cofiou a barba do homem ressabiado.

– Claro que não!

– E me comer? Sou mais saboroso que essas senhoras putas.

– Menos ainda!

– Que pena! – O grego avançou no pescoço dele e bebeu com voracidade enquanto ele estrebuchava, tateando o ar em busca de algum socorro invisível.

E eu confesso: achei muita beleza em sua matança. Quase uma poesia imemorial. Quase uma cena retratada em vasos antigos.

– Eu também, Harry – Tita piscou, explicitando que acabara de ler meus pensamentos.

Ri e terminei com a agonia de um marinheiro coberto de escaras, torcendo o seu pescoço.

Por mais de vinte anos a Europa se tornou o nosso lar. Cada noite em um lugar, sem estabelecer morada ou qualquer tipo de raiz: as pessoas eram tão passageiras quanto uma brisa no outono. Mesmo para Tita e Diodoros, seres milenares, ainda havia muito o que conhecer. E, mesmo se andássemos por mais dez séculos, haveria caminhos novos para nós.

Víamos a humanidade florescer e aos poucos sair das trevas que envolveu as sociedades com o advento do deus pregado, mas sabíamos que era um ciclo. Afinal, luz e escuridão só existem um pelo outro.

Ao mesmo tempo que conhecíamos inventos, artes e novas teorias criadas por mentes ímpares, víamos o medo de perder poderes deixar a tal cristandade mais rigorosa e cruel. Guerras continuavam jorrando em nome do deus deles, pessoas ardiam em fogueiras se apenas se levantassem quaisquer suspeitas de pacto com o demônio. Eram torturadas para confessar pecados e crimes inexistentes.

Por isso, os homens da Igreja sempre continuavam sendo os pratos prediletos do nosso cardápio. Iguarias que iam muito além do sangue: o prazer de extinguir-lhes a vida era sublime.

– Quem é você? Como entrou aqui? Guardas, guardas! – O

Papa Adriano VI tentava se levantar do banho, desesperado, mas só escorregava, espirrando água e sabão para fora, molhando a pele de zebra sobre a qual estava a banheira.

– Pare de berrar como um menininho que quer a teta da mãe! – Esbofeteei a sua cara. – Todos os seus lacaios estão mortos, velhote. Meus amigos têm uma sede insaciável, sabe?

– Sede? Amigos? Do que está falando? – Ele caiu para fora da banheira e deslocou o ombro num estalo. Arrastou-se tal como uma lesma sobre a rocha quente, deixando um rastro escuro no caro tapete felpudo. – Eu sou o papa! Você não vai ficar impune!

Tentou se apoiar na coluna revestida de ouro, as mãos ensaboadas e escorregadias, não conseguiu se levantar. Pegou uma almofada que estava sobre uma cadeira de encosto alto e a atirou contra mim. Desviei com facilidade e ela derrubou um castiçal de prata, a vela caindo sobre o tapete molhado e se apagando.

O patético religioso engatinhou até sua imensa cama e tentou subir nela, mas, tomado pelo medo, só puxou os lençóis. Berrou de dor por causa do ombro. Ao redor, nas paredes, os quadros e tapeçarias com imagens de anjos e santos pareciam olhar para ele com reprovação, os rostos iluminados pela luz do fogo refletido pelos cristais do grande lustre.

– Papa, santo, rei. – Sorri, as presas salientes, enquanto ele arregalava ainda mais os olhos meio leitosos. – Até mesmo se você fosse o tal Cristo, nenhuma ameaça adiantaria. Eu sou a morte!

Mordi o seu pulso, e o sangue esguichou conforme as batidas do seu coração. Adriano ficou paralisado, exceto pela boca trêmula e pelos intestinos, que funcionavam plenamente. Drenei sua vida e deixei a carcaça nua, o rosto em terror, o corpo sujo com a própria merda. O fedor dela era menor que o da sua alma.

Era isso que ele merecia. Eu fui apenas um mensageiro do Destino.

Antes de sair do quarto suntuoso, olhei para uma cruz de ébano que ficava sobre uma penteadeira, onde estolas, o fano, o pálio e a tiara papal estavam impecavelmente organizados. Era uma cruz simples, nada luxuosa, um Cristo entalhado e pintado de bege, contrastando com a madeira escura.

Um Cristo que me fez me aproximar para olhar mais de perto.

Um Cristo que sorria, tal como se achasse graça.

Pisquei e, quando abri os olhos, o rosto estava normal e suplicante como de costume.

– Estou ficando louco? – Encarei novamente o Cristo e saí.

.
.
.

Roma nunca deixava de me encantar. E foi em Roma, numa das mais antigas cidades, que ouvi falar de um novo mundo.

– Os portugueses encontraram terras do outro lado do oceano, terras boas para plantar, cheias de vida e de riquezas. Brota ouro do solo! Brota mel das árvores e as mulheres sempre andam peladas – um mercador falava com o amigo enquanto transferiam os produtos de uma carroça para outra.

– É verdade isso?

– Juro pela minha mãezinha morta. Estive lá há dois meses e eles não param de enviar caravelas para esse novo lugar. Trazem madeira, sementes, pedras preciosas. Lá deve ser o paraíso.

– E o que ainda estamos fazendo nesse inferno, Matteo? – O amigo lhe deu dois tapinhas nas costas.

Ao ouvir essa conversa lembrei-me da velha Foca, que havia singrado o grande oceano até a Inglaterra. Onde estaria agora? Nunca mais soubemos dela.

– Ei, Harold – Diodoros sussurrou no meu ouvido, arrepiando-me os pelos da nuca. O maldito sabia que eu não conseguia percebê-lo com antecedência e sempre me pregava essas peças. – O que acha de irmos para esse tal novo mundo? Se as pessoas andam sempre peladas, deve ser um lugar maravilhoso, não é?

Não por esse motivo, mas a ideia de conhecer outro continente me instigou. Seria bom fazer uma jornada rumo ao desconhecido. Quem sabe meu coração voltaria a bater forte novamente.

– Vamos!

A princípio o ateniense duvidou, mas continuei convicto. Então ele sorriu, e vi um novo brilho nos seus olhos.

Capítulo XIII – Adeus

Maio, 1524, ano do Nosso Senhor, Framlingham, Suffolk.

– Eu tinha certeza de que nos reencontraríamos. – A voz de Thomas Howard em nada lembrava a imponência de outrora, assim como seu corpo franzino que resistira a oito décadas. Apenas seus olhos continuavam vívidos e altivos. Ele não deixara de pensar nos imortais um dia sequer.

– Sim, aqui estou. – Buddug se sentou ao lado da cama, o cheiro da doença exalando pelos poros dele, os lençóis manchados. – Mas não se preocupe, não vim te matar. O tempo já se encarregou disso.

– Não posso reclamar – ele sorriu. – Vivi bem, vi muitas coisas e posso dizer que, de certa forma, fui feliz.

– Bom saber. – Buddug segurou-lhe a mão com ternura.

– Se não veio me matar, o que veio fazer aqui?

– Eu vim lhe agradecer.

O agora Duque de Norfolk franziu a testa.

– Sim, você fez algo muito nobre ao destruir tudo o que encontrou sobre nós.

– Ah! – Os olhos de Thomas Howard se acenderam. – Tive alguns problemas com George Fitzhugh e com a Igreja, mas era o mínimo que eu podia fazer depois do que aconteceu com Stella. – Uma lágrima sincera escorreu. – Não houve um dia sequer em que eu tenha deixado de pensar nela. E me arrependo do fundo da minha alma por ter participado do seu fim.

– Sei que você não esperava isso. – Buddug se levantou, o assoalho rangendo. – E desejo-lhe que tenha uma boa partida. Adeus!

Lord Thomas piscou e, quando abriu os olhos marejados, ela já não estava mais lá.

Sua alma serenou e ele morreu no dia seguinte, em paz.

Janeiro, 1531, ano do Nosso Senhor.

Depois de muito tempo juntos, nosso trio se separou. Tita decidiu ir rumo ao Oriente, queria procurar Gauri e com ela se aventurar pelas selvas inexploradas daquela parte do mundo. Apesar de serem como forças opostas, uma a calmaria, a outra a explosão, as duas haviam criado uma relação boa de amizade e aprendizado.

– Tem certeza que não quer ir desbravar o mundo conosco, cenourinha? – Diodoros afagou os cabelos dela.

– Vou desbravar o mundo, só que do outro lado – piscou. – Mas não se preocupem, cedo ou tarde nossos caminhos vão se cruzar.

– Tenho certeza. – Beijei-lhe a testa. – Tenha uma boa jornada!

– Vocês também. – Arrancou um talo de capim do chão e enfiou na boca. Estava descalça e maltrapilha. À primeira vista, confundia-se com um garoto. – Ah! E aproveitem esse tempo juntos para se assumirem de vez. Vocês formam um lindo casal.

Acenou e seguiu pela Via Ápia.

– Ah, Harold! – Diodoros envolveu a minha cintura com o braço. – Todo mundo já percebeu. Deixe de fingir que não gosta e se liberte. Prometo lhe proporcionar prazeres incomensuráveis.

– Quem sabe numa próxima vida?

– Ainda te traço, escreva as minhas palavras – Diodoros sorriu.

Fomos rumo ao Mar Tirreno e de lá partimos numa longa jornada até Portugal – que quase foi interrompida por causa da lascívia de Diodoros com o os marinheiros.

– Todos os gregos são assim? – Joguei um dos corpos no mar.

– Nem todos. Só os que valem a pena – piscou.

Da tripulação de vinte homens, restaram três, que só prosseguiram a viagem até aportarmos na Espanha depois de ameaças. Nesse dia o Sol quase nos torrou. Eu gemia de dor, a pele borbulhando e se descolando, enquanto o ateniense ria, também fumegante. Por sorte conseguimos nos esconder na cripta de uma igreja depois de arrebentar o cadeado do portão de ferro.

– Essa foi por pouco! – A pele ainda queimando, cheia de bolhas.

– Você não queria fazer uma viagem para ver se o seu coração batia mais forte? – Diodoros colocou a mão sobre o meu ombro e eu me contraí de dor. – Então... começou!

Ele gargalhou, e as risadas ecoaram pelas paredes de pedra.

– Ei, Diodoros – minhas queimaduras já estavam curadas, mas minha mente me pegava peças. – Diodoros, olha!

Apontei para uma grande cruz com o braço direito quebrado que estava jogada num canto.

– É uma cruz velha e cheia de teias de aranha. – O ateniense coçou por entre os dedos do pé.

Eu me levantei e fui até ela.

– O Cristo está sorrindo! – Eu via claramente a boca aberta, zombando de mim, os olhos semicerrados e o fundo da garganta vermelho. – O filho da puta está rindo!

Diodoros se levantou e parou ao meu lado.

– Cacete de um cão sarnento! – Segurei a cruz. – Ele me olha e ri!

– Harold, meu lindo – Diodoros me encarou. – Acho que o Sol não queimou só a sua pele. Deve ter torrado os seus miolos!

Olhei o ateniense e, quando me voltei novamente para o Cristo, percebi que a imagem sequer tinha cabeça, apenas um corpo mal entalhado na cruz quebrada.

.

.

.

– Estamos combinados então, mestre Pedro.

Entreguei a metade do pagamento. Ele sorriu ao sentir o peso da bolsa de moedas. Por sorte o capitão arranhava algumas palavras em inglês e eu, aos poucos, compreendia melhor a sua língua. Se bem que a linguagem da prata brilhante era universal.

Um padre jovem, que nos acompanharia com o intuito de catequizar os nativos daquelas terras distantes, falava bem o francês, então pude embromá-lo usando a velha desculpa do gravíssimo problema de pele, meu e de Diodoros, que, por comodidade virou meu irmão.

– Deve ser horrível não poder pegar Sol – ele balançou a cabeça. – Andar sempre escondido da claridade.

– Não é fácil mesmo, mas *confessu* que quando eu era mais novo era pior – fiz questão de segurar um pingente de cruz que pendia no meu peito. Tinha-o tomado de uma matrona gorda, pois para ela não haveria mais utilidade. – Quando as crianças brincavam e eu não podia, eu chorava. E depois, na juventude, quando os garotos iam junto com as garotas para o meio do mato, sabe? – Pisquei e ele corou.

– Eu ia para o mato de noite, só que com garotos. Sabe como é, não é padre? – Diodoros se aproximou. O padre endureceu o rosto e saiu.

– Pelo cacete de um burro, Diodoros! Assim a gente arranja problemas antes de começar a viagem.

– Qualquer coisa vamos nadando. – Ele me apertou a bochecha. – É bom para deixar os músculos do peito bem durinhos.

Não aguentei e comecei a rir. Esse maldito era um espírito livre, assim como Tita, Liádan, o Africano, cada um da sua maneira. Eram seres únicos com os quais tive o privilégio de conviver. Uns mais, outros menos, nenhum com pouca intensidade.

Até mesmo o tolo do Alessio me marcou de alguma forma, com a sua dor, a sua dúvida, o seu temor e fé. Tínhamos as nossas divergências, muitas, aliás, mas não passava disso. Nunca comentei com ninguém, mas por várias vezes me peguei pensando na sua morte, no seu fim.

Quando seria o meu? Quanta tristeza eu ainda suportaria? Meio milênio é tempo demais. E isso fode com a cabeça da gente.

Eu lutaria contra algum imortal poderoso? Ou tombaria pelas mãos de homens, como quase aconteceu por diversas vezes?

Ou eu viveria para ver a ruína humana e caminhar sozinho por essa terra?

Será que eu me cansaria ou, com o passar dos séculos, me tornaria também um espírito livre?

Hoje estou cinzento. Tudo é muito vago, muito superficial. As fodas não dão o mesmo prazer. O sangue não tem o mesmo sabor. Mesmo as memórias se confundem.

– *Tá* viajando? – Diodoros me deu um cutucão preciso na costela, fazendo-me despertar num pulo. – Parece que bebeu ópio.

Do mesmo jeito que apareceu, partiu, se engraçando com duas mulheres que tentavam vender laranjas para os marinheiros. Eram muito parecidas: deviam ser irmãs. Elas imediatamente sucumbiram aos encantos do estrangeiro formoso e foram com ele para o seu lar. Para o gozo e morte.

Permaneci em silêncio, contemplando o mar e os navios. Vendo os homens embarcarem as últimas caixas, fitando-me de soslaio, enquanto zombavam da minha aparência doentia. Todos eles curtidos pelo sal e pelo Sol. Fortes e rudes.

Inocentes...

Como seria o novo mundo? Haveria mais imortais?

Eu reencontraria a paz?

Um dia tive paz?

Balancei a cabeça.

Em menos de uma semana descobriríamos.

*

– Estão prontos? – Ailill cuspiu e tocou o cabo do seu machado. Com o dedo sentiu a lâmina afiada e pronta para romper a carne e os ossos.

Uns ainda encordoavam os arcos, outros vinham com foices, garfos e enxadas. Apenas dois tinham espadas. Cinco estavam montados. Eram fazendeiros, camponeses e até mesmo um monge vesgo que se armou de fé e um porrete. Ao todo, trinta e cinco homens entraram na floresta de Cruttenclough guiados por cães famintos.

Iriam caçar a mulher-demônio.

.

.

.

– Meu bom São Patrício! – Ardal, o mais jovem do grupo, tapou o nariz quando sentiu o fedor dos corpos em decomposição. – Tem um bocado de cadáver aqui.

Os cães uivavam e choramingavam enquanto farejavam o ar e o solo em busca de qualquer rastro. Porém, eles pareciam andar em círculos, perdidos em pistas falsas. Enquanto isso o dia esmorecia, mas os homens no calor da caçada não percebiam. As nuvens se adensavam no céu, anunciando o aguaceiro vindouro.

– Tem certeza de que não foram lobos ou mesmo cães selvagens que mataram esses infelizes? – Emer, um tecelão cego de um olho, estalou as costas, a exaustão deixando os passos lentos e pesados.

– Tenho certeza – disse Ailill, sem convicção. Foi quando um dos cães latiu e correu em disparada, tal como fazia ao sentir o cheiro de raposas. Logo foi seguido pelo bando e pelos homens no seu encalço, que davam com a testa em galhos e tropeçavam em raízes pelo negrume que se aprofundava conforme a mata ficava mais densa.

Um raio cortou o céu.

O trovão rosnou em seguida.

Tochas foram acesas, flechas foram colocadas nas cordas e, numa clareira, algo estranho aconteceu.

– Que porra é essa? – O líder apeou de sua égua quando viu os oito cães sentados e calmos em torno de uma mulher ruiva, nua, o cabelo coberto de flores brancas. Ela estava sentada numa rocha, que havia muito tempo fora usada como altar para sacrifícios pelos pagãos.

Os outros caçadores começaram a se juntar na borda da clareira, uns incrédulos pelos cães, outros pela beleza da mulher.

– Meu bom Cristinho! – Ardal arregalou os olhos. – Deve ser uma fada! Ou um anjo!

– Não sei o que é, mas é deliciosa demais – o amigo respondeu, sentindo o pau endurecer, louco para ir até numa moita e se aliviar.

O monge vesgo, sabendo dos artifícios do demônio, não deixou se enganar e berrou:

– Atirem nela! Em nome de Deus, atirem!

Os arqueiros hesitaram. Liádan não parecia um demônio. Ao contrário, era a mulher mais linda que já haviam visto, o fogo reluzindo nos cabelos e nos olhos tais como os dos gatos. Então o primeiro disparou e mais quatro flechas se cravaram na barriga e no peito dela.

Liádan tombou para trás.

Ailill comemorou.

Outros balançaram a cabeça: pensaram no desperdício que haviam cometido.

– Eu teria brincado com ela a noite toda – um sussurrou para o companheiro, que tocou imediatamente a virilha.

O monge sorria e agradecia aos céus e aos santos.

Entretanto, a felicidade dos tolos não perdura. E, assim que a dama ruiva se levantou e arrancou as flechas do seu corpo, o rosto impassível, os ferimentos curados imediatamente, metade dos homens debandou. O monge levou a mão ao peito e, depois de ganir como um cão, morreu. Restaram doze.

Os primeiros pingos tamborilaram nas folhas das árvores.

– Sempre tão agressivos para esconder seus medos, a sua inveja que corrói a alma! – A voz de Liádan ecoou como se viesse de todas as direções. – Sempre tão afoitos por mortes e tão cegos. Sempre tão obedientes como ovelhas. Veja, Ailill, seu pastor está morto.

– Como sabe o meu nome, bruxa?

– Não se preocupe, logo vai se juntar a ele.

Assoviou, e os cães, até então sentados pacificamente, viraram-se e atacaram os homens.

Mas ela não seria mera espectadora: contribuiu com suas presas e garras. E sorriu enquanto dilacerava e destroncava juntas.

E o temporal desabou de vez.

.
.
.

– Ai, minha mãezinha! – Ardal estava agachado atrás de um tronco apodrecido, tremendo de frio e medo. Ele havia fechado os olhos e tapado os ouvidos. Mas nada ficou completamente oculto.

Assim como veio de repente, a chuva cessou. Somente o gotejar da água acumulada nas folhas continuava.

O jovem sentiu um bafo quente no rosto e, ao abrir os olhos, viu um dos cães, rosnando, a menos de um palmo do seu nariz, os dentes brancos prontos para furar a carne, a baba escorrendo profusamente.

– Valha-me Deus!

Liádan assoviou, e o cão lambeu o rosto do menino. A expressão voltou a ser dócil como sempre. Os outros animais dormitavam ao redor da rocha, os pelos manchados de vermelho. As tochas estavam no chão, apagadas, assim como as armas e os corpos – ou pedaços deles. A Lua, até então oculta, surgiu como um farol.

– Venha aqui, Ardal. – Liádan tinha a voz calma, quase cantarolada. – Eu sou Liádan, a protetora destas terras.

– Você vai me matar?

– Não esta noite.

– Obrigado!

Ele se levantou e, ainda hesitante, se aproximou, as sandálias afundando no chão enlameado, os passos trôpegos por entre os mortos.

– Você entende o que aconteceu aqui? – Liádan vestia-se com sangue.

– Uma matança?

– Uma limpeza – ela sorriu. – Nenhum dos que morreram merecia estar vivo.

– E eu mereço?

Ela veio e afagou os cabelos ruivos dele, que primeiro se encolheu, depois se arrepiou com o toque. O cheiro de flores que exalava dela era um calmante e fazia o fedor pungente do sangue e da merda ficar menos repugnante.

– Nunca permita que o povo da nossa terra seja oprimido, não importa quem seja o opressor. – Deu-lhe um beijo rápido na boca. – Agora vá.

Ardal, meio tonto, virou-se e foi. Os cães permaneceram.

Quando ele se virou para uma última espiada, já não havia nada na clareira, só os corpos.

.

.

.

– Você gosta de enfiar seu pau em mulheres indefesas, seu merda?

Ardal, agora um homem barbado, puxou o cabelo de Gerald mac Murchadha Caomhánach, que tentava estuprar a filha de uma criada, pouco mais que uma criança. As frutas caídas no chão, pratos e cestos revirados sobre a mesa.

A menina chorava, o rosto machucado, a boca sangrando e o vestidinho simples rasgado.

– Eu sou rei de Leinster! Eu faço o que quero, quando eu quero! – O homem tentou socar o agressor. Teve uma faca cravada no ombro e guinchou de dor.

– Você não passa de bosta! – Ardal desferiu vários socos no rosto do infeliz. A luva de couro reforçada com tachas de ferro fez um estrago antes dele desmaiar.

Gerald mac Murchadha Caomhánach foi capado como um porco e teve o pinto enfiado na própria boca antes de ter o pescoço cortado.

A menina desceu da mesa, onde a madeira áspera arranhara suas costas, agradeceu a Ardal com um abraço e cuspiu no rosto do rei. Partiu com o seu salvador para não ser acusada de assassinato.

– Eu conversei com um dos homens que já fez a viagem... antes de ele perder os sentidos e morrer, é claro. – Diodoros e eu estávamos nos abrigando numa casa abandonada nos arredores de Lisboa, que tinha um ótimo e escuro porão. – Disse que lá as pessoas têm a pele morena, mas não preta como a do Africano, andam mesmo peladas e ainda usam ferramentas de pedra e madeira, acredita? E cultuam deuses!

– Interessante – bocejei, a letargia me dominando. – Então você e eu, brancos como farinha de ossos, ficaremos mais chamativos ainda!

– Eu penso em chegar lá, arrancar as roupas e rolar no barro, assim fico meio como eles, sabe? Pelado e corado.

– Boa sorte – disse eu, e apaguei.

.

.

.

– Boa noite, principezinho das trevas! – Diodoros me deu um beijo na bochecha, e eu levantei num pulo, batendo a cabeça no teto baixo. – Calma, eu não sou tão sujo assim para abusar de você durante o seu sono reparador. Ou será que sou?

Gargalhou.

– Diodoros, se você...

– Calma, Harold, não lhe fiz nada. Apenas te acordei, pois estava tendo um pesadelo. Você gritava e chorava como uma menininha que senta num pau grosso demais. Gritava com Jesus. Acho que precisa ir numa igreja rezar, sabe?

Eu não me lembrava de nada. Massageei a cabeça dolorida, espanei o pó do corpo e abri o alçapão. A claridade fez os olhos arderem.

– Apressadinho! – Diodoros sentou-se sobre um barril. – Ainda precisamos esperar um pouco.

.

.

.

– Pedro, você não acha estranho aqueles dois branquelos que irão conosco nessa viagem? – Padre João foi ter com o capitão, amigo do seu pai e seu padrinho.

– Acho, mas o dinheiro deles é bem normal. – Continuou a olear as engrenagens do timão com óleo de baleia. – E eles pagaram muito, mas muito bem.

– Sim, não discordo, mas eu sinto calafrios quando aquele mais afetado se aproxima. O outro, o Harold, é esquisito, mas nada perto do seu irmão, sabe?

– Se eu tivesse uma doença desgraçada daquelas eu também seria estranho, sabe? – Limpou as mãos num trapo. – Mas não se preocupe, olha os marujos. – Apontou para o convés. – Esses putos são calejados, ranzinzas e alguns até mesmo têm mau caráter, são bandidos mesmo. Se os veadinhos causarem quaisquer problemas, a gente joga eles no mar, tudo bem, filho?

João sorriu. Respeitava muito o seu padrinho, que ajudara a criá-lo quando seu pai morreu de diarreia. Mesmo assim, algo pesava no seu coração. Preferiu guardar aquilo para si a importunar mais o capitão. Retirou-se para uma igrejinha a fim de rezar e recolher o ouro que havia escondido sob uma lajota solta.

.

.

.

– Agora podemos ir. – Diodoros abriu o alçapão; já estava escuro. – Estou com uma sede imensa – estalou os beiços –, e, como amanhã cedo partiremos, acho que vou aproveitar.

– Só tenha cuidado para não ser pego. – Estalei os dedos. – Se você se foder, eu parto mesmo assim. Combinados?

– Ingrato. E, só para constar, é isso mesmo que eu pretendo: que me fodam gostoso!

Tal como um menino que ganhou umas moedas do pai para comprar confeitos, o ateniense correu sob a proteção da noite, tão veloz que sumiu num piscar de olhos.

Inspirei o ar fresco, o vento soprado do mar. E parti para a caçada.

Escolhi meu caminho ao acaso. Não conhecia Lisboa, mas as cidades da Europa eram muito parecidas: ruas que desembocavam em praças, igrejas em locais centrais, prostíbulos nas periferias.

E todas as pessoas eram iguais: pele, veias e sangue vermelho de gosto ferroso.

Eu estava muito bem vestido, com as roupas de um rico comerciante de especiarias. O casaco de pele de arminho, as botas de couro amaciado e tingido de preto, as calças forradas que evitavam a friagem dessa época do ano. E, na penumbra, a minha palidez não era tão emblemática.

Cumprimentei duas senhoras que passaram por mim. Não queria carne velha. Joguei umas moedas para umas crianças maltrapilhas que me rodearam oferecendo todos os tipos de quinquilharias, provavelmente vendidas sem o consentimento dos verdadeiros donos.

Afaguei um cãozinho peludo que apareceu e veio até mim, as orelhas baixas, o rabo balançando suavemente. Logo um assovio o fez virar a cabeça. Uma jovem abriu a porta de uma das pequenas casas geminadas e o chamou. Ele lambeu a minha mão e correu até ela.

Certamente haveria restos esperando por ele: ossos, legumes e pão duro.

Enquanto aquelas belas carnes ficariam comigo.

Segui-o, e, ao me ver, ela disfarçou o sorriso. As minhas teias já a envolviam, mas, ao contrário de uma mosca, ela não se debatia.

– Boa noite, senhora. – Meu português ainda era sofrível; contudo, meu sorriso compensava tudo.

– Boa noite, senhor – ela corou. – Vejo que não é daqui. Precisa de ajuda?

– Se você pudesse falar um pouco mais *divagar*, eu agradeço. – Toquei no ombro dela, senti o arrepio.

– Perdoe-me. – As bochechas em brasa. – Está perdido?

– Amanhã eu *imbarco* para o outro lado do oceano. – fixei

meus olhos nos dela. – Então quero *aprovitar* os últimos instantes na Europa.

– Deve ser uma aventura e tanto, senhor...

– Harold Stonecross, seu criado. – Peguei sua mão, que cheirava a tempero, e dei um beijo longo. – Sou inglês, ainda estou me *acustumano* com o seu país. Qual é o seu nome?

– Maria das Dores. – A jovem de tetas opulentas debaixo do vestido simples era bonita, não linda como Liádan ou Stella, mas estava mais do que suficiente para o meu paladar. Já começava a salivar.

E ela também.

– Que *cheira* bom!

– Está com fome? Fiz um ensopado de galinha. – O cão estava sentado, observando a nossa conversa. – Entre.

Maria das Dores abriu mais a porta. Entramos. Na mesa pequena uma velha já sorvia o caldo, as mãos trêmulas que, de cada três colheradas, desperdiçavam duas.

– Essa é a vovó Amélia. – Trouxe mais um banco. – Ela já está cega e surda, *tadinha.*

– Ótimo.

– O quê?

– *Predoe-me,* ainda falho na sua língua. Eu quis dizer horrível.

– Ah! – Ela sorriu e pegou mais um prato. O cãozinho rodeando a velha, lambendo os respingos que caíam no chão.

Maria comeu. Eu fingi, tendo o cão como meu comparsa, devorando pedaços de pão embebidos no caldo, deixados cair debaixo da mesa. Ela foi buscar vinho, certamente guardado para ocasiões especiais.

Esvaziou a garrafa sozinha, sem perceber, de tão envolvida na minha lábia e na desenvoltura da minha língua e mãos experientes. Logo eu ficaria levemente embriagado também.

– Vamos para o meu quarto. – A voz já embargada, a avó roncando na cadeira, o cãozinho em cima da mesa ajudando na limpeza do caldeirão e dos pratos.

– Vou onde a minha *anfitrião* me levar. – Deixei-me guiar pela mão, ela sorrindo, mais vermelha que antes.

Entramos, ela trancou a porta, eu desafivelei o cinto para deixar o pequeno Harry mais à vontade; ela abriu os cordões do vestido, o busto berrando por ar fresco e apalpadas vigorosas.

E não faz parte da minha índole decepcionar peitos afoitos por carinhos, seja aqui, na Inglaterra, ou em qualquer rincão desse mundo. Como um *leprechaun* guloso pelo seu ouro, eu agarrei os melões. Ela soltou ar pela boca, o álcool se exalando de cada poro.

Lá fora o cãozinho lambia os pratos de metal, fazendo um característico tilintar que se contrapunha ao ronco da avó.

No quarto, o som da cama rangendo, o estrado estalando, prestes a se partir com o sobe e desce dos amantes. A fusão corporal totalmente fluida, a lubrificação perfeita, a sincronia que aumentava de velocidade conforme o prazer se adensava, ela gritando, apertando a minha bunda para forçar-me ainda mais para dentro dela.

Perdeu o fôlego e estremeceu pela primeira vez.

Eu continuei tal como a roda de um moinho.

Segunda vez.

O galope se transformou em cavalgada.

Terceira vez: e a compressão me fez jorrar no exato momento em que a madeira rachou e viemos ao chão.

Todas as estrelas do céu piscaram dentro das nossas mentes e nossos corpos descansaram. Saí de cima dela, o prazer instantâneo, tão efêmero. O sorriso sincero no rosto dela, o suor salpicando as maravilhosas tetas, o quadril ainda com os últimos resquícios de movimento.

Maria se virou e adormeceu. A bebida e a exaustão do prazer tinham sido demais para ela. Vesti-me e me preparei para o meu segundo momento de êxtase, as presas já roçando a língua, a garganta seca.

Saí do quarto.

O cãozinho me cheirou e foi deitar sobre o tapete ao lado do fogo já apagado, a barriguinha estufada. Bocejou. Mordi a velha que ressoava sentada na cadeira, a baba manchando o vestido. Ela gemeu um pouco e me garantiu uns bons goles, rechonchuda que era.

Na parede, acima da imagem de uma santa qualquer, um crucifixo de metal cheio de marcas de ferrugem. E nele o Cristo risonho. O maldito Cristo que zombava de mim. O sorriso que somente eu via. Peguei a metade do pão que estava sobre a mesa e atirei na cruz. Ela caiu, o som agudo do metal contra a pedra.

Saí e encostei a porta.

A noite havia começado bem. E, pela boa foda, poupei a vida de Maria das Dores. Muitos pintos ainda a fariam perder o fôlego, não como o meu, obviamente.

Ri sozinho.

Ouvi palmas atrás de mim.

– Parabéns, Harold! – Diodoros estava com a camisa empapada de sangue, mas parecia não ligar. – Vejo que também está se divertindo.

– Não como você. – Ele cheirava a multidão; a vida de muitos exalando pelos poros.

– É a experiência de uns séculos a mais, meu querido. – Lambeu os dedos para limpar os restos de sangue. – Já está satisfeito?

– Ainda não. – Queria beber mais.

– Então vamos, meu lindo inglesinho insaciável, temos um bom tempo até amanhecer.

Lisboa se tornou pequena para nós dois.

.

.

.

– Que noite, meu amigo! – Diodoros estava corado, estufado de tanto sangue. Conseguiria passar por um humano normal sem qualquer distinção. – Devo ter bebido um cântaro ou mais.

Eu não fazia ideia de quanto era um cântaro, mas, se eu havia bebido de quatro pessoas, ele bebera de muitas mais. Fizemos uma despedida e tanto da velha Europa.

– Sabe-se lá quando vamos voltar, não é? – Olhei para o céu estrelado. Como seriam as estrelas do lado de lá do oceano? Haveria estrelas?

– Ou *se* vamos voltar – piscou. – O que acha de roubarmos novas roupas? Essas estão imprestáveis.

Estávamos imundos.

– Vá indo. Eu te encontro no navio.

Ele deu de ombros e seguiu para a zona nobre da cidade. Eu decidi entrar na igreja que estava a meia milha no máximo, bonita, apesar das paredes rachadas e de partes sem o reboco. A porta estava apenas encostada e rangeu assim que eu a escancarei.

Um mendigo que dormia lá dentro espiou, mas logo retomou seus sonhos prósperos. Encarei um Cristo pregado, logo atrás do altar. Já vira centenas de esculturas como aquela na minha vida, mas algo me chamou a atenção: esse Cristo também parecia sorrir.

*

As aves começaram a ficar irrequietas nas árvores. Mesmo os pombos, acostumados com a algazarra das pessoas, arrulhavam e não paravam quietos. Levantaram voo em revoada, assim como um bando de morcegos que morava nos telhados do Paço da Ribeira.

Era como se tivessem avistado um falcão pronto para cravar as garras em suas carnes.

Gatos e cães corriam em disparada, e até mesmo um burrico, em desespero, arrebentou a tranca enferrujada do cercado e fugiu, seguido por cabras e um porco imenso que mal se sustentava sobre as próprias pernas.

A madrugada findava, e as pessoas ainda dormiam, sonhando com a labuta diária, com as passagens da bíblia ou mesmo com a mulher do vizinho. Aproveitavam cada instante antes de o sino tocar e a peleja da vida recomeçar.

Enquanto isso, os ratos, populosos habitantes das despensas, interrompiam a ceia e sumiam pelas frestas, seguindo ao lado dos outros animais, seus predadores, que não se preocupavam em caçá-los.

A noite já morria como tantas outras desde o meu longínquo renascimento. Em breve começaria a clarear. Logo eu iria até o navio, me enfiaria no porão e lá ficaria. Contudo, agora, o Cristo risonho me intrigava.

– Tem algo errado, muito errado – murmurei.

Muitos dos quais eu havia sugado essa noite estavam bêbados. Um sequer se aguentava sentado, tombara de lado no colo de uma puta insuportavelmente cheirosa. O álcool no sangue deles me deixara um pouco tonto, mas nada que me fizesse imaginar coisas.

– O que *tá* acontecendo na minha cabeça?

Eu me aproximei, e o mendigo ralhou comigo quando a sola da minha bota fez barulho no chão. Pedi desculpas.

O crucificado era uma peça grande, devia ter a altura de uns dois homens. Apesar da penumbra da luz de apenas meia dúzia de velas ainda acesas, comprovei que ele sorria.

Como um artista havia feito algo assim? Ainda mais nesse momento de martírio. Como ele fora pago? E o pior: como isso viera parar na parede da igreja?

– Agora todos os Cristos do mundo acham graça?

Dei dois passos para o lado, e agora os olhos pareciam me

acompanhar, vivos, até mesmo conhecidos. Estavam fixos nos meus. E, por um instante, vi-os piscar.

– Estou ficando louco? – O mendigo ralhou novamente. – Vá tomar no seu cu, seu merda de doninha.

Ele me xingou de volta, não entendi direito, mas tinha algo a ver com a minha mãe ser arrombada. Pegou sua trouxa e saiu da igreja, batendo a porta atrás de si.

Voltei e fiquei novamente à frente da imagem, os olhos me seguindo, o sorriso se tornando cada vez mais largo. Será que essa imagem havia me atraído para dentro da igreja? Não havia uma razão para eu vir até ela.

Foi uma vontade fora do comum, para a qual não atentei no instante em que ela surgiu, como se linhas invisíveis me tivessem levado até ali, sem me deixar escolhas.

– Que magia é essa? – Um arrepio percorreu a minha espinha e todos os pelos do meu corpo se eriçaram. Uma gargalhada saiu do Cristo, tão singular, tão inesquecível! Tão única. Fatalmente única.

Dei um passo para trás, pronto para fugir, derrubando a porta se fosse preciso.

– Você também vai morrer, Harold! – o Cristo falou.

– É você!

Os pombos que estavam nos caibros voaram, se debatendo para fugir pelos vãos. Meu coração estava disparado, como se sentisse um perigo iminente.

Então, sem qualquer aviso, o chão tremeu, sacudidas fortes que rompiam as pedras. Caí e bati a cabeça na quina do banco de madeira, e nesse momento as minhas vistas perderam o foco.

O tremor aumentou, tentei me levantar, não consegui. Um buraco se abriu e me senti sendo engolido, as farpas rasgando a pele, as pancadas moendo os ossos.

Berrei, mas não pude ouvir a minha própria voz.

As gargalhadas doíam, feriam os ouvidos. O teto começou a desabar: primeiro as telhas, depois as madeiras, por fim a alta parede de pedras com o Cristo veio abaixo.

A gargalhada.

A dor.

O sufocamento.

O desespero.

O frio.

Revi Loki soltar sua última lágrima negra antes de o seu rosto se transformar no do Cristo risonho, triunfante.

– Agora você está fodido, Harry! – Cristo zombava. – Agora está fodido até os bagos.

Cristo se livrou dos pregos da cruz e da coroa de espinhos. E começou a se aproximar, seu corpo se tornando luz, ofuscante até desaparecer.

Senti a agonia de Stella, a vida se esvaindo, seu espírito sendo arrancado do corpo, enquanto suas carnes murchavam. Senti seus medos, senti raiva por não poder protegê-la.

Sabia que lá na Irlanda Liádan sofria a minha dor, o meu sufocamento, o meu desespero. Ela cantava meu nome. Ela pranteava a saudade.

Hel já me esperava de braços abertos. Hel não existia mais, morrera junto aos outros deuses. Hel agora se transformara num lindo homem de olhos vermelhos e cabelos pretos como carvão, que me esticou a mão para me guiar pelo seu reino de fogo. Pelo inferno.

Meus pés queimavam na brasa, a fuligem sufocava.

Edred chorava.

Leonard chorava.

Todos os que matei riam e zombavam do meu fim. Revi cada rosto, centenas, milhares me dando boas-vindas. Regozijando-se, porque agora eu também compartilharia do sofrimento eterno.

Alessio rezava por mim, o cabelo tonsurado como o de um padre, a pele corada, em nada lembrando a palidez de outrora.

O fio da minha vida estava por entre as lâminas da tesoura da norna Skuld.

Então meu corpo pairou no vazio.

Reconfortante, silencioso e quente como um útero.

Não havia mais Harold Stonecross.

Não havia nada mais...

Vinte e seis de janeiro, 1531, ano do Nosso Senhor.

O chão ainda tremia de tempos em tempos, mas com menos intensidade. Diodoros corria, meio desnorteado, pulando corpos e escombros, desviando de tijolos que caiam. Virou-se e viu a água tomar a cidade, derrubando construções, ceifando vidas tal como se Poseidon estivesse encenando o seu ato final. As copas das árvores encobertas, os mortos boiando, outros se agarrando no que podiam para tentar se salvar. Em vão.

Ao seu lado, dezenas de animais também olhavam apreensivos, muitos tentando farejar seus donos, outros choramingando pelos filhotes perdidos.

– Harold! – Diodoros sentiu uma pontada no coração, como se um gládio tivesse sido enfiado nele.

Desabou de joelhos, chorando lágrimas de sangue pela dor profunda. Gritou e arranhou o rosto com as unhas.

Vomitou.

Recurvou-se com a testa no chão, os braços sem força para reerguê-lo. O ar que não entrava nos pulmões, a garganta que se emudeceu, apesar de o seu espirito berrar como nunca fizera antes.

Os cães que lá estavam uivaram em uníssono, o barulho ensurdecedor da água que continuava tomando a cidade, os estalos das construções que desmoronavam e das árvores que eram arrancadas pela raiz.

Os gritos daqueles que não veriam outro amanhecer.

Diodoros nada ouvia. Estava envolto por um silêncio absoluto. Pela primeira vez desde que se reencontraram, não sentia mais a presença de Harold Stonecross.

– Sumiu...

Às suas costas, o Sol tímido nascia. Precisaria achar abrigo. Ergueu os olhos, a água já perdendo força, os poucos sobreviventes agradecendo a Deus pela salvação das suas vidas, para logo em seguida prantear pela destruição e pelos mortos.

Com muito esforço, o grego se levantou, cada passo como se suas pernas estivessem envoltas em chumbo. O Sol despontando atrás do monte. Um último tremor fraco fê-lo bambear.

– Harold... – sussurrou. – Vá em paz.

Virou-se, na esperança de ver o rosto do amigo se divertindo com a situação. Ver um Harold ensopado, machucado, talvez, mas vivo.

Entretanto, à sua frente jaziam apenas ruínas na alvorada.

Epílogo

– Obrigado, irmão Brian. – O velho aleijado agradeceu quando o jovem cozinheiro, parrudo como um boi, o levou no colo até o jardim, sentando-o num banco entalhado de carvalho. – A noite está agradável, o ar úmido está bom para limpar o catarro dos pulmões.

As flores eram beijadas pelas borboletas, que faziam a última refeição antes de procurar abrigo. Um coelho mastigava com voracidade o mato verdinho, enquanto uma aranha enrolava uma mosca na sua teia.

Ao redor desse jardim, as janelas começavam a ser fechadas e o sino badalava convidando para a oração antes da ceia.

– Estarei logo ali. – Brian colocou as mãos na cintura rotunda. – Quando quiser entrar, é só me chamar.

O velho havia se retirado para o priorado de Bentley, onde pretendia passar o fim da sua vida, longe da turbulência da Catedral e das multidões. Seu tempo de pregador havia findado. E mesmo as suas mais fortes lembranças se tornavam diáfanas e se perdiam para sempre.

Sabia que logo morreria e ansiava por ter sido digno de encontrar o Senhor.

O velho padre deu um sorriso de poucos dentes amarelados, cofiou a barba e observou as mariposas rodeando o archote que acabara de ser aceso. Murmurou algumas palavras desconexas, que já indicavam senilidade, e segurou a mão esquerda, que teimava em tremer nos últimos meses.

Gostava da paz da noite, do silêncio e do cheiro das flores que só desabrocham e exalam perfume quando o dia cessa.

Inspirou fundo e escarrou. Coçou o pé, ou melhor, o coto da perna amputada logo acima do joelho. Depois de tantos anos, ainda sentia como se o seu pé estivesse lá. Ajeitou-se; as costas curvadas pela carga de leitura, os olhos enfraquecidos que só enxergavam vultos, que foram privados da última visão da beleza imortal que surgia diante dele.

– Boa noite, padre August. – A voz doce, mas com imenso poder, acariciou seus ouvidos. Ele soergueu o rosto, mas não conseguiu identificar quem era. Mas, mesmo que fosse cego, ele saberia. Nunca poderia se esquecer do poder emanado, que fazia a pele se arrepiar, mesmo numa noite morna.

Sem mais nada dizer, ela o pegou pelo pulso e o arrastou, marcando a grama úmida pela chuva da tarde. Ele não contestou, não se debateu ou clamou por socorro. Sabia que de nada adiantaria.

Enfim, entendeu: mesmo que tentasse mudar o destino, ele apenas seria adiado.

Murmurou suas últimas orações e sua própria extrema-unção.

Desapareceram nas sombras da noite.

TEMPOS DE SANGUE

O ANDARILHO DAS SOMBRAS

DEUSES ESQUECIDOS

GUERRAS ETERNAS

O DESPERTAR DA FÚRIA

RUÍNAS NA ALVORADA

WWW.TEMPOSDESANGUE.COM.BR

Este livro foi impresso em papel pólen bold na Printing & Internet Solution em novembro de 2016